TASCABILI BOMPIANI 963

Dello stesso autore presso Bompiani:

FUGHE DA FERMO
RIDE CON GLI ANGELI
REBECCA
L'ETÀ DELL'ORO
DIALOGO IN PUBBLICO
STATI D'ANIMA
PER SEMPRE
STORIA DELLA MIA GENTE

EDOARDO NESI
FIGLI DELLE STELLE

I LIBRI DI
EDOARDO NESI

ISBN 978-88-452-4069-0

Via Angelo Rizzoli 8 - 20132 Milano

II edizione Tascabili Bompiani luglio 2011

a Sergio Perroni

I nomi e i personaggi di Figli delle stelle *sono immaginari; ogni riferimento a figure reali è casuale.*

I.
Bogotà

Per qualche ragione il tramonto l'aveva sempre riempito di una sensazione che non era mai riuscito a spiegarsi o a capire, come di una perdita allo stesso tempo imminente e già avvenuta, e irrimediabile. L'effetto era più forte se lo vedeva, il tramonto. La volta peggiore fu a Panarea, mentre prendeva l'aperitivo sulle sdraio della grande terrazza sul mare del Raya con sua moglie e dieci clienti americani, e il capo di questi americani chiese di poter aspettare il tramonto completo del sole per vedere il raggio verde e naturalmente non lo videro, il raggio verde, perché è una cosa che non esiste e lo vedi solo se lo vuoi vedere, ma in quella limpida serata di giugno dovette guardarselo tutto il tramonto, per quasi un'ora, e per sopportare di guardarlo tutto bevve anche un po' troppo, lui che non beveva mai, tutti bevvero un po' troppo e la cena fu un po' troppo espansiva, troppi complimenti a Milena. Ma andò bene lo stesso. Comprarono un ospedale, praticamente, gli americani.

Aveva anche un sogno più o meno ricorrente che riguardava il tramonto, ed era sempre uguale come nei libri e nei film, c'era un uomo altissimo e peloso e magrissimo ma infinitamente muscoloso con i denti come quelli delle antiche tigri coi denti a sciabola – una specie di Conan dimagrito alto tre metri – che lo prendeva in braccio come se fosse un bambino e affondava questi denti a sciabola in mezzo al suo torace e glielo schiantava con un rumore perfetto e lo lasciava cadere a terra con un gesto enfatico da presentatore televisivo, e lui rimaneva vivo ma stroncato, a terra, a sbattere gli occhi e perdere roba bianca dal torace come il robot buono di *Alien 2*, gli occhi fissi sul tramonto.

Sfrecciare in quel modo sull'autostrada, come per allontanarsi dal tramonto colombiano che si infiammava proprio dietro di lui, gli pareva allo stesso tempo pericoloso e necessario, in un continuo altalenarsi, poiché ogni volta che diceva al suo autista di andare più forte perché perdeva l'aereo qualche colombiano idiota cambiava corsia senza mettere la freccia e gli si parava davanti, e allora ordinava all'autista di rallentare un po', Cristo, o sarebbero morti su quell'autostrada del cazzo invece di prendere l'aereo, che però si doveva prendere per forza e lui era in ritardo e allora appena l'autista scartava e sorpassava da destra l'automobilista o il camionista colombiano idiota e davanti c'era strada libera subito gli riordinava di accelerare, e così via, in cicli di uno-due minuti complicati dall'oscenità arancione del tramonto dietro di loro e dallo squallore infinito della periferia di Bogotà, dal progressivo declinare dell'altezza dei palazzi, dallo scrostamento degli intonaci sui muri delle case vicinissime all'autostrada e dagli onnipresenti e incomprensibili murales, che gli erano sempre parsi una cosa sudicia.

Dopo pochi secondi dalla sua partenza dal Palazzo Medi-Future nel centro di Bogotà, verso le cinque, i moderni palazzi con le pareti a vetro del centro finanziario avevano lasciato il posto alle case piccole e arrotondate della scarna civetteria sudamericana dei quartieri residenziali – inferriate rotonde, balconi rotondi, decorazioni – e poi dopo pochissimo le case erano ridiventate palazzi dello stesso beige sbiadito, come se una mano gargantuana le avesse tirate e allungate come Pongo, e ora si ergevano enormi e scrostati e sudici, con i balconi dritti e le inferriate dritte come quelli delle periferie di tutto il mondo, con l'orribile, imperdonabile cemento a vista dei casermoni di tutto il mondo, e poi erano scomparsi del tutto e d'improvviso come inghiottiti dalla terra nera di Bogotà, sprofondati nell'inferno degli orrori architettonici, e oltre il finestrino si vedeva scorrere solo la distesa di *favelas* della Rinconera che aveva continuato a sfilare per minuti e ad abbagliarlo con i riflessi del tramonto sui tetti di lamiera delle baracche. Strano che, agli estremi della ricchezza colombiana, le baracche della Rinconera luccichino, e luccichino anche i palazzi del centro finanziario, e in mezzo a quest'oceano di differenza di ricchezza, invece, non brilli/luccichi niente. Dev'essere una funzione matematica strana, quella della luccicanza degli edifici colombiani.

In ogni caso, tramonto o non tramonto, luccicanza o no, alle sette e mezzo di sera Alberto Ciardi era in ritardo per il suo volo per Brasilia. Chiese all'autista quanto mancava all'aeroporto e lui rispose come già altre volte che mancava poco ma dipendeva tutto dal traffico e lui stava facendo il possibile. E dopo che diceva così, accelerava, e Alberto ricominciava il suo ciclo di raccomandazioni rallenta/accelera, e insomma era un viaggio sgradevole, c'era poco da fare. Senza ragione tirò fuori dalla ventiquattrore di Prada il telefono, aprì uno spiraglio di finestrino, ci infilò buona parte della lunga, robusta antenna con lo snodo al centro e fece il numero del telefonino di sua moglie.

– Pronto, cara?

– Alberto. Ciao.

La voce di lei era perfettamente chiara. E c'era la meravigliosa lentezza di come parlava Milena – la pausa prima del suo Alberto che si era prolungata fin quasi a costringerlo a chiedere se l'aveva sentito o no; la sosta per respirare che aveva fatto tra Alberto e Ciao – che come sempre un po' lo irritava (Questa donna non è normale, è bella ma è una *ritardata*, gli aveva detto sua madre il giorno che l'aveva portata per la prima volta a cena dai suoi) e molto lo eccitava. Milena, sua moglie, la bambola, era considerata una delle donne più belle di Firenze. Non sapeva fare una moltiplicazione a due cifre. Si ricordava le tabelline a memoria, fino a quella del cinque. Ne avevano riso tanto, l'altra settimana, sul letto. E poi avevano scopato. E questo improvvisamente aveva voglia di dirle, che aveva voglia di scoparla. Ma non gli andava di farsi sentire dall'autista perché forse poteva capire, e allora fece anche lui una pausa e poi, senza ragione perché ormai stava perdendo le speranze di farcela a prendere l'aereo, disse:

– Senti, volevo dirti che allora forse ce la faccio a prendere l'aereo per Brasilia.

– Ah. Sì. Va bene.

E poi c'era stata una pausa troppo lunga anche per Milena. Pensò a una microcaduta di linea, poteva succedere di tutto a un segnale che partiva dal suo telefono satellitare Iridium ora a 2600 m sul livello del mare, saliva in cielo fino a un satellite, vi rimbalzava, scendeva giù a rotta di collo fino a casa sua sui Lungarni, a Firenze, e faceva squillare il telefonino trasparente Motorola/Jil Sander di sua moglie, sdraiata sul divano in salotto a guardare la televisione. E la cosa strana era che anche se l'Iridium era fallita in un bagno di sangue di miliardi di dollari bruciati e legioni di manager licenziati e questa cosa era stata ampiamente celebrata da tutti i giornali del mondo che si erano buttati a pesce sull'idea di poter sbeffeggiare la tecnologia che ancora una volta aveva fatto una cazzata e insomma non funzionava tipo Concorde (poi invece il Concorde funziona, e *da decenni*, e anche l'Iridium, ma per via delle vecchie mediocri leggi di Ford si era preferito qualcosa di più *economico* che *servisse tutti*, e così al telefonino – con tutti i telefonini, ovunque nel mondo – si sente male e le chiamate sono sempre disturbate e si passa il tempo a chiedere di ripetere, e ogni viaggio aereo in classe economica più lungo di un'ora è un'esperienza tipo Apollo 13), per qualche ragione inspiegabile il suo telefoninone Iridium progreditissimo ma molto più grosso dei primissimi telefonini, che poteva usare *ovunque* nel mondo anche in mezzo al Pacifico o al Sahara purché l'antenna potesse puntare al cielo senza ostacoli, funzionava ancora. Cos'era successo, si erano dimenticati di spegnere i satelliti? Ma si possono dimenticare i satelliti in cielo? Dopo un po' la loro orbita non degrada e cascano, tutti, sempre, nel deserto australiano?

Alberto inspirò profondamente l'aria senza odori che entrava dal finestrino mentre l'autista volava sull'autostrada scansando miracolosamente una miriade di auto giapponesi dalle carrozzerie azzardate e tinte di colori forti. La Rinconera era ormai passata, ora erano circondati da immensi insensati spazi aperti d'erba. Sbatté gli occhi una, due, tre volte, poi sentì sua moglie espirare.

– Milena, credevo fosse caduta la linea.

Era un loro scherzo privato, quello della linea che cadeva mentre lei faceva le pause, ma stavolta lei non rise, e lui, ancora:

– C'è qualcosa che non va?

– No. Nulla.

E rimase di nuovo zitta. Alberto sentì come dei rumori soffocati *dietro* di lei, una sorta di attività.

– Che c'è, dimmi, c'è qualcosa che non va. È troppo tardi? Che ore sono?

– Nulla. Non c'è nulla. Saranno... non lo so, la una e mezzo...

– Scusa, allora... Che idiota... ti ho svegliata...

– No... no... non mi hai svegliata, no...

Un immane 747 della Varig in fase di apparente decollo, bassissimo, sembrò spuntare dal nulla e sorvolare la macchina. Stava ritraendo il carrello. Si immaginò qualche bambino o vecchino dentro l'aereo sobbalzare come faceva sempre anche lui al *thud* del carrello che rientrava, e poi sorridere dopo qualche secondo d'attesa perché non era successo nulla, era stato un *colpo normale*, non c'era da preoccuparsi, l'aereo avrebbe continuato a volare e li avrebbe portati dove volevano andare e anche se la maggioranza degli incidenti avvengono durante il decollo, ecco, questa volta no, non sarebbe successo nulla di male, non sarebbero morti, avrebbero soltanto *viaggiato*.

– No. Una cosa c'è ma mi vergogno un po' a dirtela... Ho fatto una spesa grande, ho comprato quella collana di Settepassi... ieri... Anzi ieri sera ho deciso e oggi l'ho comprata... e l'ho pagata in contanti perché così mi facevano lo sconto...

Ne avevano parlato tanto, di quella collana. Alberto non riusciva a ricordare se costava trenta o quaranta milioni. Una cosa enorme. Gli sembrava di averle detto che l'avrebbe trattata lui con il gioielliere quando sarebbe tornato a Firenze. Non era sicuro, però. Forse aveva detto che voleva parlare con un altro gioielliere suo amico. Ora non si ricordava.

– Non ti sei arrabbiato, vero? Perché anche se mi vergogno un po' di questa cosa... ecco... io... io sono molto felice. È un sogno.

Il clacson di una delle macchine giapponesi terrorizzate dall'avventarsi della vecchia possente Mercedes partì e svanì in un doppler di cui Alberto aspettò la fine prima di dire qualcosa. Non era un gran problema, la collana. Non sarebbero andati al povero, per la collana. Era una cosa strana, però, Milena non aveva mai fatto una cosa così. Non le erano mai interessati i gioielli. Cioè, quasi mai.

– Va bene, – disse, – va bene. Non ti preoccupare. Hai fatto bene. Te la meritavi.

Non era vero, non se la meritava. Non aveva fatto nulla per meritarsela. Certo, forse se la meritava proprio per quello. E comunque passava troppo tempo da sola.

– Grazie. È un regalo bellissimo. Grazie.

– OK, – disse lui, – va bene. – E poi si accorse di non avere più niente da dire. Nulla. *Nada.* Tenne il telefono all'orecchio senza dire nulla mentre guardava l'autostrada colombiana tingersi di rosa e srotolarsi infinita davanti a sé verso l'onnipresente caligine sudamericana, piena di macchine di gente povera che con i soldi della collana di Milena ci avrebbe campato felice per generazioni alla Rinconera, e intanto sentiva il respiro della moglie. Non è incredibile che io senta il tuo respiro a tutti questi chilometri di distanza, avrebbe voluto dirle. Non è veramente incredibile? Eh, Milena, non è una cosa assolutamente incredibile? Non mi sono mai davvero abituato a questa cosa del telefono, e non ho mai capito come fa a funzionare, sì, lo so delle onde, di Marconi, del barattolo e del cordino, ma queste onde non si vedono mica, che onde sono, eh?

Lontana splendeva l'insegna enorme di un titanico centro commerciale in mezzo al nulla, NORTESHOPPING, e una fila di luci posteriori rosse di macchine che vi entravano. Alle otto di sera. Chissà cosa vanno a comprare. Avranno già cenato o ceneranno dopo, quelle persone? Non è squallido cenare presto, non è la cosa più squallida del mondo, Milena? Questo avrebbe voluto dirle, ma rimase zitto. Finché lei disse:

– Alberto... ci sei ancora? Alberto?

Per un attimo lui pensò di fingere di non essere più lì, che fosse caduta la linea davvero, ma poi rispose.

– Sì, scusa, ora ti devo lasciare, siamo arrivati all'aeroporto.

– Va bene, ciao. Fa' buon viaggio, amore.

– Ciao. Buonanotte.

– Buonanotte.

– Milena... – disse ancora Alberto, ma Milena aveva già riattaccato, non c'era più. Tirò su col naso.

– Quanto cazzo manca a questo cazzo di aeroporto del cazzo? – chiese Alberto in italiano al tassista, che non rispose. E lui, improvvisamente e illogicamente arrabbiato, sempre in italiano:

– E quell'aereo di prima, da dove veniva? Non era appena decollato, eh? Dov'è quest'aeroporto del cazzo?

Il tassista non rispose neanche questa volta, e Alberto pian piano si chetò e si mise a guardare senza pensieri l'erba stenta che gli sfrecciava accanto mentre il traffico sembrava diluirsi insieme al tramontare del sole. Forse aveva sbagliato a chiamarla così tardi. Sì, c'era l'accordo che lui quando era all'estero poteva chiamarla sempre e a qualsiasi ora se aveva voglia di sentirla, e gli era già successo tante volte di aver voglia di parlare con Milena quando da lei era notte fonda e di averla chiamata, ma quelle volte aveva sempre avuto qualcosa di bello da dirle, tipo una cosa divertente che gli era capitata o un successo di lavoro o un regalo che le aveva comprato, mentre stavolta l'aveva chiamata senza avere nulla da dire e la telefonata non era stata per nulla divertente, e invece di svegliarla mentre dormiva serena aveva trovato Milena sveglia davanti alla televisione, sola nel loro salotto buio e apparentemente non-serena, rinvoltata in uno dei suoi pigiami infantili con la salopette, i calzini da tennis ai piedi e il telecomando in mano, di certo preda di uno di quei momenti matrimoniali privati e notturni che tra marito e moglie è sempre meglio non raccontarsi mai.

Il sole tramontò definitivamente (niente raggio verde) durante l'altra mezz'ora di macchina che ci volle per arrivare al grande vialone sporadicamente alberato che porta all'aeroporto di Bogotà, dove Alberto si sentì confortato a vedere le prime, rassicuranti scritte in inglese (DEPARTURES, ARRIVALS, UNITED, AMERICAN) sui cartelloni illuminati. La macchina si sollevò sulle sospensioni per l'ennesimo incapace sorpasso dell'autista, e finalmente arrivarono. Alberto provò subito la consueta, piacevole scarica adrenalinica di quando c'era da fare qualcosa di urgente e doveva concentrare i suoi pensieri e dedicarli a una cosa sola. Perché non poteva perdere l'aereo per Brasilia, e aveva solo quindici minuti. Gli venne da sorridere di tutto l'impegno che avrebbe messo in questa minisfida che era già sicuro di vincere, e uscì dalla macchina con un unico gesto rapido. Congedò l'autista che gli porgeva la sua yorkshiresca valigia da pilota con le rotelline e protetto dal suo completo antracite Tasmanian di Loro Piana e dai suoi mocassini Sutor fatti davvero a mano si infilò a passo veloce nelle porte a scorrimento verso il check-in della United.

Non c'era praticamente nessuno nell'aeroporto, eppure erano poco più delle otto e mezzo, forse le nove. Gli schermi dei monitor con i voli in partenza erano spenti e Alberto si stupì di non riconoscere subito l'affrettato, nervoso non-esserci-nessuno degli aeroporti di notte, con i passeggeri che non si vedono perché sono già corsi alle uscite e i piloti e le hostess sono dentro gli aerei e l'attività dell'aeroporto esiste ma non si vede perché si è spostata a un altro livello. Non si sentivano annunci, anche i banchi del rent-a-car e dei bar erano spenti, in mezzo agli ampi corridoi riempiti con pubblicità di banche e succhi di frutta c'erano capannelli di uomini in camicia a maniche corte che si voltavano a guardarlo. Uno di questi alzò un dito per attirare la sua attenzione, ma Alberto guardò dritto davanti a sé e continuò a camminare. Niente polizia. Più avanti, indios scuri di pelle svuotavano i grandi cestini neri della sporcizia nel bel mezzo dei corridoi e altri indios li spazzavano e li ammucchiavano e li caricavano in una specie di pulitissimo veicolo elettrico bianco porta-immondizia di produzione tedesca, intanto spandendo mucchi di robaccia ovunque e costringendo Alberto a saltare per non finirci dentro. Quando uno di questi indios fece un urlo belluino a un altro indio trenta metri più in là, facendolo trasalire, Alberto si innervosì e prima accelerò lievemente il passo, poi lo ruppe in una vera e propria corsa verso le Partenze Internazionali, con le ruotine della valigetta che scarrocciavano alzandosi da terra a fare tante piccole porzioni della stessa curva, tante piccole C, i lembi della giacca che gli si alzavano, i tacchi dei mocassini che sbattevano forte sul pavimento di materiale durissimo e indeterminato di quell'aeroporto deserto. Anche i banchi del check-in erano tutti spenti. Nessuno al Banco Informazioni, un solo poliziotto lo fissava annoiato dalla gabbietta di cristallo antiproiettile del Controllo Passaporti. Poi in fondo alla fila vide un unico banco del check-in ancora acceso, dell'United, e una ragazza dietro il banco. Infinitamente sollevato, Alberto rallentò la corsa, sorrise e disse a voce alta, sventolando il suo biglietto di prima classe:

– *Buenas tardes, señorita!*

Quando consegnò il passaporto e il biglietto nelle mani della ragazza del check-in mancavano solo dieci minuti alla partenza. Ce l'aveva fatta anche stavolta. Sorrise di sollievo alla signorina che però teneva gli occhi chini sullo schermo del computer e non poteva vederlo. Inspirò ed espirò a fondo per calmarsi. Ce l'aveva fatta, e in fondo si era solo un po' preoccupato per tutta quella gente strana che aveva visto in aeroporto, gli *indios*, quei ceffi con le camicie corte, ma non si era impaurito. Aveva corso più per il ritardo che per la paura, che non aveva assolutamente avuto, e comunque non era il caso di perdere tempo a pensarci perché non avrebbe mai più visto quella gente in vita sua, grazie a Dio. Inspirò e sorrise annuendo al poliziotto del Controllo Passaporti. Il Sudamerica è così, pieno di gente strana che vive in modi incomprensibili. L'importante era che ce l'aveva fatta. Aveva preso l'aereo.

In tutta la sua vita, Alberto Ciardi non aveva mai perso un aereo. Mai. Non sapeva quale fosse la sensazione di perderlo, rimanere a terra e vederlo decollare da un finestrone panoramico dell'aeroporto come nei film.

La ragazza aveva aperto il passaporto, battuto apparentemente a caso sui tasti del computer, gli aveva chiesto se aveva bagaglio, e lui aveva risposto No. La sua valigia rientrava nei limiti del bagaglio a mano, l'aveva comprata apposta delle dimensioni giuste per non doversi sottoporre allo stress del ritiro bagagli, allo spintonarsi della gente d'improvviso eccitata dalla comparsa del proprio bagaglio, alle luci rotanti tipo macchina della polizia, alle sirene che annunciano l'avvio del nastro, ai colpi di carrello sul basso polpaccio. Riteneva roba del passato i bagagli, la roba, *le cose*, e ogni volta che vedeva gente carica di valigie negli aeroporti gli venivano sempre in mente i nobili dell'Ottocento che viaggiavano *con i bauli*, e subito dopo quelli blu con le finiture d'ottone mai usati da sua madre che li aveva ereditati da sua nonna che a sua volta li aveva avuti in circostanze mai chiarite, quei bellissimi inutili bauli blu, non essendo né nobile né ricca. La ragazza gli aveva chiesto se voleva un posto fumatore o non. Alberto aveva risposto Non, naturalmente, e Corridoio, grazie, e aveva finalmente cominciato a dimenticarsi tutti gli spiacevoli microavvenimenti che l'avevano innervosito nelle ultime ore. Chiuse gli occhi e iniziò il suo giochino di cancellarli dalla memoria uno dopo l'altro: la vacua telefonata con Milena finita prima che lui avesse potuto dire qualcos'altro, l'autostrada colorata d'arancione dal tramonto, l'aeroporto che si spengeva insieme ai suoi passi, il colombiano in camicia a maniche corte che l'aveva chiamato, gli indios spazzini che urlavano, il sudiciume che aveva dovuto saltare, la corsa nell'aeroporto mezzo spento.

Quando la ragazza gli aveva chiesto qualcos'altro in spagnolo, Alberto aveva aperto gli occhi e l'aveva guardata senza capire. Come ogni italiano non si era mai dato la briga di imparare lo spagnolo, perché tanto si capisce, no? E invece no, non si capisce proprio nulla se parlano veloci, e poi in Colombia parlano uno spagnolo diverso da tutti gli altri spagnoli, e in Brasile il portoghese è ancora peggio, con l'arrotio e le tronche e quello strascicare ogni parola. Eh?, aveva detto Alberto. E lei aveva stretto le labbra e gli aveva chiesto, in un ottimo inglese, la sua vaccinazione per la febbre gialla, *yellow fever*. Alberto aveva sorriso senza capire, aveva scosso la testa e detto che non ce l'aveva, e la ragazza gli aveva immediatamente reso passaporto e biglietto. Non poteva partire. Come? Per guadagnare tempo Alberto aveva finto di non capire, l'aveva fatta ripetere e poi aveva detto in inglese qualcosa tipo L'ho lasciata in albergo, può controllare, chiami l'Intercontinental, ce l'hanno loro di sicuro, se la faccia mandare per fax o per e-mail, ma la ragazza aveva scosso la testa, le labbra strette. Sul cartellino sul petto c'era scritto JUANITA VILLAREAL. Avrà avuto venticinque anni. Una ragazzina del cazzo. Alberto aveva scosso la testa, fatto un sorriso gelido di scherno e chiesto con tono duro che chiamasse un suo superiore, qualcuno che potesse capire che lui doveva assolutamente partire, vaccinazione o no, qualcuno dell'United, un dirigente e, per favore, una *persona americana*. La ragazza aveva detto che era lei la superiore, lei il capobiglietteria, non c'era nessuno *di americano* della United a quest'ora e comunque non sarebbe cambiato nulla perché nessuno poteva partire senza la certificazione che aveva fatto la vaccinazione contro la febbre gialla. Era la legge. Una legge brasiliana, aggiunse. Per i passeggeri provenienti da nazioni amazzoniche, e cioè il Perù, la Colombia, il Venezuela, ci vuole la vaccinazione per la febbre gialla.

– Ma io *sto andando* a Brasilia, e Brasilia è in mezzo all'Amazzonia. Che vuol dire? Che senso ha questa cosa? Semmai vado *a prenderla* la febbre gialla, in Brasile.

Si pentì subito di aver fatto l'ironico. Era l'ironia del cazzo che complicava ogni trattativa.

– Non lo so che senso ha, signore. È la legge brasiliana, e il volo atterra in Brasile.

– Ma qui non siamo in Brasile.

– Certo, signore, qui siamo in Colombia.

– Ma io non ce l'ho la febbre gialla, che idea idiota, – disse Alberto, provando il primo dubbio di non riuscire a partire. Ebbe un brivido. Le cose non erano sotto controllo e lui per qualche ragione non riusciva a rilassarsi abbastanza per capire come prendere questa ragazzina, come *venderle* il fatto che doveva partire. Sbuffò e cercò di concentrarsi, ma aveva la mente completamente vuota e poi era partito malissimo, era sembrato arrogante e nessuno fa mai favori agli arroganti. La ragazza continuò:

– No, ma potrebbe prenderla in Brasile. È una legge fatta per la sua protezione.

E Alberto, scuotendo la testa, mordendosi le labbra:

– No, signorina, lei non capisce...

Era un altro errore dire alle persone che non capiscono, soprattutto quando non capiscono davvero, ma ormai non riusciva più neanche a fingere di mostrarsi una persona gentile ed educata, e allora pensò che tanto valeva provare a impressionarla.

– ... senta, mi ascolti bene, io sono un alto dirigente della MediFuture, una grande compagnia farmaceutica americana, no, multinazionale. Noi dirigenti siamo tutti completamente immunizzati contro ogni malattia, ogni tipo di virus, incluso l'AIDS, incluso Ebola. Non possiamo ammalarci. È una cosa molto complicata, un vaccino-cocktail sintetico che abbiamo sperimentato noi, e tra qualche anno lo venderemo liberamente. È un trifase. L'ho sviluppato io come strategia di vendita, posso dimostrarglielo. È un farmaco mutante, del ventunesimo secolo.

La ragazza lo guardò per un attimo, poi cominciò a mettere cose nella borsetta pescandole dal banco. Dei fazzoletti di carta, uno specchietto, una matita per gli occhi che Alberto si accorse di seguire con lo sguardo con attenzione inspiegabile.

– Mi dispiace molto, signore, ma lei non può partire. E se anche la lasciassi partire, la fermerebbero in aeroporto a Brasilia e la farebbero risalire sul primo aereo per Bogotà. Mi dispiace.

E Alberto, ormai disperato:

– È un medicinale del tutto... è una *cosa nuova*.

Lei scosse lievemente la testa e lo guardò, poi abbassò lo sguardo verso la borsetta, forse dispiaciuta. Allora Alberto strinse le labbra e tirò fuori il portafoglio.

– OK, quanto?

La ragazza alzò la testa e lo guardò negli occhi, non stupita.

– Come, quanto?

– Quanto vuole per lasciarmi partire. Per chiudere un occhio. Domani devo essere a Brasilia a tutti i costi. Ci parlo io con i doganieri brasiliani, non si preoccupi. Lei non avrà nessun problema, glielo garantisco. Il capo delle dogane a Rio è un mio amico. Gli ho salvato il figlio dalla leucemia.

Lei scosse la testa e disse fissando il monitor:

– Niente. È la legge. La prego, non insista. Non può partire.

– Mille dollari, – aveva detto Alberto, subito pentendosi sia di aver offerto troppo poco sia di non avere comunque modo di darle questi soldi se lei avesse accettato, perché per uno stupido, stupido snobismo viaggiava sempre con pochissimo contante.

La ragazza alzò lo sguardo e inspirò e d'un tratto gli apparve molto stanca. Forse in questo momento lui la stava facendo ritardare a qualcosa. Forse lei doveva già essere a casa, ora. Di sicuro aveva un marito, o dei figli, o un appuntamento, una cena fuori, delle analisi da ritirare prima che lo studio medico chiudesse. Forse aveva paura di avere il cancro, o l'epatite, o l'AIDS, o la leucemia di cui lui aveva blaterato poco prima. Forse era in pena per gli esami di qualcun altro, e davanti agli occhi di Alberto balenarono due vecchi genitori colombiani seduti immobili in una cucina col tavolino di formica, ad aspettarla per sapere quando dovevano morire. Aveva sbagliato *tutto*. Le era apparso un uomo ricco e arrogante che oltretutto la prendeva per il culo dicendo di essere immune alla malattia orrenda che stava divorando dall'interno tutti e due i suoi genitori o suo marito o sua figlia o la sua migliore amica o lei stessa o tutti insieme, e comunque sia la stava facendo *ritardare* a qualcosa di importantissimo e l'aveva anche offesa offrendole mille dollari e dicendole che *era ami-*

co del capo delle dogane di Rio perché gli aveva salvato il figliolo dalla leucemia. L'aveva fatta incazzare. Era andata malissimo. Non aveva ragionato, non si era immedesimato nella psicologia della ragazza. Aveva *perso la trattativa*. L'aveva preso nel culo. Era finito, non ci sarebbe salito su quell'aereo. Quando lui abbassò la testa confuso e sconfitto, lei disse:

– Perché pensate, tutti voi, di poter comprare le persone in questo modo? Mi interessa, perché succede tutti i giorni che un europeo o un americano mi offra i soldi per qualcosa. Ogni tanto c'è anche qualcuno che mi vuole portare a letto e me lo dice qui, sottovoce, al banco del check-in, mentre gli rendo i biglietti. Mi dica, è perché la Colombia è considerata un paese sottosviluppato? È per via della droga? O sono io che faccio venir voglia alla gente di pagarmi? E se sono io, perché? Cosa le ha fatto pensare che mi farei corrompere? È la pettinatura, lo sguardo, cosa?

Lui aveva scosso la testa senza guardarla, poi aveva alzato gli occhi e le aveva sorriso, forse perché l'aveva visto fare a qualche attore. Lei lo aveva guardato per un altro secondo in attesa di qualsiasi altro gesto o risposta, aveva scosso la testa, detto qualcosa tra i denti, spento il computer e scavalcato con un gesto aggraziato la pedana per i bagagli. Era semplicemente uscita dal banco del check-in. E non era neanche male. Alberto aveva sorriso, disperato. È una bella donna, ci si può sempre parlare con le belle donne. E poi non poteva perdere quel volo. Le si affiancò mentre camminava.

– Mi scusi se l'ho offesa. Non volevo. È che sono un po' nervoso, forse. Ma è che io non ce l'ho la febbre gialla, – disse piegandosi verso di lei, le braccia allargate, mentre si accorgeva con orrore che il suo tono di voce diventava vagamente piagnucoloso. Ormai perduto, blaterò:

– Non posso ammalarmi, io. Sono sanissimo.

Ma lei si era ravviata i vestiti (una specie di tailleur blu con una camicia bianca di quelle che trenta anni prima avrebbero dato l'idea di una giovane donna pulita ed elegante e adesso erano ormai solo uno stereotipo da linee aeree) davanti a lui come se non esistesse, aveva salutato con la manina il poliziotto che guardava la scena con grande attenzione e se ne era andata senza neanche guardarlo, la borsetta a tracolla, il *ti-toc* dei suoi passi che risuonava nella sala del check-in quasi del tutto vuota se non per lui e il poliziotto e i nomi beffardi e ambiziosi di tutte le compagnie aeree del mondo. Un indio dalla faccia di iena si affacciò a guardare. Sul grande, vuoto tabellone delle partenze il volo per Brasilia era l'ultimo, e la scritta NOW BOARDING lampeggiava. Poi, proprio mentre Alberto lo guardava, il tabellone si spense, lui sobbalzò e la grande sala del check-in cominciò a essere davvero un po' troppo buia. Quando il poliziotto chiuse a chiave il suo sgabuzzino e cominciò a camminare verso di lui Alberto Ciardi si voltò lentamente, tornò al banco a raccattare biglietto, passaporto e valigina con le ruotine e cominciò a camminare verso l'uscita, precedendolo. Per la prima volta da anni sentì che stava per mettersi a piangere.

Senza aprire bocca, mano alla pistola appesa al cinturone, il poliziotto dell'aeroporto lo accompagnò al vociante gruppo dei colombiani in maniche corte, chiamò un certo Esteban e gli consegnò Alberto come fosse un regalo, un bambino, o un pacco. Questo Esteban, un uomo basso sui quaranta con la pancia dilatata dalle *cervezas*, i tratti volpini e uno stento baffo nero lo condusse senza aprir bocca alla sua macchina, una Honda rossa a due porte con due adesivi Castrol e STP sul lunotto posteriore uguale identica a quelle che aveva fatto superare a migliaia in autostrada dal suo autista, tirò in avanti il sedile del guidatore e lo fece accomodare sul sedile posteriore, che era minuscolo e pieno di briciole di pane. Partirono in silenzio dall'aeroporto e dopo un po' questo Esteban cominciò a parlare nel microfono del CB in una lingua stranissima che non sembrava spagnolo. Sincopata dalla statica veniva ogni tanto la risposta di qualcuno, in uno spagnolo che nonostante tutti i problemi di ricezione di ogni CB era invece piuttosto chiaro. Alberto sentì distintamente almeno due volte la parola Rinconera. Questo però accadeva mentre, al tempo stesso furioso e rasserenato dopo la gran paura, pugnalando l'aria con l'antennona del suo Iridium che aveva fatto uscire con gran fatica dal finestrino anteriore di quella macchinaccia perché i vetri posteriori erano fissi, Alberto cercava di telefonare al quartier generale della MediFuture Colombia senza però trovare nessuno, neanche un sorvegliante o un maledetto guardiano, incazzandosi sempre più a ogni telefonata a vuoto. Quando all'improvviso l'uomo si voltò verso di lui senza smettere di guidare e chiese scandendo le sillabe *Donde señor?,* Alberto si scosse, ripiegò l'antennona dell'Iridium e rispose *Hotel Intercontinental, a Bogotà.* Il tassista non-ufficiale si voltò in avanti e rimase zitto per un minuto, poi si girò di nuovo e chiese qualcos'altro in quella sua lingua incomprensibile. Alberto non capì nulla, solo Intercontinental alla fine, e dopo una decina di ridicoli secondi durante i quali il tassista non-ufficiale lo squadrò da capo a piedi senza mai guardare la strada Alberto rispose Sì, *Yes*, per disperazione, per farlo guardare avanti, perché non aveva capito nulla e non gli andava di far capire che non capiva nulla, perché se anche gli avesse fatto ripetere la frase non avrebbe capito nulla lo stesso, perché non gli andava di discutere con un cazzo di tassista non-ufficiale colombiano e poi soprattutto perché ormai era *solo* e senza aiuto nella notte colombiana, nelle mani di uno che non era un tassista e anche se gli era stato in qualche modo raccomandato da un poliziotto, ecco, da quando ci si poteva fidare dei poliziotti colombiani? O non erano tutti in combutta con il Cartello di Medellin, o non c'erano stati anche dei *ministri* indagati perché appunto in combutta con il Cartello, o non c'erano stragi quotidiane dei ribelli del FARC in tutta la Colombia? Insomma Alberto rispose Sì, *Yes*, e fissò negli occhi quell'uomo cercando di apparire calmo e deciso e sicuro. Lui allora si girò di nuovo in avanti senza dire una parola e guidò in silenzio per qualche minuto, ma quando arrivò allo svincolo per entrare sull'autostrada per Bogotà, invece di salirci svoltò a sinistra e imboccò una strada scura alla cui destra correva la rampa illuminata dell'autostrada e alla sinistra oscuri campi di terra che più che coltivata pareva smossa. Dopo un centinaio di metri la strada scura si contorse e schizzò di lato come punta da qualcosa, e in un attimo il taxi non-ufficiale con Alberto dentro affondò nel vero buio della vera notte colombiana, irragionevolmente diretto con le sole flebili luci di posizione accese – ormai era chiaro – verso la Rinconera.

Percorso qualche chilometro lungo i campi la strada si fece sterrata e si cominciarono a intravedere nel buio quasi assoluto dei riflessi – poco più che una diversa gradazione di buio – le prime baracche. Già dalla rampa autostradale non imboccata Alberto aveva nascosto l'Iridium nella valigetta con le rotelline e si era impettito sul sedile, ormai una preda, un omino *italiano* in giacca e cravatta e mocassini fatti a mano, impettito dal terrore che si sforzava in ogni modo di non dare a vedere perché ormai la cazzata era stata fatta ed era inutile parlare con uno che non capiva, e soprattutto non bisognava mai dare l'idea di aver paura in situazioni come quella. Non rimaneva che sperare che quest'uomo fosse onesto e il poliziotto non fosse corrotto, e questa che avevano preso attraverso la Rinconera fosse una – Mio Dio che cazzata, sono finito ora mi ammazzano – *scorciatoia* per l'Hotel Intercontinental e la sua suite all'ultimo piano. Poi gli venne in mente che non avevano neanche fissato il prezzo della corsa, e non c'è verso che un tassista anche non-ufficiale non fissi prima il prezzo della corsa, via. Pensò di gettarsi in qualche modo sul sedile del passeggero, aprire lo sportello, buttarsi di sotto dalla macchina lasciando al colombiano delinquente la valigetta con le ruote, scappare a piedi e offrire mille dollari al primo *rinconero* che incontrava per farsi portare in albergo ma non vedeva che baracche che si infittivano e pozzanghere grosse come stagni, niente persone; poi la macchina entrò in una specie di oblunga piazza sterrata cinta da baracche fatte di casse di Coca-Cola, lamiere e altra roba indistinta coloratissima, e Alberto sentì una serie di fortissimi rumori ritmici e idraulici incredibilmente simili agli spari dei film e poi un *plop* come di quando si apre un melone e i vetri della macchina esplosero di colpo tutti insieme con un gran rumore e la macchina si fermò contro qualcosa in mezzo alla piazza e Alberto vide la testa del tassista non-ufficiale che praticamente non c'era più e sembrava un maledetto trucco da film perché una parte della testa sembrava esserci ancora ma era *morbida e si piegava all'indietro* verso di lui, con i capelli insanguinati e tutto, e in quell'attimo invece di urlare dall'orrore pensò che era vivo, per miracolo ma era vivo e se urlava avrebbe attirato l'attenzione di chi aveva sparato perché questo era successo, avevano sparato alla macchina e allora rimase zitto, immobile, spruzzato di sangue e materia cerebrale del tassista non-ufficiale, la valigina con le ruotine stretta al petto, gli occhi sbarrati, elegantissimo, a fingere di essere morto anche lui e fu come se il cervello gli si disconnettesse perché non gli riuscì di pensare a nulla per quella che gli parve un'ora e invece furono solo pochi minuti in cui più che altro respirò e sbatté gli occhi finché la gente della Rinconera cominciò ad accalcarsi in silenzio intorno a quelli che sarebbero stati i vetri della macchina se non fossero stati nebulizzati dalle pallottole, e a quella gente sulle prime sembrò morto anche lui, che non scese dalla macchina finché a un certo punto arrivò un soldato con la tuta mimetica che lo prese gentilmente sottobraccio e lo fece uscire, e quando uscì dalla macchina si guardò intorno e vide un oceano di gente scamiciata, scalza, vestita variopinta, scura di pelle con i riccioli e bruttissima che lo guardava e abbaiava eccitata, un ritratto del perfetto Terzo Mondo benettoniano del cazzo, e nessuno piangeva e sembrava scosso anzi c'erano dei ragazzini che ridevano e si inseguivano nella polvere e l'impressione generale era più che altro di grande curiosità, ma quando il soldato con la mimetica gli chiese qualcosa che non capì, al pensiero che non c'era verso di intendersi neanche ora le gambe gli cedettero e cadde a terra nella polvere di quella strana piazza sbattendo forte lo zigomo destro e poi, ma solo dopo qualche secondo in cui incredibilmente si accorse di svenire, svenne.

II.
Milena

A dodici anni, età in cui smise di giocare a tennis a livello agonistico dopo un fortunoso campionato toscano under 12 a Montecatini in cui era arrivata in semifinale perdendo 7/5 al terzo da una rognosa ragazzina di Prato di nome Marina Carpini, nel momento esatto in cui si accorse di sentirsi solo immensamente sollevata dopo aver scaraventato in rete sul match-point l'ennesimo rovescio a due mani, Milena decise di non voler più affrontare niente di anche solo minimamente competitivo in vita sua. Le parevano cazzate, vittoria e sconfitta, concetti relativi e infinitamente parziali, di nessuna importanza nel *quadro generale delle cose misteriose al centro del mondo* che invece, quello sì, aveva deciso di considerare fondamentale, insondabile e incomprensibile, e di tenerlo sempre al centro della sua vita senza mai confidare questa cosa a nessuno. E poi le erano bastati i tre anni di Scuola Addestramento Tennis in cui aveva dovuto soprattutto *correre* e fare la stupida *ginnastica* pur di poter giocare a tennis, cosa che invece le era sempre piaciuta molto fin da piccola anche se sotto i 20 gradi per qualche sua ragione metabolica privata le ci voleva almeno mezz'ora di palleggio prima di riscaldarsi e nei tornei il primo set, in pratica, Milena lo perdeva sempre e contro chiunque.

Smesso dunque il tennis tra le lacrime dei suoi genitori nevrotici e iper-competitivi (suo padre un architetto-tennista belloccio fanatico del tennis e mai-classificato che ogni mattina si irrorava di Eau Sauvage e passava le domeniche d'autunno-inverno in giro per la Toscana a giocare il doppio in Coppa Italia con la squadra B del suo circolo, sua madre una ex-bella stizzosa e ormai magrissima giocatrice di bridge semiprofessionista fumatrice-a-catena che l'aveva partorita con il cesareo per non sentire dolore), persone che smise di credere capaci di aiutarla anche minimamente nella vita da quella famosa cena in cui si misero tutti e due a piangere per convincerla a non lasciare il tennis, Milena avviò a tredici anni ad andare in palestra dove fin da subito si impegnò in esercizi molto leggeri e femminei che però stava attenta a non far arrivare fino al punto in cui i suoi muscoli rettilei si sarebbero riscaldati, così da uscire dalla palestra sempre in preda a una strana, dolce sensazione di aver fatto sport senza essersi stancata e a volte addirittura senza aver neanche sudato, e avere così il tempo e l'energia di *fare altre cose*, come finire i compiti e ascoltare la musica.

A quattordici anni poi Milena sbocciò, diventò all'improvviso bella agli occhi di tutti e le sue lunghe gambe magrissime e sgraziate da trampoliere diventarono all'improvviso gambe perfette per la pubblicità delle calze, tanto che una volta la fecero andare a Milano per farsi le foto e lei ci andò insieme a Cinzia ma poco prima di posare cambiò idea e disse che non le voleva più fare quelle stupide foto delle sue gambe perché *si vergognava come una ladra* e non gliene importava proprio nulla che le sue gambe andassero in giro per tutta l'Italia sui cartelloni pubblicitari. Davanti alle proteste di quella gente (fotografi, truccatrici, assistenti) che squittiva e sibilava che il suo non era un comportamento professionale e così non avrebbe mai fatto strada Milena sorrise e, guadagnandosi in un attimo l'ammirazione perpetua di Cinzia, disse che nessuno poteva obbligarla a fare una cosa che non voleva fare e poi scoppiò a ridere alla reazione isterica dell'amica milanese di sua madre (strillava e batteva i piedi in terra) che aveva una famosa agenzia di modelle per la pubblicità e aveva organizzato tutto e quando raccontò la storia in una telefonata furibonda alla madre di Milena specificò che la Bellucci e la Bruni le aveva lanciate lei e non aveva tempo da perdere con le ragazzine viziate. Disse così questa donna dell'agenzia di modelle di Milano, che per via di una passata effimera notorietà sui giornali scandalistici per una sua relazione con Fabio Testi era sempre l'ospite d'onore delle feste fiorentine che dava la madre di Milena e pur non essendo bella ma solo *un tipo* una volta aveva avuto un rancoroso incontro ravvicinato in un alberghetto di Santa Margherita Ligure con il padre di Milena che ufficialmente era in trasferta a Massa con la squadra del circolo tennis; disse così senza che la madre di Milena reagisse minimamente o provasse a difendere la figlia, che anzi per telefono con l'amica chiamò *scemetta* e *sciacquetta*, poi quando all'ora di cena Milena tornò da Milano con un pacco di Fiorucci tutto infioccato sottobraccio dopo essersi divertita veramente *un mondo* a girare per la città e a viaggiare in treno con la sua superamica Cinzia, sua madre la chiamò da parte in camera sua, la fece sedere accanto a sé sul letto e le disse seria che certe occasioni non si potevano perdere perché la sua bellezza era un dono che doveva in qualche modo sfruttare, non come il tennis, e anzi secondo lei doveva assolutamente tornare a Milano il giorno dopo per farsi fotografare o avrebbe perso un'opportunità. Disse che certi treni passano una volta sola nella vita, si offrì anche di accompagnarla e concluse ammonendo che poiché Milena aveva solo quattordici anni, *per la legge* era sua madre ad avere la patria potestà, anzi suo padre e sua madre insieme, e insomma doveva ubbidirle. Milena pensò che semplicemente non poteva esserci risposta a una cosa così, e rimase zitta a guardarsi intorno mentre sua madre, che credette a una delle solite pause della figlia solo stavolta un po' più lunga, restò a fissarla per almeno tre o quattro minuti prima di capire che invece quella non era una pausa ma una risposta silenziosa, e allora uscì dalla stanza turbata e prima di mettersi silenziosamente a piangere a letto disse al marito che era molto preoccupata per lo stato mentale della figlia, che loro due stavano diventando vecchi e che mai come stasera aveva sentito il gap generazionale con Milena, senza però riuscire a staccarlo dalla lettura di "AD".

Insomma dai quattordici anni in poi le sue lentiggini non furono più paragonate a quelle di Pippi Calzelunghe ma a quelle di Brigitte Bardot o Mimsy Farmer, chiunque fossero, e il seno le crebbe quanto bastava per cominciare a essere notato e considerato perfettamente in armonia con il resto del corpo. Questa improvvisa, riconosciuta bellezza cominciò sia a metterla a disagio nelle cose che aveva sempre fatto senza problemi (andare a scuola in autobus per via degli sguardi della gente, a pranzo dalle amiche per via degli sguardi dei padri e fratelli di queste amiche, cose così), sia ad avvantaggiarla del tutto ingiustamente in quelle cose che invece prima le risultavano difficili (a scuola con i professori maschi che le perdonavano tutto, in discoteca dove non volevano più farla pagare nemmeno se si offriva di farlo, nei rapporti con gli altri ragazzi e ragazze della sua età che per motivi diversi ora sembravano non avere più nient'altro da fare se non voler passare del tempo con lei), e allora decise di fare l'unica cosa che poteva fare per togliersi di dosso quelle improvvise, insopportabili attenzioni *adulte*, cioè fingersi lenta, tarda, dura di comprendonio, scema.

All'inizio le dava un po' noia vedere gli sguardi delusi della gente quando lei rispondeva in ritardo alle loro domande vacue, ma ben presto divenne un gioco attendere diversi secondi prima di rispondere, anche a scuola, perché ogni secondo le regalava una nuova immagine di chi le faceva le domande, una nuova espressione, e così Milena riusciva a capire un mucchio di cose della gente, tipo che nessuno – né uomo né donna – è davvero preparato a sentirsi superiore a una persona molto bella, e di conseguenza non sa mai come reagire. Un sottoprodotto di questo suo *rallentarsi* fu che le persone le apparvero sempre meno interessanti, e senza poi provare tanta sofferenza – non aveva mai sopportato chi mostrava di *soffrire* per dei *problemi* – Milena si chiuse in se stessa e decise di ignorare la sua nuova bellezza, i capelli che le si erano come miracolosamente infittiti e *ramati*, e rimase per anni volontariamente chiusa in casa a fare i compiti, sentire Billy Joel sul giradischi di suo padre e registrare cassette di canzoni quasi sempre tristi per i suoi fedeli amici di scuola, quelli di prima che diventasse bella, due soli, un magro ragazzino sciapo di nome Gianluca Borgioli e Cinzia Monfardini, la sua unica vera amica, una ragazza di un'ordinarietà così assoluta di aspetto, gusti, opinioni che già si intuiva non avrebbe resistito al tempo.

Ogni sabato sera Milena invitava a casa sua Gianluca e Cinzia e guardavano videocassette di film commerciali tipo Van Damme e Stallone e mangiavano sempre e solo patatine fritte di quelle surgelate dei supermercati e tagliate tutte perfettamente uguali, buonissime, con ketchup e maionese, e bevevano la spuma bionda direttamente dalla bottiglia. Ogni tanto c'era qualche fidanzato molto bello con la brillantina nei capelli che però rovinava tutto per la tensione dichiarandosi innamorato di lei dopo i primi baci in salotto mentre Billy Joel cantava *Honesty* – sempre e solo durante quella canzone mielosa i ragazzi trovavano il coraggio di baciarla – e lei, ormai allergica a queste cose sdolcinate, il giorno dopo lo lasciava bruscamente, senza rimpianti e senza spiegazioni.

Poi a diciassette anni Milena incontrò Alberto, che aveva due anni più di lei e frequentava la facoltà di Ingegneria a Pisa e pur avendo a disposizione solo i fine-settimana la conquistò quasi subito perché era così assorbito da se stesso e dai suoi sogni di Grande Futuro Manageriale che mentre le raccontava senza mai interrompersi di sé e delle cose fantastiche che avrebbe fatto nella sua carriera non aveva il tempo di accorgersi dell'iniziale lentezza tattica di lei, si dimenticava di corteggiarla e farle domande inutili e dirle cose melense e in più si vestiva con delle vecchie giacche a pied-de-poule sopra dei jeans non-Levi's e non-scoloriti che a Milena – corteggiata solo da ragazzini ricchi e vestiti con le cose giuste e gli orologi giusti – sembrò un malvestirsi *deliberato*, l'ennesimo segno del suo schierarsi fuori da qualsiasi gruppo, e in silenzio lo apprezzava moltissimo senza però mai parlarne con lui che invece in quel modo pensava di vestirsi bene, un po' retrò ma bene. Alberto poi disse subito a Milena che a lui Billy Joel non piaceva, che di italiani gli piaceva solo Battisti e di stranieri solo il rock duro dei Deep Purple, Led Zeppelin, Black Sabbath, Blue Oyster Cult, e quando la invitò a uscire con lui un sabato sera per andare al cinema la portò a vedere *Excali-*

bur e non provò neanche una volta ad abbracciarla nel buio e a baciarla come facevano sempre i ragazzi con lei al cinema, a qualsiasi film.

Poi, e questo fu decisivo, Alberto legò subito con i due impresentabili amici di lei e loro gli si affezionarono e lo sponsorizzarono fortemente, cosa che impressionò molto Milena e le fece pensare che Alberto era diverso da tutti gli altri perché sarebbe stato sicuramente un uomo di successo e la prova di questo era che, come lei, sapeva apprezzare le persone che non piacevano a nessuno, sapeva vedere – così gli disse – "dentro ai cuori della gente", mentre in realtà Alberto viveva semplicemente quella fase giovanile che attraversano tutte le persone ambiziose durante la quale non riusciva a non provare a conquistare tutti gli esseri umani che incontrava. Li vedeva come perfetti, gratuiti sparring-partner su cui allenare il suo modo di apparire, parlare, sorridere, e gli amichetti di Milena furono prede facilissime per lui, che ad affascinare la gente più debole non si sentiva minimamente cinico o crudele. Se avesse avuto la spietata chiarezza di idee che viene solo in vecchiaia e fa considerare tutti gli sforzi giovanili poco più di un turbinio irrazionale Alberto si sarebbe reso conto di comportarsi come un Terminator, un samurai senza padrone impegnato in un'unica impresa che si esauriva in se stessa e consisteva nel tentativo di raggiungere contemporaneamente potere, denaro e considerazione/rispetto degli altri senza però ritenere il raggiungimento di tutte queste cose importante in sé, perché lui non mirava al Rolex d'oro o alla Mercedes S 600 o alla villa al Forte. Come i grandi atleti, Alberto voleva maniacalmente e solo diventare il Numero Uno, e non poteva accontentarsi di nessun successo parziale.

Fecero presto a fidanzarsi, e dopo tre anni di fidanzamento – Milena aveva quasi ventun anni – fu lei a dirgli che dovevano sposarsi anche perché i suoi genitori ormai più che cinquantenni stavano infantilmente, acidamente divorziando per via di qualche reciproca misera infedeltà e avevano già cominciato a usare lei per avvantaggiarsi nelle loro beghe legali. Quando Alberto le rispose felicissimo che gli sembrava una grande idea ma per sposarsi avrebbe preferito aspettare di aver finito l'università e nel frattempo lei avrebbe potuto vivere con lui nell'appartamentino che aveva appena preso in affitto a Pisa, a Milena questa cosa di collegare il matrimonio all'università non piacque molto, fu un vero anticlimax, però alla fine se la fece garbare e vissero a Pisa due fantastici anni da innamorati (gite in Versilia con la Golf diesel di lui ogni volta che ne avevano voglia, lei che imparò a cucinare il pesce, libri gialli letti insieme e poi discussi a letto, tanto sesso, tantissimo cinema commerciale, popcorn, tute di felpa grigia condivise, *One* degli U2 a ripetizione) mentre Alberto finiva l'università *summa cum laude* che i professori gli dettero per via di Milena seduta in prima fila a sentirlo discutere la tesi in un vestito bianco di cotone con le trine tipo vecchio West e gli stivali da cowboy, e cominciava a ricevere proposte di colloquio da diverse aziende importanti. Lui andò a tutti i colloqui e ogni volta le aziende si offrivano di assumerlo seduta stante. Alberto prendeva sempre tempo e tornava a casa dubbioso a parlarne con Milena, che il più delle volte lo stava a sentire senza dire nulla ma in cuor suo era orgogliosissima di lui e ringraziava il cielo che un uomo così intelligente e promettente si fosse innamorato di una normale come lei.

Alla fine Alberto accettò l'offerta della MediFuture non perché fosse la più alta, ma perché invece di un lavoro ingegneristico più o meno specializzato la MediFuture gli propose un lavoro da venditore, nel quale avrebbe dovuto vendere agli ospedali italiani e ticinesi macchine per il sostentamento vitale, quelle che tengono in vita i malati terminali o aiutano a riprendersi chi abbia avuto un forte trauma e non ce la farebbe a respirare da sé. Era politica della MediFuture che queste macchine complicatissime ed enormemente redditizie, integrate con sistemi computerizzati di controllo e gestione anch'essi di esclusivo brevetto MediFuture, potessero essere vendute con successo solo da chi aveva conoscenze ingegneristiche specialistiche e non dal laureatino in Economia e Commercio appena spolverato di marketing, perché le tecniche di vendita si fa presto a impararle e sono le stesse in tutto il mondo indipendentemente da cosa si vende, mentre una laurea in Ingegneria presa con 110 con lode a Pisa e tesi pubblicata sulle Porte Logiche Quantistiche era tutt'altra cosa. Alberto, che in quei lunghi colloqui aveva capito quanto sarebbe stato facile per lui finire in una sorta di astratto limbo specialistico e impaniarsi in una carriera che l'avrebbe portato a diventare poco più che un professore con gli occhiali e il camice bianco, lontanissimo dal mondo reale, accettò con il suo bambinesco entusiasmo per le novità e cominciò subito a lavorare alla MediFuture scoprendo con sorpresa di *avere comunicativa* e di piacere alla gente. Gli dettero una BMW 320d e lo sguinzagliarono per tutta l'Italia e il Canton Ticino. Non prese ferie per tre anni, ebbe un grande successo e via via cominciarono a promuoverlo. Alla prima convention fu presentato dal suo capo agli alti dirigenti italiani e fece anche a loro una grande impressione perché ogni anno aveva triplicato i suoi già ambiziosi budget di vendita. Con i primi soldi Alberto e Milena presero un mutuo in banca e comprarono dal vecchio datore di lavoro del padre di Alberto, il Cavalier Ivo Barrocciai, e a un prezzo di straordinario favore, l'appartamento sui Lungarni che aveva usato per decenni come *garçonniere* e si trovava improvvisamente a dover vendere in segreto per via del suo rovinoso divorzio senile.

Alberto passò attraverso Tangentopoli con la leggiadria dei fuoriclasse, rifiutando e mai offrendo tangenti che, come aveva capito subito, proponevano e accettavano solo i perdenti e gli incapaci. Qualcuno più in alto di lui fu licenziato, qualcuno si ritirò, qualcuno fu indagato e Alberto diventò il numero tre italiano. La MediFuture era una compagnia molto conservatrice quotata al NYSE da pi ù d cinquant'anni in cui convivevano ormai a fatica l'anima calvinista della famiglia Barkley che l'aveva fondata e il nuovo aggressivo management che negli ultimi anni le aveva fatto conseguire utili mai conseguiti e scalare la classifica delle "Fortune 500". Dopo una sanguinosa lotta interna che portò a uno svecchiamento dei ruoli dirigenziali e a una conseguente ridistribuzione di poteri, il nuovo CEO coreano-americano indisse una sorta di convention a cui furono invitati solo i più giovani e capaci dirigenti MediFuture di tutto il mondo. Alberto si presentò a Boston infinitamente motivato e al braccio di una Milena splendente, mostrando così di non essere il solito ragazzino affamato e pronto a vendersi la madre per battere il budget ma una persona adulta, solida e radicata, l'immagine stessa del giovane brillante padre di famiglia, e in pochi anni fu promosso prima a numero uno italiano e poi europeo.

La forza di Alberto stava nel non permettersi mai di perder tempo con pensieri non-positivi. Non pensò mai che il suo lavoro consisteva nell'aiutare una società immensamente florida a migliorare bilanci già straordinari sulla pelle delle persone più deboli al mondo; non gli venne mai in mente che il frutto del suo spesso geniale lavoro non rappresentava neanche un terzo decimale del rapporto prezzo/utile delle quotazioni di Borsa della MediFuture e invece da qualche parte nel mondo un sindaco doveva scegliere se rifare le strade o illuminare un quartiere abusivo o offrire l'asilo nido alle giovani madri povere o comprare a prezzo pieno una delle sue macchine, che Alberto comunque non volle mai guardare in azione su un moribondo per paura di esser troppo coinvolto emotivamente in quello che per lui era un *lavoro*.

Pensava, invece, Alberto, molto semplicemente e calvinisticamente, che senza di lui e le sue macchine MediFuture sarebbero morte molte più persone; che i soldi spesi in macchine che *regalavano la vita* erano spesi meglio che in qualsiasi altro modo; che se c'era qualcuno nel mondo che doveva essere ricompensato con un guadagno erano proprio lui e la MediFuture perché gran parte di quei guadagni andavano a finire nella ricerca per creare nuove medicine e nuove macchine che avrebbero salvato altre vite; che lui e la MediFuture erano dalla parte del bene, e se non avesse pensato questo non avrebbe potuto lavorarci. Forse.

In tutto questo Milena non ebbe che una parte marginale, e nella calma piatta della sua vita passata in gran parte da sola per via dei frequenti viaggi di lavoro di Alberto che per non annoiarla la portava con sé solo quando andava in posti particolarmente belli (un convegno su un nuovo anti-malarico a Salvador Bahia, una convention panafricana in Marocco al Mamoonia, un resoconto semestrale a Nassau), fare ginnastica era diventata la sua occupazione principale, l'unica e la più importante. Senza mai sentirsi intristita da questa specie di monomania, senza mai desiderare coscientemente di interrompere in qualche modo la routine che si era creata, Milena andava quasi ogni mattina verso le dieci in una palestra molto bella e in continuo rinnovamento di macchine e servizi che all'ora di pranzo veniva irrorata di musica techno e invasa da giovani madri irrequiete con i capelli tagliati corti per via di gravidanze da poco concluse e giovani professionisti insicuri che almeno dal rumore che facevano i loro pesi sbattendo contro se stessi o sul pavimento sembravano allenarsi seriamente e invece non facevano che guardarsi vicendevolmente di soppiatto e illudersi di scaricare così le loro tensioni invece acuendole proprio per via di quel loro faticare e guardarsi, immersi in quella musica inumana; all'ora di cena invece quella palestra che per qualche ragione si chiamava ELEMENTS si riempiva di commesse e studenti e rappresentanti di commercio apparentemente molto più rilassati perché stremati dalla giornata di lavoro, che toccavano appena i pesi e chiacchieravano molto, e anche la musica cambiava diventando una struggente musica da discoteca degli anni '80 che un po' anticipava la serata che questa gente avrebbe passato alla ricerca di divertimento e un po' li invogliava a fare ancora meno sforzo.

Per evitare queste compagnie ugualmente indesiderabili Milena aveva scelto di andarci alle dieci di mattina, quando il suo corpo non era ancora ben sveglio e la palestra era quasi vuota (a quell'ora in verità c'era un'altra categoria di frequentatori, quelli che dovevano fare riabilitazioni per fratture o infortuni o semplice vecchiaia, ma era gente piuttosto taciturna e solitaria e pensava molto ai cazzi suoi, insomma non le dava noia), e mentre si allenava tutta seria in un silenzio rotto solo dal suo respirino, sola, dentro di sé non si sentiva contenta di tutta questa pur cercata e ottenuta solitudine, e segretamente se ne rammaricava. Era come se, dopo aver tolto di mezzo tutte le noie e le seccature della gente che non conosceva né voleva conoscere, le mancasse però la presenza di qualcuno che facesse ginnastica con lei, anche Alberto per esempio sarebbe andato benissimo se ci fosse stato, o magari una nuova amica che non fosse una sfaticata come Cinzia che di palestre e pesi non voleva nemmeno sentir parlare, ma quando poi qualcuno le si avvicinava – perché lei era davvero bella anche di mattina presto e tra i riabilitandi che andavano in quella palestra c'erano occasionalmente anche calciatori della Fiorentina infortunati e *rentiers* oltre i cinquanta caduti da cavallo o slogatisi una spalla a giocare a golf – e provava ad attaccare discorso con delle banalità lei si chiedeva sempre se era per causa sua che questi idioti si avvicinavano (sembrava una donna in cerca di incontri? era per via di come si vestiva? emetteva feromoni senza saperlo?) e si imbizzarriva e non rispondeva nemmeno e anzi una volta a uno particolarmente insistente fece segno di essere sordomuta, perché nonostante la sua bellezza che ormai si era raffinata e condensata in una sorta di burrosità lentigginosa se possibile ulteriormente ammorbidita dalla noia gentile che mostrava sempre in pubblico e dal suo insistere nell'apparire lenta, e nonostante tutte le proposte che le venivano fatte praticamente ogni volta che Alberto la portava con sé a qualche ricevimento, proposte di cui non gli diceva mai nulla perché alcuni dei proponenti erano suoi colleghi e amici e poi anche perché Alberto era così infantilmente orgoglioso di avere una moglie così bella da vantarsene come un bambino con tutti anche davanti a lei, Milena non era mai stata a letto con un uomo che non fosse Alberto e nel corso di quegli anni di assoluta fedeltà si era ormai convinta che il sesso fosse tra tutte le attività umane la più sopravvalutata, una di quelle cose tipo lo sci d'acqua e gli scacchi e il francese che proprio non facevano per lei.

E così – inattaccabile alle scappatelle ma proprio per questo candidata all'infedeltà vera – quando dalla grande vetrata interna della palestra Milena vide per la prima volta Marco girellare annoiato tra le macchine da *step* con indosso i pantaloni di una vecchia tuta blu di felpa, un paio di vecchie Superga bianche, una maglietta gialla scolorita con lo stemma della TWA e i capelli lunghi legati nell'unica coda di cavallo che in un uomo non gli fosse parsa da subito femminea, Milena che quella mattina era in ritardo e si affrettava giù per le ampie scale della ELEMENTS per fare i suoi esercizi e la doccia e scappar via prima che cominciassero ad arrivare le Giovani Madri Irrequiete Coi Capelli Corti, si accorse subito che Marco era una persona completamente diversa dalle altre che infestavano a ogni ora la palestra: il suo battito cardiaco cominciò ad accelerare involontariamente, le pupille le si dilatarono e quel giorno si cambiò velocemente, si allenò molto di più, sentì pochissimo la fatica e sudò anche un po', tutto questo senza rendersene conto perché, fin dal primo momento in cui l'aveva visto dalla vetrata che si aggirava serio e selvatico tra pesi e manubri, *Milena non aveva pensato che a Marco.* E quella mattina, mentre lo guardava di sottecchi fare ripetizioni veloci di tanti esercizi con pesi leggeri, in pratica una versione con molto più peso delle stesse ripetizioni che faceva lei, per la prima volta in vita sua dopo i diciotto anni si accorse di sentirsi attratta fisicamente da un uomo, molto attratta, e insieme a questo brivido vennero l'insicurezza, la confusione, l'ansietà, la paura sia di questa nuova sensazione sia di non riprovarla più perché lui poteva cambiare orario d'allenamento o non tornare in quella palestra e lei non l'avrebbe mai più visto, mai più, e questo le parve impossibile da accettare. Non perse neanche un secondo a darsi della scema, a cercare di razionalizzare, non andò a bagnarsi i polsi e la nuca con l'acqua fredda come aveva visto fare al cinema, e senza esperienza di corteggiamento adulto com'era tornò inconsapevolmente all'infanzia, a fare tutte le cose che faceva da bambina/ragazzina quando le piaceva qualcuno, e così cominciò a guardare fisso Marco che invece la ignorava completamente, a girarsi di scatto quando pensava che lui potesse in qualche modo accorgersi del suo sguardo e voltarsi a riguardarla, a fissare studiatamente il nulla ogni volta che lei passava vicino a lui o lui a lei. Cose così, dolcissime e ingenue e stupide, la sostanza stessa dell'innamoramento, che Marco interpretò subito senza sbagliare come il segno certo di piacerle, a quella strana bambola curiosamente bella che, l'aveva notato anche lui, faceva i suoi stessi esercizi sulle sue stesse macchine, e quando appena finito l'esercizio alla macchina davanti alla quale Marco aspettava il suo turno, arrossata in viso e un po' anche sudata e ansimante come in tutta la vita non l'aveva mai vista nessuno e soprattutto non si era mai vista nemmeno lei, Milena subito prima di alzarsi dalla macchina, che era una *leit-machine*, si voltò verso di lui e d'improvviso gli sorrise con una familiarità quasi cameratesca sicuramente eccessiva e inappropriata e gli disse qualcosa tipo È veramente, veramente dura, Marco fu colto di sorpresa e d'istinto sorrise anche lui, anche lui cameratescamente, e gli scappò detto che, sì, era proprio vero, e nell'imbarazzo totale che seguì perché Milena per sentire la sua risposta si era dimenticata di alzarsi dalla macchina e Marco non poteva fare altro che aspettare che lei si alzasse, nel silenzio di quella mattinata vuota e lunghissima rotto solo da *Sultans of Swing* dei Dire Straits che nessuno dei due conosceva ma sembrava a tutti e due una bella canzone, nella palestra praticamente vuota se non per un vecchio che, lontano, appoggiato a una spalliera, faceva dei goffi piegamenti su un ginocchio tutto fasciato, tutti e due insieme dissero:

– Come ti chiami?

E si misero a ridere, e si presentarono e tutto nacque così.

III.
Il giro del mondo

Quando finalmente Alberto arrivò a casa era metà pomeriggio del giorno seguente, tra le quattro e le cinque. Per tutto il viaggio in taxi dall'aeroporto a casa pensò di telefonare a Milena per avvertirla, ma non lo fece. L'ultima telefonata gliel'aveva fatta da Caracas perché non era riuscito a chiamarla né da Miami né da New York, a Londra/Heathrow era arrivato nelle prime ore del mattino e anche se aveva dovuto circumnavigare la città per prendere il volo Meridiana per Firenze da Londra/Gatwick e aveva avuto un sacco di tempo da solo dentro a quel taxi immenso immobilizzato nel traffico, ecco, non l'aveva chiamata. Eppure lo sapeva che lei era in pensiero e di sicuro si immaginava il viaggio d'inferno che gli era toccato.

Finalmente in possesso di un certificato di vaccinazione contro la febbre gialla falso ma fattogli avere dal console italiano, un avellinese baffuto di nome Antonio Caponigro che era subito accorso alla Rinconera insieme al terrorizzato presidente della MediFuture Colombia a strapparlo dalle mani dei soldati che lo volevano interrogare e mentre tornavano a Bogotà sulla sua vecchia ma inviolabile Mercedes 280 SE blu scura con la bandierina italiana sul cofano gli aveva detto che per evitare complicazioni e noie era molto meglio per lui partire all'alba col primo aereo, Alberto si imbarcò dopo quattro ore insonni alle 5:05 sul volo Servivenza per Caracas operato da un Fokker a elica sul quale trasalì tre volte: la prima quando si accorse dai dépliant sbertucciati nelle tasche dei sedili che la Servivenza non apparteneva alla IATA e di conseguenza non era obbligata a rispettarne i controlli di sicurezza; la seconda quando dopo aver sentito il comandante blaterare qualcosa nell'intercom di bordo e visto un'anziana passeggera afferrare il crocifisso venne a sapere dal pessimo inglese della unica e preoccupata hostess sessantenne che ci sarebbe stato un atterraggio non previsto per ragioni tecniche in un posto di nome San Antonio; la terza quando l'aereo iniziò a scendere e Alberto si rese conto guardando le cime innevate fuori dal finestrino che San Antonio doveva per forza essere un paesino sulle Ande, e in effetti c'era un aeroporto minuscolo spazzato dal vento con una pista sola e niente torre di controllo, ma l'atterraggio fu perfetto e salutato da un frenetico applauso dei passeggeri e della hostess al quale – cosa mai successa neanche quando era bambino – si unì anche lui.

Riuscì poi a imbarcarsi sul volo American Airlines Caracas-Miami solo grazie a un provvidenziale ritardo dell'aereo che naturalmente doveva prima arrivare a Caracas da Miami per poter ripartire da Caracas per Miami, e lo champagne californiano millesimato con cui le hostess gli riempivano il bicchiere rasserenò il suo umore fino a farlo sconfinare in una quasi-euforia in concomitanza con l'atterraggio a Miami, dove però l'argenteo 727 della American rimase due ore bloccato sulla pista senza alcuna spiegazione mentre cani poliziotto non di razza entravano e uscivano dalla stiva dell'aereo in cerca di qualcosa. Questo secondo inspiegabile ritardo fece saltare definitivamente il suo piano di viaggio che a questo punto prevedeva un volo Miami-New York-Francoforte della Lufthansa che insieme a un'ulteriore coincidenza Francoforte-Firenze sempre Lufthansa (solo per questo Alberto appena arrivato a Miami si era sentito a casa, perché era vittima dello stereotipo per cui le persone e le società più sono *del Nord* e più sono affidabili e precise e degne di stima e in ultima analisi migliori, con le linee aeree tedesche al primo posto assoluto di nordicità/efficienza) lo avrebbe sbarcato a Firenze nelle prime ore della mattinata, e invece aveva dovuto prendere al volo e di malavoglia un Miami-New York-Londra/Heathrow della British dove però gli era successa una cosa molto strana e molto bella e poi per via di altri voli pieni e altre liste d'attesa e *overbooking* aveva dovuto circumnavigare in taxi Londra all'alba – niente treni a quell'ora – fino a Gatwick per prendere poi un Londra/Gatwick-Firenze della Meridiana.

Arrivato a Firenze a metà di un pomeriggio grigio, pur sapendo che Milena era a casa accanto al telefono ad aspettare la sua chiamata e a questo punto era una cosa idiota e crudele e non da lui non chiamare sua moglie, Alberto non le telefonò. Forse perché voleva raccontarle tutto a voce, o perché era mortalmente stanco o perché lo divertiva l'idea di mantenere ancora per un po' l'aura da sopravvissuto che gli si era appiccicata addosso a Bogotà o forse perché voleva portare fino in fondo il suo segreto giochino che ogni tanto si divertiva a fare in viaggio, quello di non parlare con nessuno fino a Firenze. Ormai erano quasi due giorni che non dormiva perché ogni volta che chiudeva gli occhi continuava a vedere la testa morbida del tassista che gli veniva addosso, e sugli aerei si era stroncato di bicchieroni di caffè lungo che indicava sorridendo alle hostess. Uscito dall'aeroporto consegnò al tassista un foglietto con il suo indirizzo e guardò fuori dal finestrino una Firenze quieta e mèzza di pioggia. Mentre attraversava a piedi il Lungarno bagnato passando tra le macchine ferme in fila non staccò mai lo sguardo dal suo portone, che gli parve bellissimo. Lo aprì carezzandolo, fece due scalini alla volta la grande rampa di scale in pietra e aprì semplicemente la porta di casa con le sue chiavi, senza suonare il campanello o bussare o annunciarsi in qualche modo, come se vivesse da solo e non ci fosse Milena ad aspettarlo davanti alla televisione, Milena che sobbalzò a sentire il rumore della serratura che scattava ma saltò in piedi ed era troppo contenta ed era stata troppo in pensiero per chiedersi perché Alberto non avesse telefonato come sempre dall'aeroporto o dal taxi per dire che stava arrivando, perché non si fosse preparato una battuta o qualcosa di felice e buffo e stupido per farla ridere, e corse così velocemente verso la porta che quando lo abbracciò lui non era ancora completamente entrato in casa, ed era, Milena, veramente bellissima.

Prima che gli saltasse al collo fece in tempo a notare il suo sorriso leggero, la corsa lievemente zoppicante per via della caviglia rotta nel loro terribile incidente stradale pre-matrimoniale, le New Balance slacciate, le lentiggini che spiccavano sull'abbronzatura leggera; poi si abbracciarono e Alberto sentì le tette di lei che gli si stringevano sul petto e Milena si commosse al pensiero che lui poteva essere morto in quello stupido viaggio, e poi la sua giacca blu di lana pettinata era così *seria* e odorava di luoghi chiusi, di aereo, di posti dove non si era divertito per nulla... Per la prima volta in vita sua Alberto le fece pena e poi smise di pensare e pianse e basta mentre lui invece pensava alle sue tette che ora gli parevano nuove, più grosse, e si sciolse pian piano dall'abbraccio di sua moglie in lacrime per potergliele toccare, e quando gliele toccò ebbe un'erezione improvvisa e fortissima e pensò a tutta la caffeina che aveva in corpo e lei la sentì e gemette perché non se l'aspettava e poi lui aveva le mani fredde, e mentre gemette pensò subito che era un verso inappropriato perché non l'aveva mai fatto di gemere in quel modo, poteva dare di lei un'idea sbagliata di moglie sola in calore, e si appuntò di dirglielo poi ad Alberto che non era così e di riderne insieme, e fecero dei goffi passettini con lui che avanzava e lei che arretrava finché non caddero sul divano e lei sorrise e smise di piangere ma ancora singultava un po' e Alberto pensò che era una visione strana perché Milena rideva e piangeva insieme, come i pazzi, e non aveva mai fatto così ma certo lui non era mai scampato per miracolo a una mitragliata, prima, e non ci pensò più e invece provò a chiavarla lì in salotto incurante dei filippini che potevano arrivare in qualsiasi momento e armeggiò intorno ai suoi pantaloni mentre lei in qualche modo si toglieva le mutandine e la penetrò rapidamente, e mentre veniva penetrata Milena chiuse gli occhi e gettò indietro la testa e lui per un po' la guardò poi abbassò la testa e continuò a pompare senza guardarla in faccia. Ma dopo qualche colpo il desiderio svanì all'improvviso com'era apparso e gli sembrò tutto sbagliato, un'idea idiota, e piano piano si fermò con il cazzo che gli si sgonfiava, la guardò negli occhi e Milena li stava appena riaprendo e aveva ancora le lacrime sulla faccia ma non sembrava sorpresa e nemmeno triste, sembrava una di quelle attrici dei film quando vengono violentate per la terza o quarta volta e ormai non si oppongono nemmeno più, e Alberto se ne accorse ma non riusciva a dire o a provare nulla così tolse il cazzo ammosciato da dentro Milena e si mise in ginocchio sopra di lei e cominciò a farsi una sega mentre lei lo guardava con un'espressione così neutra che gli parve terribile e allora chiuse gli occhi per non vederla più, e quando lei aprì la bocca e la protese automaticamente verso di lui per farlo sborrare dentro come avevano quasi sempre fatto fin da quando erano fidanzati, un po' perché piaceva a tutti e due e un po' per il terrore reciproco che Milena rimanesse incinta, Alberto sentì il cazzo che gli ridiventava duro e venne ovunque ma non lì, venne sulla vestaglia, sulle sue tette, sul suo viso, e lei chiuse solo gli occhi e non gemette e non disse nulla per qualche secondo ma quando riaprì gli occhi e vide che Alberto la stava guardando con un'espressione strana e distante, senza fare nessun rumore, senza nemmeno respirare, in ginocchio sopra di lei con la camicia azzurra spiegazzata e il cazzo in mano, Milena bagnata di sperma caldo e lacrime, sentendosi infedele e troia per la prima volta in vita sua pensò che doveva comunque dire qualcosa e disse tardivamente Sì amore, vieni, bravo, vieni, e Alberto pensò Come le puttane, proprio come le puttane, ed era la prima volta che pensava una cosa così di Milena.

IV.
Cinzia

Cinzia aveva trovato Daikon in una mattina molto fredda di gennaio di quattro anni addietro dentro una cesta di vimini sulla soglia del casale abbandonato che lei occupava insieme ad altri punkabbestia. Era stata una notte difficile, e Cinzia aveva dormito pochissimo perché erano venuti dieci punkabbestia svizzeri che Thomas aveva invitato mesi prima, con la birra e il vino nei cartoni e le canne, avevano fatto festa ed erano ancora tutti dentro a dormire addosso ai cani. Cinzia si era svegliata presto perché da un po' di tempo ogni volta che beveva troppo vino si alzava all'alba per vomitarlo, e anche se le era venuta voglia di vomitare addosso a uno svizzero del cazzo, quello con i tatuaggi indiani sulla faccia che poi ieri sera aveva fatto più casino di tutti, alla fine aveva scavalcato i corpi sdraiati riuscendo miracolosamente a non pestare arti umani né canini, aveva aperto la grande porta di legno che comunque era solo socchiusa, fatto una corsettina nel gelo fino ai cespugli che cingevano l'aia e lì si era liberata in tre conati aggraziati di ugual lunghezza. Quando ebbe finito di vomitare si sentì subito meglio, ma nello stesso tempo il repentino accapponarsi della pelle delle braccia le ricordò che era uscita con la sola maglietta dei Dead Kennedys e i jeans strappati che ormai non si levava da una settimana. Inspirò forte l'aria gelida del mattino padano e le si ghiacciarono i polmoni. Erano stati giorni di merda, pieni di fughe notturne per sfuggire ai metronotte e alla polizia, di pensieri oscuri e scazzi continui tra lei e Thomas, e due giorni prima uno con una Mercedes fuoristrada blu le aveva investito un cane davanti agli occhi, apposta, e poi si era fermato venti metri più avanti a guardare le sue reazioni nello specchietto e quando aveva visto che lei non avrebbe fatto altro che stare in ginocchio sul ciglio della strada a piangere sul cadavere stroncato del cane le aveva urlato qualcosa di gutturale ed era sgommato via investendola col fumo di scappamento del suo diesel common-rail.

Insomma Cinzia si era rimessa a correre verso il casale e il cestello di giunco intrecciato l'aveva visto subito, ma da lontano l'aveva preso per qualcosa portato dagli svizzeri e lasciato lì e non aveva smesso di correre perché aveva veramente freddo. Era ormai quasi rientrata nel casale quando nel saltare di slancio il gradino della soglia lanciò uno sguardo dentro al cestello e il suo cervello intorpidito dalla nottata e dal freddo e dalla vita che faceva registrò l'immagine di un bambino grasso e pensoso con il ciuccio in bocca, le guance rosse e una cuffietta rosa di lana che la guardava rinvoltato in una coperta rosa sudicia. Cinzia non riuscì a fermare il suo salto (solo Borg riusciva a muoversi verso la palla *durante* uno dei suoi milioni di microsaltelli sul posto, mentre era ancora in aria, Bjorn Borg davanti al quale Gustavo Kuerten di Florianopolis si inchinò nel giorno del suo primo trionfo al Roland Garros subito prima di prendere dalle sue mani sorprese la coppa del vincitore, commuovendo tutto il pubblico dello stadio e quello televisivo mondiale e anche Milena e Cinzia per l'inatteso, nobile rispetto che un ragazzino come lui sembrava dimostrare non solo per un grandissimo campione del passato, ma per l'*idea stessa* di passato, e non solo quello di Borg ma quello di tutti) e si infilò in volo nel cascinale sparendo dalla visuale del bambino. Quando Cinzia atterrò provò a fermarsi, ma scivolò su una pozza di qualche liquido e cadde a terra battendo una gran culata sul pavimento di pietra e colpendo involontariamente con una manata la coscia di un cane addormentato, che si svegliò guaendo e svegliò anche gli altri cani, che alzarono la testa assonnati e per fortuna la rimisero subito giù senza abbaiare. Nella luce fioca che filtrava in quel casale abbandonato in mezzo alla campagna luccicante di brina, ancora seduta a terra con il culo già bagnato da un liquido del quale non aveva il coraggio di investigare la natura, Cinzia vide stesi sul pavimento in varie curiose posizioni almeno una ventina di ragazzi e ragazze addormentati accanto a una trentina di cani, due dei quali erano svegli e si stavano accoppiando in un angolo. Si rimise in piedi strofinandosi forte il sedere con un pezzo di coperta di lana tutta sgualcita che proprio poco prima dell'arrivo degli svizzeri aveva messo come zerbino davanti alla porta e tirò una lattina di birra accartocciata ai due cani, ma li mancò e loro si voltarono a guardarla senza smettere di trombare. Questa cosa le parve un affronto. Da un po' di tempo aveva capito di non essere una vera ribelle, di non odiare le persone e la *società* così tanto come credeva, e invece non sopportava più il freddo eterno che non va mai via da dentro le ossa di chi dorme all'aperto, l'aspettare fuori dai ristoranti che qualche cameriere coi *dreadlocks* portasse gli avanzi e soprattutto il suo involontario salivare mentre apriva quei sacchetti pieni di roba che qualcun altro non aveva più avuto voglia di mangiare, l'odore della birra e dei cani e il fatto incontrovertibile di avere lo stesso odore dei maledetti cani. Anche perché lei era finita in quella cascina non per odio, ma per amore di un gigantesco punkabbestia di Merano di nome Thomas Maschkiwitz, un gigante con degli stenti *dreadlocks* biondastri e un pessimo carattere che aveva incontrato al Tenax due anni prima a un concerto dei Malfunk dove era andata con il suo amico/ragazzo Gianluca e che due settimane dopo – Cinzia intanto aveva già buttato via il suo giubbottino di jeans Levi's con Snoopy cucito sul petto e si era comprata il suo primo giubbotto di pelle con le borchie e aveva iniziato a tingersi le labbra di blu e i capelli di arancione per l'orrore di sua madre e Milena e soprattutto Gianluca – alle tre di notte, sulle pescaie dell'Arno quasi in secca, a cento metri in linea d'aria dall'appartamento di Milena, mentre Cinzia guardava il Ponte Vecchio e le pareva così vicino da poterlo toccare, l'aveva deflorata con un po' di dolore. Quando poi quasi contestualmente alla deflorazione Thomas le aveva detto che tra poco avrebbe *slogghiato* dal centro sociale all'Indiano dove stava con i suoi sette cani per andare a Napoli da un suo amico Cinzia, dopo una furibonda litigata con Milena contrarissima all'idea, decise di seguirlo abbandonando da un giorno all'altro Milena e Alberto e Firenze e Gianluca e sua madre vedova che per la vergogna lasciò Firenze e rifugiò da sua sorella a Levane, nel cuore del Chiantishire.

Cinzia avanzò sbuffando verso i due cani che si divisero svogliatamente dalla copula, e mentre scalciava il cane sodomizzatore (cosa che tra i punkabbestia veri non solo non si fa ma non si pensa neanche di fare e comunque lei lo fece solo perché erano tutti addormentati e quel canaccio sodomizzatore l'aveva portato lo svizzero e la copula avveniva tra cani maschi evidentemente omosessuali e il cane *ricevente* era per l'appunto il suo preferito, un affettuosissimo cocker spaniel fulvo che – quanto ironicamente, ora – poiché era stato trovato l'anno scorso in Piazza della Signoria lei aveva ribattezzato *Dante*) per un attimo Cinzia si dimenticò della fugace immagine del bambino che le era apparsa in testa qualche secondo prima, e le tornò in mente solo quando seguì con lo sguardo il cane sodomizzatore che usciva dalla porta, e allora si precipitò fuori facendo scappare a gambe levate dalla paura il cane svizzero e ridere il bambino, che c'era davvero, e sembrava molto divertito dal gioco *ci sono-non ci sono* di questa strana ragazza coi capelli a treccia.

In una sorta di *imprinting* al contrario Cinzia guardò il bambino e il cuore cominciò a batterle all'impazzata, e iniziò a parlare subito nel *baby-talk* che aveva preso in giro così tante volte. Disse qualcosa tipo *Bambino bambino mio patatino, o che ci sarà mai ma come sei bello te sei proprio un patatone,* lo prese in braccio, lo guardò negli occhi e in quel momento decise/capì che quello era suo figlio, e non le importava come fosse arrivato lì ma di certo non l'avrebbe mai *consegnato* alle autorità del cazzo perché lo cacciassero in qualche orfanotrofio, e doveva essere figlio di qualcuno che evidentemente non lo voleva perché se lo avesse amato davvero non avrebbe dovuto perderlo ma tenerselo sempre accanto, sempre addosso, stretto al cuore questo patatino allegro che senza di lei sarebbe morto di freddo, lasciato lì da qualche delinquente senza cervello (di sicuro una donna, una madre degenere e bastarda e disgraziata, pensò) alle inimmaginabili cure di un gruppo di punkabbestia, e poiché a guardarlo bene sembrava piuttosto scuro di pelle e una volta toltogli il cappello di lana rivelò dei folti capelli corvini e c'era un foglio di carta a quadretti appoggiato sul suo petto, sotto la coperta, e sul foglio la scritta in stampatello DAIKON, Cinzia decise che il bambino era zingaro, e poiché non era appena nato ma dimostrava almeno tre mesi e i bambini o si abbandonano appena nati con il cordone ombelicale ancora attaccato o non si abbandonano più, pensò che Daikon doveva per forza essere una sorta di ostaggio o pegno o causa di guerra tra tribù zingare rivali o il frutto di un adulterio magari incestuoso e appena scoperto o di qualche altro rapporto irregolare anche per i laschi costumi degli zingari, e forse era comunque nel suo interesse essere allontanato dall'accampamento. Nell'immaginazione di Cinzia d'improvviso la madre zingara degenere e disgraziata diventò una saggia nonna zingara che aveva sfidato le ferree leggi rom per salvare la vita al bambino che magari il giorno dopo sarebbe stato orribilmente giustiziato per lavare con il sangue una qualche onta slava, e in una notte illune – ieri notte era stata appunto una notte così e Cinzia se n'era accorta perché i punkabbestia svizzeri erano letteralmente apparsi dal nulla nell'aia spaventandola a morte – la nonna zingara si era infine decisa a rinvoltare il bambino nella sua coperta più pulita e metterlo in un cestello di vimini stile Mosè e dopo aver vagato a lungo sotto una pioggia pigra nella pianura bresciana sussurrando preghiere sconnesse al Dio degli ortodossi, sfinita, forse in punto di morte, si era accasciata accanto al casale e quando aveva sentito che dentro c'era della gente aveva deciso di lasciare lì Daikon sperando con tutto il suo cuore vizzo ed esausto che non fossero naziskin o satanisti o drogati e poi forse era andata a morire poco lontano, in un cespuglio, come i cervi feriti. Mentre Cinzia abbracciava Daikon pensava cose così. Era sconvolta, terrorizzata, entusiasta e triste, tutto insieme. Ma quando entrò nel rudere col bambino in braccio per svegliare Thomas e farglielo vedere, quando guardò quei corpi di uomini e donne e cani stesi a terra nel sudiciume della festa, i due cani finocchi che in qualche modo erano rientrati nel cascinale e copulavano nello stesso angolo di prima e le ringhiarono subito contro perché stavolta non le venisse neanche in mente di interromperli, quando guardò tutto questo Cinzia ebbe un immediato rigurgito di borghesia, si impettì, strinse le labbra come avrebbero fatto sua madre e sua nonna e decise che *quello non era un posto per un bambino*. Così, di colpo, Cinzia smise di essere una punkabbestia. Si vergognò degli stracci e dell'odore di selvatico che aveva addosso e giurò che non avrebbe mai più né mendicato né temuto polizia e carabinieri. Raccattò la sua roba, la infilò nello zaino, ci infilò anche Daikon stando ben attenta che potesse respirare bene ma fosse invisibile, e uscì dalla cascina. Senza voltarsi indietro neanche una volta (non è vero, una volta si voltò e cercò con lo sguardo Thomas, il primo amore della sua vita, il sudtirolese con le treccine giamaicane per il quale aveva abbandonato tutto e quando lo trovò accasciato in fondo alla cascina, solo e imbronciato nel sonno, ripiegato in posizione fetale come un bambino gigante, baciato da un raggio di luce che filtrava da qualche buco nel muro e gli illuminava l'ampia schiena di una perfetta luce da cinema gli mandò anche un bacino con la mano), Cinzia si mise in marcia verso il paese più vicino, lì entrò in un bar e sotto gli occhi feroci del barista muto si fece fare un cappuccino per sé e un latte caldo che dette al bambino a cucchiaiate, poi prese un treno locale per Brescia col terrore di essere fermata dalla polizia, uno per Milano dove il terrore aumentò esponenzialmente perché ovviamente né lei né il bambino intanto addormentatosi avevano alcun tipo di documento (la sua carta d'identità era stata bruciata da Thomas in una sorta di rito punkabbestia la sera della partenza), e poi l'ultimo treno per Firenze, dove Cinzia arrivò alle dieci di sera e, disperata perché non aveva più soldi e il bambino sugli Appennini si era svegliato e piangeva disperato anche lui, si trascinò a piedi a casa di Milena che quella sera dava un ricevimento e crollò in lacrime nelle sue braccia per la tensione e la paura e l'imbarazzo, ma quello fu il punto più basso perché dopo un po' di latte e un bel bagno Daikon si sentì meglio e si mise a incantare le signore con i suoi sorrisi gorgoglianti e insomma fu la star del ricevimento mentre Alberto spiegava agli interdetti dirigenti europei MediFuture che Cinzia era la cugina artista di Milena, e non la smettevano di piangere e abbracciarsi perché Cinzia aveva vissuto due anni in California, nella Silicon Valley, ed era appena tornata in Italia e insomma non si vedevano da tanto, tanto tempo.

V.
Supertette

– Alberto?
– Sì?
– Dormi?
– No.
– Neanch'io.
– Per forza. Perché dovresti dormire alle cinque di pomeriggio?
– Come?
– Come, come? Ho detto perché dovresti dormire alle cinque di pomeriggio?
– Ah, scusa, non avevo capito.
– Ma come non avevi capito, ho parlato normalmente, come hai fatto a non capirmi?
– Non lo so, Alberto, non ti ho capito, basta. Sarà perché ti mangi le parole…
– Io… io non mi mangio le parole, Milena. In ufficio mi capiscono tutti, è che voi non siete concentrati, mi chiedete le cose, mi fate delle domande tanto per fare ma non vi interessano le risposte, e allora vi deconcentrate, pensate ad altro e quando io vi rispondo non siete stati attenti e non avete capito, ma non è che io parli male, è che voi non ascoltate. Io parlo benissimo.
– …
– OK. Scusami.
– No, non c'è problema.
– No, scusa Milena, davvero, scusa. Ricominciamo da capo. Perché dovresti dormire alle cinque di pomeriggio?
– Come?... No, scherzo. Per stare con te.

– Ah.
– E poi perché stanotte ho dormito poco... per aspettare la tua telefonata... per queste cose.
– Ah.
– ...
– ...
– Alberto?
– Sì.
– Io ti volevo dire... una cosa.
– Sì.
– Ecco, io... non lo so se è il momento adatto, però...
– Dipende.
– È che però non c'è più tempo... e a questo punto io te lo devo dire...
– Sì, dimmi.
– Perché sei tornato...
– Che vuol dire "Sono tornato"...
– Sì, sei tornato e te lo devo dire...
– Ma cosa?
– ...
– Milena, che c'è... Hai comprato un'altra collana da settanta milioni?
– No, anzi, grazie ancora... non so come ringraziarti... Ma poi non sono settanta, sono quaranta.
– Ah. Meglio così.
– Non ho fatto un assegno, li ho prelevati in banca.
– E perché?
– Perché mi hanno fatto lo sconto.
– Ah.
– Mi hanno tolto un milione. Cioè me l'hanno scontato.
– Ah. Sì, me l'avevi già detto per telefono.
– Davvero? Te l'avevo già detto? Quando?
– Per telefono...
– Ah, sì. Ora ricordo... e ho fatto bene?
– Sì. Che mi volevi dire, allora?
– Io... io volevo farti una sorpresa... È tanto che ci penso...

– Sì. Dimmi la tua cosa perché poi voglio dirti una cosa anch'io.

– Ecco… io… a parte la collana che non c'entrava nulla e non era quella la cosa che ti volevo dire… Io… io tra poco devo partire… perché domattina entro in clinica…

– In clinica?

– Sì… vado in clinica a rifarmi il seno… insomma le tette…

– …

– È da un po' che ci penso e ho parlato con tante mie amiche e io le voglio più grosse… Non tanto, ma più grosse sì…

– Le tette? Ma tu hai delle tette bellissime…

– Sì, lo so, ma… davvero?

– Sì, sono bellissime… Io… proprio prima… oggi… ho pensato che fossero bellissime… e anche… più grosse… È incredibile…

– …

– Capito? Prima mi sembrava che le avessi più grosse…

– Grazie… ma… allora non vuoi che me le rifaccia?

– …

– Eh, Alberto, non vuoi che me le rifaccia?

– Io…

– È una cosa breve… Dovrebbe essere piuttosto breve… una settimana, forse dieci giorni…

– Così tanto?

– È… è sempre un intervento chirurgico… e… la clinica è a Milano, io partirei stasera stessa… in macchina… con la Volvo…

– Ah.

– …

– Cioè stasera, ora, tra poco?

– Sì… però ho anche pensato che… Insomma, che tu sei appena tornato, e che sei sotto shock… e che non è una buona idea lasciarti solo proprio ora… e quindi forse è meglio se non vado… Eh, anzi, forse non vado…

– E quanto grosse te le vuoi fare?

– Non lo so… Un po' più grosse ma non tanto… non quelle tettone da mucca Carolina…

– Ma quanto più grosse?
– Una... una terza...
– E ora hai...
– Una seconda scarsa...
– Ah.
– ...
– E...
– Sì...
– No... per me puoi andare...
– Ma non lo so...
– No, per me puoi andare. Davvero.
– Ma ti fa piacere che me le rifaccio più grosse?
– Non lo so... forse sì. È una cosa nuova, a me sono sempre piaciute le cose nuove...
– Se non vuoi non me le... però mi piacerebbe... così... È un po' che ci penso e ho parlato con tante mie amiche che ce l'hanno...
– Tante amiche? Tu hai tante amiche? Da quando?
– ... insomma, ragazze che incontro in palestra... E loro... insomma, si piacciono di più...
– ...
– ...
– Milena, per me puoi andare. Davvero. E forse è anche meglio se sto un po' da solo... anche perché sono un po' stressato da questa storia e mi devo riprendere un po' e comunque non sarei tanto di compagnia e poi... Senti, Milena, vai pure. Basta che non mi torni con delle tette giganti.
– Ma no, è una cosa piccola... Allora posso andare?
– Sì. Vai.
– Non ti dispiace che parto tra poco?
– No... cioè sì, ma io tra poco dormirò...
– OK. Grazie.
– E ora ti racconto una cosa io. Ho... ho fatto tanti voli per arrivare, no, te l'ho spiegato. Ritardi, *overbooking* e così via. Insomma a un certo punto, a New York stavamo per partire per Londra, ed era tardi, era buio, e io avevo sonno e la business era quasi vuota e mi stavo per addormentare quando ho

visto delle luci lampeggianti dal finestrino come di macchine della polizia e ho pensato No, non un'altra volta, e poi accanto all'aereo si è fermato un corteo di macchine della polizia e al centro del corteo c'era una limousine scura e da quella limousine scura è sceso il Dalai Lama, tutto vestito con la tunica arancione e insieme a lui c'erano altri tre monaci e delle guardie del corpo in giacca e cravatta, e sono saliti sul nostro aereo, prima le due guardie del corpo che si sono fatte dire i posti dalle hostess e poi è salito sull'aereo il Dalai Lama...

– Ma dai...

– Sì... ha sorriso alle hostess ed è venuto giù per il corridoio, verso di me, e io lo guardavo, e a un certo punto lui mentre camminava ha alzato gli occhi e mi ha guardato e mi ha sorriso, a me. Il Dalai Lama mi ha sorriso e poi si è messo a sedere due file davanti alla mia, e...

– Ma dai... fantastico...

– Sì, e... e questo sorriso, Milena... questo sorriso era un sorriso diverso dagli altri sorrisi... era come se insieme a quel sorriso passasse qualcos'altro... E poi dovevi vedere nell'aereo... si era creata come una specie di aura di bontà e di gentilezza incredibile, e le hostess sorridevano e gli altri passeggeri sorridevano ed erano... avevano in faccia una specie di beatitudine, come se da quell'uomo si irradiasse qualcosa di speciale... e... è stata una cosa incredibile, non mi era mai successa prima... un'esperienza... forse mistica... e anche se io sono sempre stato ateo, e lo sono ancora, naturalmente, non mi era mai capitato di... di sentire una... Era... non lo so... era bontà, ecco, quell'uomo mi ha come mandato della bontà pura...

– ...

– Ecco... bontà pura...

– ...

– Capito Milena... è stata una cosa... strana... ma molto bella.

– Io... certo che dalle mie tette si è fatto un bel salto di qualità, come argomenti... Io... Mi sarebbe piaciuto tanto esserci...

– Sì, ti sarebbe piaciuto.
– Sì, davvero...
– È stata una cosa... difficile da descrivere...
– ...
– Davvero... ti viene da pensare che certe persone siano davvero diverse dalle altre, dalle bestie che si incontrano tutti i giorni.
– ...
– ...
– Non hai sonno, Alberto?
– Sì... Cioè mi verrà...
– Perché io... Scusami ma a stare a letto al buio mi è venuto tanto sonno... dev'essere stata la palestra di oggi...
– Va bene, dormi.
– E te?
– Mi addormento anch'io, ora. Stai tranquilla.
– OK. Ciao.
– Ciao.

VI. Marco Pancani

Incredibilmente alto quasi un metro e novanta mentre il padre e la madre arrivavano appena a uno e settanta e i nonni anche meno, le spalle larghe e i muscoli lunghi e guizzanti come quelli dei levrieri, magrissimo a un occhio superficiale ma in realtà estremamente longilineo e muscoloso come gli atleti cubani, Marco Pancani aveva un volto dai lineamenti fini e perfettamente regolari, un profilo greco che ornava occhi né grandi né piccoli ma molto profondi e castani come i suoi capelli mossi ma non crespi, e dotati di ciglia così lunghe da sembrare quasi femminee.

Questa sua bellezza fine e altera e nobile faceva a pugni con l'aspetto dimesso e la sorte e l'origine popolare dei suoi genitori. Suo padre Alvaro si era trasferito a Firenze da Vinci quando aveva trovato lavoro alla Fiat di Novoli come operaio specializzato (saldatore), sua madre Annunziata nello stesso anno era immigrata dalla Calabria ed era stata presa a fare la bidella al Conservatorio di Santa Benedetta, la scuola cattolica più elegante di Firenze. Si conobbero un pomeriggio d'ottobre fuori da un caffè di Via dei Calzaiuoli e si sposarono pochi mesi dopo, quando divenne evidente che lei era incinta. Il parto fu molto rapido e nemmeno troppo doloroso ma due settimane dopo Annunziata, che aveva già fatto ritorno a casa e superato la crisi post-parto, cominciò ad avere delle inspiegabili emorragie interne che i dottori non riuscivano ad arrestare e ogni giorno diventavano più frequenti e più lunghe. Così fu riportata in ospedale d'urgenza perché – come si scoprì dopo – non aveva completamente espulso la placenta e i dottori dopo il parto non l'avevano pulita a dovere e un pezzo le era rimasto dentro, infettandosi. Mentre sua moglie continuava a perdere sangue ed entrava in coma i dottori chiamarono Alvaro e gli dissero di *prepararsi al peggio.* Lui li ascoltò sbattendo gli occhi, zitto, il bambino in braccio, senza sapere cosa fare né cosa rispondere, terrorizzato, e andò a pregare la Madonna nella cappella dell'ospedale perché sua moglie smettesse di *buttare sangue da lì.* Quando tornò al capezzale di Annunziata lei era immobile, come morta, e mentre Alvaro per l'ennesima volta si ingobbiva scimmiesco sulla sedia accanto al letto con quel bambino calmissimo in braccio e il tramonto di una meravigliosa giornata di settembre tingeva incredibilmente di rosa la stanza di rianimazione, sua moglie morente e il crocifisso sulla parete, Annunziata ebbe come uno scossone, contrasse i muscoli dell'addome ed espulse quello che doveva espellere, salvando per il momento la vita di tutti e tre.

Definito "caratteriale" già alle elementari e "bisognoso di assistenza psicologica" alle medie che riuscì a terminare solo per l'interessamento della preside progressista dell'ultima scuola che frequentò, e pur in possesso di un'intelligenza vivace che nessuno mise mai in dubbio, Marco crebbe ombroso e solitario, legatissimo ai genitori che adorava, e pur comportandosi in casa come una specie di figlio modello (teneva in ordine la sua stanza, si lavava e *si stirava* i vestiti da solo; se la sera vedeva sua madre stanca insisteva per rigovernare), fuori casa si rivelò fin da bambino incapace di riconoscere autorità e gerarchie, e imparò subito che il modo più immediato di contestare queste autorità era di cazzottarle, cosa che avviò a fare fin dalle elementari con i compagni di classe e poi con i ragazzetti delle classi superiori, e poiché era magro, coraggioso e attaccabrighe come un pitbull, ogni tanto a scuola ne prendeva, anche perché si rifiutava di sottomettersi a chiunque e alcunché. Per esempio, se nel cortile della scuola il pallone calciato da qualche grande di prima media finiva accanto a lui che era in terza elementare e giocava a figurine da solo e il grande in questione gli chiedeva di ributtarglielo, Marco rispondeva di no e, se l'altro glielo richiedeva alzando la voce, lo mandava in culo e finiva a botte, e anche se Marco naturalmente ne toccava contro quelli più grandi, prima che li dividessero uno o due cazzotti in faccia li piazzava ogni volta, e facevano male, e così dopo un po' quelli grandi decisero di riprendersi il pallone da soli e lasciarlo in pace mentre i suoi coetanei e i bambini più piccoli avviarono a idolatrarlo.

Poi Marco entrò alle medie al Conservatorio di Santa Benedetta dopo mille preghiere di sua madre che vi faceva la bidella e ogni mattina spazzava i corridoi della scuola con addosso un grembiule a grossi quadri bavaresi azzurri e bianchi canticchiando sempre e solo *Azzurro*; sua madre che contemporaneamente all'arrivo di Marco in quella scuola si trovò con grande sorpresa salutata cordialmente ogni mattina da tutti i ragazzini ricchi e stronzetti di prima media e a casa raccontava sempre che i ragazzi di prima di quell'anno erano molto più educati di quelli di qualche anno prima, che non la salutavano mai; sua madre che Marco insegnò a far rispettare ai ragazzi di tutta la scuola quando dopo una sola settimana di lezione non solo si rifiutò di pagare la matricola ma fece un occhio nero a uno dei ragazzi di terza media col Rolex che era andato a chiedergliela, e quando all'intervallo i tre più grossi della scuola andarono a cercarlo gli rise in faccia e mostrò loro il coltellino svizzero con la lama macchiata di sangue che aveva trovato per strada a Borgo Allegri, il suo quartiere, dove era già un capo e le scazzottate iniziavano per un nonnulla e finivano quando uno era a terra sanguinante e urlava che si arrendeva e nessuno divideva mai nessuno, e neanche i figliolini dell'asilo si impressionavano per un coltellino svizzero.

A quattordici anni, finite le medie, Marco disse chiaramente in famiglia che non sarebbe andato in nessun'altra scuola perché aveva già trovato un posto da apprendista muratore dal padre di Sante Monticciolo e quindi i genitori non dovevano preoccuparsi per lui e per il suo futuro. Decise anche di cominciare ad andare in palestra a fare pugilato perché aveva dei conti da regolare nel quartiere e poi voleva assomigliare in tutto al suo vero unico idolo, Thomas Hearns, il superbo pugile nero di Detroit che combatteva senza guardia e come lui era così longilineo e muscoloso da apparire spellato, dopo pochi mesi di allenamenti in cui stupì gli istruttori per la facilità e la rapidità con cui aveva appreso i movimenti e le combinazioni di colpi Marco smise di andare in palestra stufo della disciplina, degli orari ferrei, di dover correre e obbedire al maestro, e si applicò a regolare tutti i conti che erano rimasti aperti negli anni, convinto che anche se tutti i ragazzi di Borgo Allegri lo rispettavano e lo temevano e lo volevano per amico e le ragazze per fidanzato, non c'era nessuno fuori da casa sua che gli volesse anche un gocciolo di bene.

Così gli anni passarono senza che Marco toccasse mai gli arnesi del muratore o qualsiasi altro attrezzo da lavoro, con i suoi genitori sempre più scoraggiati e disperati dalle notizie sulle cazzottate del loro figlio che continuavano ad arrivare e che Marco negava con forza fino alle lacrime, sconcertati perché vedevano partire uno dopo l'altro per il militare tutti i suoi amici e il loro figliolo no, e poiché il servizio militare rappresentava l'ultima segreta speranza del padre per *rimetterlo un po' in carreggiata* una sera lo chiamarono in salotto e glielo chiesero, perché non partiva, e quando Marco tirò orgogliosamente fuori la sua riforma appena arrivata suo padre rimase impietrito per minuti a leggere quel foglio su cui c'era scritto poco più che "congedo illimitato" senza però dire nulla *sul perché* e *sul percome* suo figlio l'aveva avuto, quel congedo, cosa c'era che non andava bene, perché non era buono per il militare Marchino che pure aveva cominciato a parlare a poco più di un anno e mezzo e a tre riconosceva i diversi tipi di automobile e fino a cinque anni aveva voluto addormentarsi solo tra le braccia del suo babbo e solo dopo essersi fatto raccontare la storia di Pinocchio e del terribile pescecane. Solo in quel momento Alvaro Pancani, che si ricordava del militare come una specie di vacanza e un anno di vero divertimento perché aveva conosciuto tanta gente nuova e fatto cose interessanti che altrimenti non avrebbe mai fatto tipo guidare i carrarmati e sparare con i fucili da guerra, solo in quel momento capì che con Marco lui e sua moglie avevano fallito completamente, che lo sforzo bestiale che facevano da anni per portare ogni giorno il pane a casa li aveva prosciugati delle energie necessarie a educare il loro figliolo che purtroppo non era solo un ragazzo vivace come ce n'erano tanti, com'erano quasi tutti in Borgo Allegri, ma a detta dei militari era una specie di pazzo furioso che era meglio per tutti se non partiva neanche per il CAR, e anche se gli venne da piangere si sforzò di non darlo a vedere a Marco, al suo Marchino lungo lungo e secco secco che ogni tanto andava a trovarlo sul lavoro per chiedergli cose tipo perché non si era mai innamorato e certe sere d'estate insisteva per portare lui e la mamma a fare una passeggiata fino al Vivoli per offrir loro un cono di gelato e mentre passeggiavano sottobraccio voleva sempre che gli raccontassero di cosa faceva quando era piccino.

E Marco, che pur essendo ormai diventato il terrore di Firenze non sopportava di dare un dolore ai genitori non lavorando e bighellonando tutto il giorno, alla fine si mise in cerca di lavori occasionali il più duraturo dei quali fu uno come commesso nella boutique di un grande stilista, dove i suoi vent'anni, la sua bellezza innaturale e la disarmante gentilezza di cui era capace quando ne aveva voglia riuscivano a ingenerare una malintesa *fedeltà alla marca* nelle clienti più ricche e soprattutto nei clienti omosessuali che cominciarono a tornare nella boutique per essere servite/i da lui e, come verificò un direttore di negozio particolarmente avveduto, compravano in media il 55% in più di quando venivano servite/i da qualsiasi altro/a commesso/a. Questo direttore particolarmente avveduto era un solido ragazzo invecchiato non-omosessuale di quarant'anni di nome Fabrizio Fabbri, che aldilà dell'aumento di fatturato che Marco portava al negozio si era affezionato a lui perché gli ricordava in qualche modo se stesso a vent'anni (in realtà tra i due c'era in comune solo il venire da un quartiere duro di Firenze, Marco da Borgo Allegri e il Fabbri dalle Piagge, e nient'altro), e cominciò ad agevolarlo in ogni modo pur di farlo continuare a lavorare nel suo negozio, che era il *flagship store* fiorentino di una firma molto importante, e a non dirgli nulla se la mattina arrivava sempre in ritardo tutto spettinato con gli occhi gonfi, o se certi giorni telefonava alle dieci adducendo malanni improvvisi non certificati da nessun dottore dai quali però assicurava si sarebbe ripreso in tempo per venire "di sicuro" a lavorare il giorno dopo. Superate le due-tre settimane che fino a quel momento erano state la sua permanenza più lunga in un qualsiasi lavoro Marco cominciò a ritardare sempre meno, a non mancare quasi più e a diventare veramente bravo perché si ricordava ogni nome e acquisto di ogni cliente e pur non avendo né un gran gusto personale né un vocabolario scintillante, i/le suoi/sue clienti lo ascoltavano rapiti mentre magnificava con il suo eloquio faticoso ma impreziosito da certe rare espressioni borgoallegresche scarpe, giubbotti e camicie azzardate e costosissime, che poi alla fine questi/e compravano senza chiedere sconti perché si vergognavano di farlo davanti a lui, così sideralmente lontano dall'idea stessa di *risparmio*. Dopo qualche altra settimana fu il Fabbri che, particolarmente contento dopo l'ennesimo acquisto di scarpe – il terzo in una settimana – che Marco aveva praticamente estorto a uno tra i più noti e influenti omosessuali fiorentini, gli propose di invitare i suoi genitori a vederlo lavorare in negozio. Marco, che non ci aveva mai pensato ma a sentirselo proporre dal Fabbri si entusiasmò, una sera lo disse ai suoi che non sapevano nemmeno di questo suo nuovo lavoro e accettarono felicissimi, e così il sabato pomeriggio successivo, verso le cinque, i due Pancani tutti rivestiti parcheggiarono la loro Ford Fiesta al Garage Europa di Borgo Ognissanti, risalirono Via della Vigna Nuova tenendosi a braccetto e si fermarono davanti alla vetrina del negozio di Marco in Via Tornabuoni, dove li accolse sorridente un elegantissimo Fabbri che li riconobbe subito dal vecchio cappotto knickerbocker del padre che Marco gli aveva descritto tante volte, li prese sottobraccio e mostrò loro prima tutto il negozio e alla fine il loro figliolo che in un salottino riservato ai clienti migliori stava facendo comprare un cappotto in alpaca/mohair bouclé da quattro milioni e duecentomila lire a una cinguettante signora pratese ben più che cinquantacinquenne. Fu quello il momento più alto della carriera lavorativa di Marco, che a vedere i suoi genitori guardarlo con ammirazione arrossì per la prima volta in vita sua e dovette andare un attimo in bagno a sciacquarsi gli occhi che per qualche ragione gli si erano inumiditi, e arrossì anche la sera a casa quando suo padre gli strinse forte la mano e lo ringraziò tanto "per l'impegno".

La settimana seguente però il Fabbri Fabrizio fu promosso al vero *flagship store* della marca, quello di Milano, e propose subito a Marco di seguirlo ma lui non se la sentì di lasciare i genitori e gli amici e la sua città – E poi alla fine, così disse al dispiaciutissimo Fabbri, non è che questo lavoro mi garbi così tanto da fare tutto questo casino di trasferirmi, e poi a Milano, ecco – e decise di rimanere nel negozio di Firenze dove però era stata promossa direttrice un'efficientissima lesbica giapponese ex-commessa che parlava un italiano perfetto e pur informata dal Fabbri che Marco era un commesso "fuoriclasse" e andava trattato con un minimo di elasticità, proprio per questo lo convocò subito nel suo ufficio il martedì mattina del suo insediamento per mettere in chiaro le cose e rinfacciargli il ritardo di pochi minuti e gli occhi abbottonati e i capelli ritti con i quali si era presentato al lavoro. Marco, che si era svegliato con la luna torta come tutti i martedì e quella mattina aveva fatto tardi non per colpa sua ma per via di un incidente che aveva paralizzato i viali di Firenze, la mandò istantaneamente in culo dicendole Gialla di merda, accidenti a te e a tutta la tua stirpe nuclearizzata a Hiroshima e Nagasaki del cazzo, e le rovesciò in terra tutti i preziosi origami di cristallo che lei aveva appena collocato a nord sulla scrivania anch'essa orientata a nord in base al *feng-shui*.

Marco ricominciò senza fretta a cercare lavoro, e pur non avendo referenze al di fuori di quella unica ed entusiastica del Fabbri che cercò ancora inutilmente di portarselo a Milano, riusciva a trovarlo facilmente con tutte le botteghe di abbigliamento che ci sono a Firenze. Cominciava sempre bene, poi dopo qualche giorno succedeva qualcosa e lui se ne andava, a volte dopo aver tirato qualche scapaccione. Poi una domenica pomeriggio, tornando da una girata a guardar vetrine a Montecatini, i suoi genitori morirono in un incidente stradale causato da un camionista finlandese ubriaco che alla curva dell'autogrill di Serravalle fece un salto di corsia e piombò sulla Fiesta bianca del padre di Marco con il suo TIR. I corpi dei suoi genitori vennero così maciullati nell'urto da essere irriconoscibili, e quelli delle pompe funebri spiegarono a Marco che non potevano essere sicuri al 100% che tutto suo padre fosse nella bara con il suo nome e tutta sua madre nella sua. Poteva esserci stata una sorta di *comunione*, così la chiamarono, salvandosi dall'essere pestati a sangue solo perché da quando seppe dell'incidente e partì dal bar di Borgo Allegri con la Ritmo del babbo del Monticciolo Marco non fu in grado di pensare, mangiare, bere o dormire per i tre giorni che ci vollero per portare i suoi genitori a Firenze e seppellirli, i suoi amici dovettero fare una colletta per i fiori e il Fabbri accorse da Milano per pagare i funerali perché Marco non faceva che guardare il vuoto seduto accanto alle bare, sbattere gli occhi ogni tanto, e carezzarle.

Poi tutto andò a rotoli e Marco avviò a picchiare mezza Firenze senza mai guardare contro chi si metteva – non si salvò nemmeno il suo antico idolo Barionda steso una sera al Yab con tre rapidissimi ganci in una sorta di scontro Zeus-Crono. Dormiva due ore per notte per via della cocaina e tornava a casa sempre sporco di sangue altrui e sempre con qualche ragazza altrui attaccata al giubbotto, e diventava una leggenda vivente anche perché non parlava mai se non per bestemmiare il dio cattivo che gli aveva portato via *il suo babbo e la sua mamma*, e scampava alla polizia/carabinieri solo perché Sante Monticciolo gli faceva da guardia del corpo e lo portava via subito dopo che aveva picchiato qualcuno e il giorno seguente si assicurava che Marco telefonasse alla vittima per scusarsi e chiedere in tono amichevole ma molto fermo se *per favore* non lo denunciava, cosa questa che non mancava mai di sorprendere molto la vittima che in genere riceveva la telefonata a letto con qualche osso o cartilagine facciale rotta e aveva ancora impresso in mente il ricordo dei colpi terribili presi e tutto si aspettava nella vita fuorché una telefonata di scuse da quel demonio che l'aveva pestato senza ragione solo poche ore prima, ma anche se le chiamate di Marco erano molto cordiali nella forma e imbevute di quella cortesia che lo aveva reso un commesso fuoriclasse, era il sottotesto della telefonata (So chi sei e dove stai, so che se la polizia viene a cercarmi sei stato te, e anche se vo' dentro ho tanti amici, e se vo' dentro per colpa tua prima ti fanno il culo i miei amici e poi quando esco ti vengo a cercare e ti faccio il culo io per davvero) a funzionare sempre e a mantenergli incredibilmente candida la fedina penale, perché nessuno dopo la sua telefonata era mai andato a denunciarlo.

Fu in una di quelle sere che Marco andò al Central Park con Riccardo Monticciolo e Franco Baroni e si misero a ballare minacciosi intorno a quattro venticinquenni pratesi allegri e ricchi e alle loro urlettanti ragazze ingioiellate che stavano festeggiando la laurea in Economia e Commercio di uno di loro, Francesco Rosati, che per via di una scommessa fatta tanto tempo prima li aveva portati tutti a cena all'Enoteca Pinchiorri e aveva fatto riservare un tavolo sulla pista del Central Park.

C'era un antefatto che risaliva a qualche mese prima, in inverno, quando Sante Monticciolo era stato fronteggiato da uno di questi quattro pratesi per via di una spallata data non si sa bene da chi e a chi in mezzo alla ressa di una serata ibizenca al Tenax. Sante era un tozzo muratore ventiduenne dai capelli corvini e la parlata troppo sfacciatamente fiorentina per non essere stata acquisita in Borgo Allegri a spese di un più indesiderabile ma ereditario accento calabrese, in più odiava le discoteche ed era entrato al Tenax di pessimo umore tenendo sottobraccio la Spillina, la sua ragazza tossica post-punk semisvenuta, e solo per trovare lo spacciatore che le aveva dato della roba tagliata male e gonfiarlo di sacrosanti cazzotti. Il pratese era Lanfranco Fanti, culturista figlio e nipote di imprenditori e a sua volta vice-presidente del Gruppo Giovani Imprenditori dell'Unione Industriale di Prato, un metro e ottantacinque, belloccio, Rolex Explorer II d'acciaio al polso e Porsche Carrera 4 guardata a vista dal posteggiatore del Tenax a cui aveva messo in mano cinquantamila lire, infinitamente innervosito dalla calca e accompagnato dai suoi amici di palestra Giovanni Cuoiai (190 cm e 105 kg, capelli rasati, 130 kg di panca come massimale ma abituato ad allenarsi con serie di 4x6 con 100 kg) e Luciano Bianchi (185 cm, già pugile novizio di buon livello e futura grande promessa di triathlon). Passati i primi secondi dopo la spallata, durante i quali gli sguardi del Monticciolo e del Fanti si incrociarono quasi accidentalmente ma a quel punto si saldarono e i loro corpi ruotarono per fronteggiarsi, i due contendenti ebbero reazioni molto diverse. Sante Monticciolo, sempre fissando il Fanti, affidò la Spillina a qualche sconosciuto/a che gli stava accanto perché la sorreggesse e non lo ostacolasse nella cazzottata che stava per nascere; il Fanti Lanfranco deglutì dall'emozione e dalla paura ma riuscì in qualche modo a mantenere uno sguardo fermo e minaccioso puntato in basso verso le iridi del Monticciolo. Subito intorno a loro si creò il vuoto, e un attimo prima che qualcuno dicesse qualcosa di irreparabile e non si potesse più tornare indietro, fu Sante Monticciolo ad accorgersi delle titaniche dimensioni dello sconosciuto Cuoiai che torreggiava subito dietro al Fanti, e a provare un vago, scomodo senso di *déjà vu* per il Bianchi che in effetti aveva già visto combattere e vincere per KO a Grosseto, ai campionati toscani dell'anno prima. Controvoglia, Sante decise che non era il caso di continuare a fissare con odio il pomo d'Adamo profumato di colonia Hermès del Fanti (una cosa molto bella è che esattamente vent'anni dopo, quando in seguito a una durissima vita di lavoro riuscì a far prosperare la sua cooperativa EDILMONTICCIOLO e al suo primo Natale da imprenditore un committente soddisfatto gli regalò una confezione di colonia Hermès, Sante sentì per la seconda volta nella vita quel profumo e si commosse come un bambino perché gli tornarono in mente i tempi della sua perduta giovinezza da scavezzacollo, Marco e la Spillina, tutti morti), e allora inspirò a fondo l'aria piena di fumo del Tenax, si fece riconsegnare la Spillina, riadattò la sua molle forma al suo potente, corto braccio destro piegato, ringhiò al Fanti che si sarebbero rivisti presto, voltò il culo e se ne andò salvandolo da una situazione ormai disperata, perché il Fanti non aveva mai fatto a cazzotti in vita sua e pur essendo miracolosamente riuscito a farsi a Prato una reputazione da picchiatore grazie ai suoi modi bruschi e ai suoi inutili muscoli gonfi, aveva il terrore assoluto sia di qualsiasi contatto fisico sia di essere smascherato come vigliacco, e sapeva di non avere il coraggio né di affrontare Sante Monticciolo né di scomodare i suoi giganteschi amici per sistemarlo perché il Cuoiai e il Bianchi, lo sapeva bene, erano suoi amici perché lui era *ricco* e li portava alle feste con le modelline e alle prime dei film e a cena fuori con gli attori, perché in Capannina a Forte dei Marmi c'era sempre il tavolo prenotato a nome LANFRANCO e nessuno doveva mai pagare una lira, ma se l'avessero visto comportarsi da vigliacco l'avrebbero sputtanato a morte in tutta Prato.

Tre mesi dopo, però, al Central Park, uno dei pratesi, proprio il Rosati Francesco appena laureato, arretrando di qualche centimetro per consentire alla sua ragazza una sorta di goffo volteggio ebbro, pestò il piede proteso a farsi pestare di Franco Baroni, che reagì spingendo forte alle spalle il Rosati che andò a finire contro la sua ragazza che perse l'equilibrio e cadde di schiena addosso a un'altra ragazza del gruppo – i maschi stavano tribalmente in cerchio intorno alle ragazze – trascinandola a terra mentre il Pancani e Riccardo Monticciolo entrarono fulminei nel cerchio e, prima che potessero accorgersene e quasi nello stesso attimo, tirarono rispettivamente un diretto destro al naso del Toti Andrea e un diretto sinistro alla punta del mento del Lascialfari Riccardo, che caddero a terra come pere, il Toti ripiegandosi su se stesso e il Lascialfari addosso alle due ragazze in un mucchio ormai laocoontico. Quando il Rosati Francesco si voltò per cercare di rialzarsi, proprio mentre le sue gambe molli provavano a rimetterlo in piedi e lui era nella classica posizione accosciata dei calciatori, si prese sulla mascella il gancio destro d'incontro del Baroni che era lì ad aspettarlo, e cadde anche lui senza fiatare.

La musica, poiché quella del Central Park era una serata revival, era *Don't You Want Me Baby* degli Human League, e nessuno aveva pensato di spengerla come si fa sempre nelle discoteche quando c'è una rissa, nell'illusione che la rissa si spenga insieme con la musica. Il Pancani si mosse verso il quarto pratese scavalcando il cumulo braveheartiano dei suoi amici abbattuti mentre il ritornello impazzava e Lanfranco Fanti, più grosso e più vecchio e apparentemente più temibile del Pancani, a vedersi minacciato da queste tre velocissime iene di fiorentini mentre qualcuno si lamentava perché *lui non lo voleva*, iene che ora gli sembrava di riconoscere, soprattutto una, quello più magro e hearnsiano dei tre che avanzava verso di lui dicendogli qualcosa che gli sembrava ma di certo non poteva essere *ragazzuolo* – Questo è per Sante Monticciolo, gli diceva infatti Marco; Lanfranco Fanti la cui ragazza intanto gli si era avvinghiata addosso urlando a squarciagola, e provvidenzialmente, come risultò poi; Lanfranco Fanti che nel 2013 a cinquant'anni esatti sarebbe diventato Presidente dell'Unione Industriale di Prato, quando vide il giovanissimo e – questo lo terrorizzò più di tutto – *bellissimo* Marco Pancani venirgli incontro sorridente e spalleggiato da quegli altri due delinquenti più vecchi e brutti ebbe una di quelle cristalline epifanie da ubriaco e capì che davanti a lui c'era il Diavolo e le gambe gli cedettero all'improvviso e lui cadde a terra con la sua fidanzata addosso in un altro, più piccolo mucchio di caduti pratesi, evitando così per miracolo il corto gancio destro che Marco aveva deciso di tirargli sul naso e venendo salvato dai calci in faccia dall'intervento tardivo e svogliato dei buttafuori del Central che essendo amici del Pancani e del Baroni e del Monticciolo non gli dissero neanche nulla e si misero semplicemente in mezzo e poi comunque non c'era più nessuno a cui dire qualcosa perché i tre ragazzi erano sembrati smaterializzarsi nell'aria fumosa del locale; e mentre Sergio Perrone, il leggendario picchiatore fascista capo dei buttafuori del Central, piegava a novanta gradi la schiena rostrata di muscoli per offrire la mano a Lanfranco Fanti come Barry Lyndon con Marisa Berenson per invitarla a ballare, proprio nel momento esatto in cui Lanfranco gli prendeva la mano e si rialzava accorgendosi benissimo – era vigliacco e ubriaco ma di certo non scemo, il Fanti – sia della presa per il culo sia che era tutto finito e ancora una volta lui era *illeso*, proprio in quel momento la musica si fermò.

Subito fuori dal Central Park c'era sempre uno di quei camion trasformati in modo tale che una fiancata potesse diventare un bancone per vendere roba alimentare tipo cocomero, cocco, panini con lampredotto e salsa verde, bibite gassate in lattina, dolciumi colorati e quella notte d'estate, verso le due, appena usciti dal Central pieni di adrenalina e con le nocche doloranti, Marco Pancani e i suoi due amici si fiondarono subito al camioncino-bancone a mangiare l'anguria ridendo e sbrodolandosi. Ogni tanto si interrompevano per appoggiare sul bancone le fette d'anguria sbocconcellate e mimare i cazzotti che avevano appena finito di tirare ai pratesi; assunsero un minimo di contegno solo quando accanto al camioncino sfrecciarono una volante della polizia e un'ambulanza chiamate dal Central per soccorrere le loro vittime, e non pagarono una lira perché quando raccontarono al figlio quasi-down della padrona del camion, Fistellone, che avevano picchiato dei pratesi lui scese dal bancone del camion, si pulì la mano destra nel grembiule bianco e volle stringere forte le destre a tutti e tre specificando con il suo eloquio faticoso e pieno di vocali allungate di voler stringere proprio la *mano saaanta* che aveva tirato il cazzotto al pratese, non quell'altra.

Era una notte profumata e tiepida di metà luglio, i rumori del traffico sul Ponte alla Vittoria giungevano attutiti e un lieve vento caldo faceva muovere appena le foglie dei tigli sul Viale delle Cascine. Le luci di un aereo sorvolarono il parco e i quattro ragazzi si chetarono per alzare gli occhi a guardarle. In quel silenzio una ragazzina seduta da sola su una seggiola di plastica nel buio che si stendeva subito oltre la portata dei neon del baracchino di Fistellone, una lattina di Sprite calda in mano, disse a voce alta in un ottimo italiano:

– Complimenti!

I quattro ragazzi si voltarono verso di lei nello stesso momento, con la stessa espressione di irritata sorpresa.

Alison Cain era una biondina americana con i capelli corti, né alta né bassa, piuttosto carina ma niente di più, con le Nike e i jeans e la maglietta di un'università sconosciuta (la Miskatonic), e faceva la fotomodella perché a Firenze negli anni '80 anche le ragazzine normaline come lei riuscivano a fare le fotomodelle ma sapeva bene che tra poco, alla fine dell'estate, sarebbe dovuta tornare a una Seattle pre-grunge che lei odiava e a Firenze nessuno conosceva ancora, e per questo era infelice e aveva appena litigato con la sua *roommate* – una di quelle americanine ricche, lentigginose e vestite comode che arrivano a Firenze dopo il liceo o a metà università stufe di essere americane e decise a innamorarsi di Firenze e dell'arte e delle colline di Firenze e della bistecca e della melodia e della tolleranza e degli uomini di Firenze e ripartono dopo pochi mesi con la certezza di essere invece profondamente americane, il bisogno fisico di un minimo di modernità, il senso di colpa per essere ingrassate come maiali nonostante tutto il bene che avevano letto della dieta mediterranea, l'odio per il traffico e la pietra e i motorini e le chiese monumentali e la volgarità degli approcci dei ragazzi che si aspettavano nobili e intrisi della vacua toscanità bertolucciana di cui si erano innamorate vedendo e rivedendo *Io ballo da sola* in qualche cinemino d'essai di New York – e insomma Alison era andata al Central per ballare ma dopo un paio di canzoni si era stufata perché non sopportava la musica da discoteca che piaceva agli italiani e poi ballare non era quello che aveva voglia di fare e allora aveva bevuto due birre Corona e tutto era diventato confuso perché lei l'alcol non lo reggeva ed era uscita dal Central e si era seduta al buio a uno dei tavolini bianchi di plastica del camion-baracchino di Fistellone. Per riprendersi un po' sorseggiava da un quarto d'ora una Sprite che ormai s'era scaldata e faceva schifo.

Nonostante Alison non fosse nulla di speciale le espressioni degli amici di Marco e del timidissimo Fistellone si ammorbidirono istantaneamente perché quel Complimenti!, per quanto ironico, era stato comunque detto loro dalla donna più bella che gli avesse mai rivolto la parola, e mentre Marco si limitò a guardarla incuriosito la madre di Fistellone, una donna arcigna dal profilo apache che a braccia conserte sorvegliava tutto dal bancone del camion e non aveva mai accettato la ridicola incertezza dei dottori sull'essere o no down di suo figlio del quale da quando era morto d'infarto suo marito era diventata gelosissima, le rispose a voce alta:

– Signorina, si faccia i cazzi *sua*!

Fistellone e gli altri due annuirono, ma non si mossero e non dissero nulla. Non che questi ragazzi avrebbero fatto poi una gran carriera, negli anni a venire. Il Baroni finì a venticinque anni nel recupero crediti, prima come esattore e poi come *recuperato*, e quando uscì dall'ospedale di Careggi con le stampelle per via di una brutta rissa all'alba in un parcogiochi per i bambini (l'avevano trovato sotto un'altalena con tutte e due le gambe spezzate) se ne andò da Firenze senza mai più tornarci; Riccardo Monticciolo si adattò dopo molte dispute famigliari a fare il secondo di suo fratello Sante all'EdilMonticciolo, non volle mai sposarsi e morì di tumore al cervello per abuso di telefonino nel 2019; Fistellone diventò Testimone di Geova a quarant'anni, a pochi mesi dalla morte della madre Loredana, e si trasferì a Genova dopo essersi sposato con una certa Rosetta che lì aveva una pescheria.

Ma dopo che la ragazzina americana aveva solo sorriso alla battutaccia della mamma di Fistellone e alzato loro in segno di brindisi la lattina di Sprite calda, Marco le si avvicinò, le chiese il permesso di potersi sedere accanto a lei e cominciarono a parlare. Dopo qualche minuto di faticose chiacchiere con Fistellone i suoi amici lo salutarono da lontano e se ne andarono nella notte, tutti sbrodolati di cocomero, timidi e ingobbiti sul sellino corto della vecchia Vespa 50 del Monticciolo. Poi dal Central partì un'ambulanza seguita dalle due Mercedes 190 dei pratesi. Poi fu la volta della volante della polizia, che partì sgommando a salvare il mondo e li fece ridere molto, Marco e Alison, e dopo altre due ore anche Fistellone si avvicinò con due Sprite tiepide in mano e li salutò perché chiudeva e doveva andare via, però loro potevano rimanere a sedere sulle sedie, se volevano, solo che il tavolo doveva proprio portarlo via perché sua mamma aveva detto così. Poi chiuse anche il Central Park, e anche le Opel Frontera dei travestiti cominciarono a lasciare le Cascine a fari spenti perché di fari non c'era più bisogno. Era l'alba quando si alzarono finalmente dalle seggioline di plastica di Fistellone per andare a guardarla sul Ponte alla Vittoria, abbracciati, e non smisero un secondo di parlare di cose piccole e importantissime e private che prima d'ora non avevano mai detto a nessuno. *Si trovarono*, Marco e Alison. Fecero colazione in un bar orgogliosi di aver una volta tanto fatto l'alba per una ragione valida e poi Marco riaccompagnò a piedi Alison fino alla sua pensioncina davanti alla quale si salutarono con un bacino sulle guance e un abbraccio e il giorno dopo si rividero e lei approfittando dell'assenza della sua tignosa *roommate* lo fece salire in camera sua e gli fece sentire la sua canzone italiana preferita, *Mille giorni di te e di me* di Baglioni, e quando lui per l'unica volta nella canzone, alla fine, dice Mille giorni di te e di me, si baciarono in quella cameretta spoglia con alle pareti i poster della cupola del Duomo del Brunelleschi e di Bruce Springsteen col pugno alzato che cantava *Born in the U.S.A.* davanti a un oceano di milanesi. Dopo un po', a metà pomeriggio, Alison gli disse che doveva partire per Milano praticamente subito, con il treno delle sette e mezzo, perché la mattina dopo doveva essere lì per lavoro e perché la sua migliore amica, Anna, una modella svedese, faceva una festa. Marco rimase sorpreso e deluso perché Alison gli piaceva molto e sentiva che era la ragazza giusta per lui, e questo fatto che partiva per andare a una festa a Milano non gli piaceva punto. Decise però di non darlo a vedere e infatti non le disse niente, ma dovette incupirsi molto perché lei se ne accorse e gli dette il numero di telefono della casa di Anna e disse di chiamarla quando voleva e invitò anche lui alla festa. Marco non sapeva bene cosa fare, ma decise che non voleva arrabbiarsi e rovinare tutto e così l'accompagnò alla stazione con la Vespa del Monticciolo e anche se Alison aveva un grosso borsone pieno di roba Marco era sicuro che non era possibile stesse partendo da Firenze per non tornarci più. No, glielo avrebbe detto. Al binario si baciarono come due amanti di Cechov; lui la aiutò a caricare il borsone sul treno, incenerì con lo sguardo i due militarini in divisa e il signore di mezza età che stavano nello scompartimento con lei, e scese solo al secondo fischio del capostazione. Poi il treno partì.

La mattina dopo Marco si svegliò di umore pessimo, e al bar il Baroni si prese anche uno schiaffo per via di una battuta del cazzo che aveva fatto. Dopo pranzo Marco chiamò Alison a casa di questa sua amica svedese per sentire come stava e se aveva viaggiato bene, e lei tutta allegra gli disse che certo, sì, era andato tutto bene, ma perché non veniva anche lui alla festa?, e allora senza dire nulla a nessuno Marco salì su un Pendolino senza biglietto, si nascose in bagno quando passava il bigliettario e arrivò a Milano nel tardo pomeriggio. Cercò di arrivare in autobus dove stava lei ma non ci riuscì per via di quel suo difetto di chiedere le indicazioni ai passanti e non starle mai a sentire, allora prese un taxi e appena capì dalla cartina che teneva in mano che era vicino all'indirizzo di lei, scappò senza pagare dal taxi bloccato nel traffico e arrivò di corsa a questo residence squallido poco fuori dal centro. Suonò il campanello a nome MARCHETTI e gli venne aperto subito con un cicalio fortissimo che fece scattare la serratura e trasalire lui. Salì due rampe di scale seguendo la musica di Barry White e arrivò davanti a una porta aperta sulla quale apparve un milanese di trent'anni stempiato con una camicia azzurra da ufficio fuori dai jeans e i mocassini con il soldo. Dietro di lui si sentivano i rumori di una festa, e quando Marco disse che voleva parlare con Alison questo milanese del cazzo non gli rispose nemmeno e non si spostò dalla porta e lo guardò soppesandolo per qualche secondo prima di voltare la testa per chiamarla sgarbatamente a voce alta, Alison, e poi sparire senza una parola nel buio pesto di quell'appartamento maledetto. Quando lei arrivò alla porta si era fatta una canna da poco, era tutta stonata e puzzava di canna e gli disse di entrare, se voleva, non c'erano problemi perché Andrea era suo amico. Era spettinata e aveva la camicia un po' sbottonata e parlava strascicando le parole ed era *scalza*, e Marco non riuscì a dirle nulla perché se in qualche modo Alison era ancora la stessa ragazzina fantastica che aveva guardato l'alba abbracciata a lui sul Ponte alla Vittoria, ora era anche completamente diversa, come insozzata, resa uguale a tutte le altre fiche maiale drogate del cazzo, e quando lei gli ripeté esattamente le stesse cose che gli aveva detto prima, e cioè che poteva entrare se voleva perché non c'erano problemi, solo in un italiano ancora peggiore e ancor più biascicato, Marco chiuse gli occhi e non le chiese chi era Andrea e se la casa era davvero della sua amica modella svedese e che festa del cazzo era quella, di pomeriggio, al buio. Quando li riaprì dopo quello che gli parve molto tempo ma erano solo pochi secondi lei gli sorrise, poi per un attimo perse l'equilibrio, sbatté leggermente la testa contro la porta, disse Ouch!, si massaggiò i capelli biondi stenti e rifece quel lentissimo sbilenco sorriso da drogata che obbligò Marco a reagire in qualche modo, e allora si voltò e se ne andò giù per le scale senza averle detto neanche una parola. Lei lo chiamò una volta per nome, disse ancora che non c'erano problemi, poi urlò Stronzo e sbatté fortissimo la porta. Marco arrivò in qualche modo a piedi alla Stazione Centrale e salì sul primo treno per Firenze. Nello scompartimento vuoto trovò un blocchetto d'appunti e una penna e riempì ogni foglio del blocchetto con una frase che gli ronzava in mente:

Non c'era nessun fantastico amico
sul treno del ritorno.

Appena arrivato a Firenze Marco andò a piedi fino al Yab dove sapeva che c'erano tutti i suoi amici di Borgo Allegri e doveva avere una faccia terribile perché nessuno ebbe il coraggio di chiedergli nulla, e quando il Settebello della nazionale juniores tedesca ovest di pallanuoto venuta a Firenze a incontrare i pari-età italiani alla piscina Costoli, dei ragazzi enormi coi capelli a spazzola e le spalle così larghe da sembrare deformi che avevano bevuto troppo per festeggiare la vittoria, quando questi giganti felici a un certo punto alzarono di peso la Spillina che barcollava in giro rompendo i coglioni a tutti e cominciarono a passarsela come se fosse una palla, Marco si lanciò verso i tedeschi ancora prima di Sante Monticciolo e molto prima del Baroni, del Grazzini e di Fistellone, e spaccò il naso al più grosso prima che lasciasse cadere a terra la Spillina e il giovane cameriere del Yab che vide in faccia Marco mentre si avventava sul tedesco poi raccontò a tutti che sulla sua faccia c'era come un sorriso, ma un sorriso strano, disse, e quando gli chiesero di dire strano come, lui non seppe che ripetere Strano, strano, ma il vecchio cassiere che gli stava accanto e aveva visto tutto anche lui rimase così turbato da doverlo per forza raccontare a sua moglie la mattina dopo, davanti al caffè della colazione, che sul volto di quel diavolo del Pancani, mentre picchiava dei giganti tedeschi grossi il doppio di lui, c'era un sorriso come di *sollievo*.

VII.
Milena la Bambola

Alberto si addormentò poco dopo Milena e non la sentì alzarsi dal letto un'ora più tardi, fare la doccia, vestirsi, truccarsi, sedersi sul letto accanto a lui a guardarlo dormire. Milena pensava di non poter partire senza salutarlo, ma anche di non poterlo svegliare dopo tutto quello che gli era successo e tutto il viaggio allucinante, così rimase mezz'ora seduta sul letto accanto ai piedi del marito che dormiva immobile, a carezzargli una gamba ogni tanto e cercare di decidere se era o no il caso di svegliarlo per un solo attimo, un solo bacio, un solo abbraccio goffo come quelli che si danno a chi è a letto. Perché poi non l'avrebbe visto per quasi una settimana. Poche ore dopo l'incidente in Colombia una specie di dottore della MediFuture le aveva mandato un'e-mail lunghissima nella quale spiegava che Alberto sarebbe tornato dal Sudamerica con un fortissimo stress post-traumatico. Il fatto che questo stato di stress potesse anche non essere immediatamente avvertibile da lei o da Alberto stesso non aveva nessuna importanza. Lo stress c'era, nascosto da qualche parte dentro suo marito, e non se ne sarebbe andato per un periodo di tempo che ora era impossibile da precisare. In questo momento non si poteva nemmeno prevedere *come* avrebbe trovato sfogo. Il dottore MediFuture aveva fatto il paragone con una gomma bucata, che poteva sgonfiarsi poco alla volta o di colpo. Il recupero era certo, considerato l'estremo equilibrio della personalità di Alberto, ma in ogni caso sarebbe stato molto lento e graduale. Dal giorno del suo ritorno Alberto andava considerato in convalescenza per un mese. In questo periodo di tempo non doveva assolutamente lavorare, nemmeno se ne aveva voglia, e perciò non gli sarebbe arrivata nessuna e-mail dalla MediFuture. Di questo Alberto era già al corrente perché non pensasse di essere stato, come dire, dimenticato dall'azienda. Milena doveva stargli vicino, assecondarlo e farlo sentire libero di fare tutto quello che voleva. Doveva aspettarsi reazioni inconsuete e sbalzi di umore. Non sarebbe stato facile neanche per lei. L'e-mail finiva con un *Good luck.*

Eppure Milena sentiva di doverlo salutare. Voleva, doveva baciarlo, e da sveglio. Da quando erano sposati non era mai partita lei, e non avendo un rituale di partenza proprio Milena pensava di conformarsi a quello di Alberto, che prima di partire le prendeva sempre la faccia tra le mani e le dava un bacio sulla fronte. E se lui si fosse svegliato e non fosse riuscito a riaddormentarsi per un altro interminabile giorno insonne da passare da solo in una città in cui non aveva più amici? E se invece fosse partita senza svegliarlo come ci sarebbe rimasto, lui, al risveglio? Magari si sarebbe svegliato proprio al tramonto e si sarebbe trovato solo e si sarebbe intristito terribilmente e ci sarebbe rimasto malissimo che lei fosse partita senza salutarlo, senza neanche scrivergli un biglietto. Certo poteva anche succedere che lei per salutarlo lo svegliasse e lui si riaddormentasse subito dopo e al risveglio non si ricordasse neanche di lei che lo salutava e la rimproverasse lo stesso. Era già successo che Alberto si svegliasse di notte per qualche ragione e Milena gli chiedesse che c'era e Alberto rispondesse qualcosa di plurisillabico e apparentemente sensato e poi la mattina dopo non si ricordasse di nulla.

No, decise che non l'avrebbe svegliato. Un biglietto poteva scriverlo, però, e infatti lo scrisse, con una M e il numero di telefono di Villa Cielo Alto. Ne scrisse tanti altri, ma dopo averne accartocciati alcuni troppo intensi o troppo casuali, incapace di trovare la formula giusta, Milena cominciò a pensare che forse si comportava così perché non era abbastanza forte per fare quello che aveva deciso di fare, perché quel suo povero marito sprofondato nel sonno nero e senza sogni dello stressato non era altro che il simbolo del suo matrimonio inerme e fiducioso e disintegrato. Ebbe una piccola crisi e iniziò a tremare e piangere e carezzare con forza la gamba scoperta di Alberto, forse con il desiderio inconfessato di svegliarlo e farsi dire/ordinare di rimanere a casa, non partire, non rifarsi le tette, ma che tette, farsi dire Io ti amo così Milena, macché tette, lascia stare, vai in palestra e torna e poi andiamo a cena fuori insieme, io e te, e poi al cinema a vedere qualche fantastico film commerciale e poi prima di andare a letto si mangiano i biscotti tuffati nel latte intero davanti alla televisione, io e te, in pigiama, felici, amore mio. Perché in verità Milena non andava a rifarsi le tette a Milano, o meglio non solo, ché a rifarsi le tette ci vuole un giorno solo e poi ti dimettono. Perché dopo l'operazione lei saliva sulla sua bella Volvo bianca con cambio automatico e tettino apribile e invece di dirigersi verso Villa Cielo Alto, la beauty-farm sul lago di Como dove aveva detto che sarebbe andata per rimettersi dall'operazione, scendeva l'Italia lungo la A1 fino al casello di Valdarno dove usciva e guidata dal monitor del navigatore satellitare GPS si dirigeva senza mai sbagliare strada verso le colline della Val d'Ambra tra Montevarchi e Siena, verso un paesino che si chiamava Montebenichi, e prima di raggiungerlo svoltava e saliva su per una strada sterrata carducciana fino a un vecchio gigantesco ex-rudere appena ristrutturato in mezzo a un bosco e troneggiante su un lago dove ad aspettarla c'era già Marco, il suo unico amore.

Ma perché tutto questo potesse avvenire, perché il colpo venisse finalmente tirato, il grilletto premuto, la frittata fatta e così via, Milena la bambola doveva farsi passare la crisi, asciugarsi le lacrime, alzarsi da quel letto che era il suo, dirsi che niente e nessuno poteva impedirle di fare quello che voleva, trovare il coraggio di guardare ancora suo marito addormentato e abbandonarlo nel momento della sua vita in cui aveva più bisogno di lei senza né svegliarlo né scrivergli un biglietto, uscire dalla camera, dall'appartamento, dal palazzo, fare a piedi nel tramonto meraviglioso il Lungarno fino all'ambasciata americana tirandosi dietro la valigina da hostess con le ruotine uguale identica a quella di Alberto, svoltare a destra, camminare altri cento metri, entrare nel Garage Europa, salire sulla Volvo, infilare nel lettore il CD che si era fatta prendendo da Napster tutte le vecchie canzoni commerciali degli anni '80, partire verso Milano. E così fece, ed è strano e anche bello che una volta passata la crisi e asciugate le lacrime, nel fare tutte queste cose Milena non pensò più neanche una volta e neanche per un attimo ad Alberto e al suo matrimonio. Asciugate le lacrime Milena si sentì solo molto felice e molto libera, catapultata indietro nel tempo a quando aveva dodici anni e c'erano le feste in casa e si ballavano i lenti e la canzone più bella di tutte era *Figli delle stelle*. Mentre camminava sul Lungarno rideva di nulla. La sua pelle splendeva. Era bellissima.

VIII.
Cd Milena 1

Can't Take My Eyes Off of You, Boys Town Gang
When Will I See You Again, Magda Layna
Stomp, Johnson Brothers
First True Love Affair, Jimmy Ross
Africa, Toto
Clouds Across the Moon, Rah Band
Moonlight Shadow, Mike Oldfield
I Will Survive, REM
Victims, Culture Club
Figli delle stelle, Alan Sorrenti
The Power of Love, Frankie Goes to Hollywood
Survivor, Mike Francis
Face to Face, Heart to Heart, Twins
Eyes without a Face, Billy Idol
Masterpieces, Gazebo
I migliori anni della nostra vita, Renato Zero

IX.
Scrambled

Alberto si svegliò esattamente quattordici ore dopo la partenza di Milena, solo e con la voglia di mangiare, subito, le uova *scrambled*. Si alzò dal letto e attraversò la casa per raggiungere la cucina, dove Ilda la filippina lo salutò tutta sorridente e gli chiese cosa voleva per colazione. Lui, preso da un'improvvisa, insensata irritazione per non essere solo in casa, aprì il frigo per non guardarla e rispose che se la sarebbe preparata da solo. Ilda disse Come?, e rimase immobile in attesa di disposizioni come uno dei robot perplessi di Asimov. Alberto strinse gli occhi e aggiunse scandendo le parole che se la sarebbe preparata da solo, la colazione, e insomma non aveva bisogno di lei e poteva andare a fare le faccende, al che la filippina, anch'essa informata che il *dottore* era un po' stressato e se sembrava scortese non si doveva offendere perché lui non voleva offendere, sorrise e andò a rifargli la camera.

Quando sentì i passi allontanarsi Alberto aprì gli occhi, cercò le uova, controllò la scadenza, le ruppe in una ciotola, le sbatté, versò nella ciotola del latte e un pizzico di sale e rovesciò tutto in una teglia che aveva precedentemente messo sul fuoco per via della aconsequenzialità di ogni ricetta di cucina. Mentre fissava il giallo delle uova/latte che si allargava sul fondo nero della teglia teflonata gli venne da pensare che era *educativo* il dover per forza leggere fino in fondo le ricette prima di metterle in pratica invece di cominciare come automi e poi doversi fermare perché manca qualcosa di fondamentale che andava fatto *prima*.

Lasciò rapprendere per qualche secondo e poi iniziò a mescolare le uova con un mestolo di legno dall'estremità piatta, raccogliendo il primo condensarsi delle uova/latte e rimescolandolo subito finché il liquido non è più tale e prende una tremolante forma quasi-solida che dopo qualche secondo raggiunge prima la gelatinosità e poi la vera e propria solidità che però deve poter cambiar forma ad ogni mescolata. Alberto sa che non deve cuocere troppo le uova perché non vuole diventino così solide da rappallarsi ed essere trascinate più che riconfigurate dai suoi sapienti rotondi colpi di mestolo, soprattutto non gli garba che il loro giallo si schiarisca troppo poiché delle *scrambled* insieme al gusto gli piace molto anche il color giallo forte che prendono se sono cotte perfettamente. Le versa in un grande piatto-vassoio di Wedgwood e le mangia insieme a una fetta di pane del giorno prima, ideale accompagnamento alle *scrambled* non solo per il perfetto sposalizio di gusti ma anche perché le *scrambled* sono la tipica colazione da mattinata in casa, e la mattina il pane che c'è in casa è quello di ieri. In vita sua non aveva mai mangiato le *scrambled* con il pane fresco perché nei grandi alberghi americani e inglesi sono sempre accompagnate dal *toast*, in quelli francesi è difficile trovarle e in quelli italiani, dove forse poteva accadergli di mangiarle con il pane fresco, non gli era mai venuto in mente di ordinarle per colazione. Finite le uova scoprì di avere ancora fame, stavolta di dolciumi, e in cucina trovò una stecca di cioccolata fondente Novi a dadi grossi che i filippini evidentemente usavano per le torte. Sgranocchiò due dadi, poi si scaldò del latte, cercò dell'Ovomaltina ma non ne trovò (eppure ogni tanto Milena lo beveva, e anche la filippina), e allora versò in una tazza tre cucchiai di Nescafè e molto zucchero e ci versò dentro il latte caldo.

Andò in salotto e si mise alla grande vetrata a bere il caffellatte e a guardare Firenze di prima mattina. Ogni volta che la vedeva gli pareva di non apprezzarla abbastanza. Si sforzò di notare ogni sua piccola bellezza, certi riflessi vermeeriani sulle tegole dei tetti, sull'Arno, sui cofani delle macchine che si muovevano lentissime in colonna su Ponte alla Vittoria, ma dopo qualche secondo di questo microsforzo si innervosì di nuovo e andò in camera dove però trovò la filippina che ravversava e dopo una pausa di silenzio interdetto le disse che insomma ora doveva starci lui in camera e lei poteva tornare più tardi, e senza aspettare risposta si chiuse in bagno dove trovò davanti al lavandino il secchio arancione con i detersivi e i piumini multicolori per le pulizie che la ragazza si era lasciata dietro, e anche questa cosa lo innervosì. Allontanò il secchio con una leggera pedata dopo aver anche pensato a dargliene una bella, di pedata, ma si era trattenuto al pensiero insostenibile del secchio che si rovesciava e versava sul pavimento spazzole multicolori, detersivi cremosi e liquidi di origine incerta. Strinse i denti ed entrò sotto la doccia ma non riuscì a miscelare subito l'acqua calda con la fredda e si scottò e si raggelò e si scottò di nuovo prima di raggiungere una temperatura accettabile. Dopo qualche minuto passato immobile sotto il getto dell'acqua finalmente alla sua temperatura ideale (poco più di 21 gradi) decise che non si sarebbe arrabbiato e sarebbe uscito a fare una passeggiata per il centro di Firenze, una cosa da vecchio, di quelle che avrebbe fatto suo padre.

Non si preoccupò di non aver trovato nessun biglietto di Milena. Lei odiava scrivere le cose tipo appuntini, nomi, numeri di telefono, e Alberto sospettava fosse perché poi non ricordava mai la ragione per cui le aveva scritte, chi erano quelle persone e perché lei doveva telefonargli mentre Milena, che aveva un'ottima memoria, odiava invece l'atto stesso dello scrivere, l'idea preistorica di lasciare segni sulla carta con una penna o un lapis, la sua calligrafia angolosa per nulla femminile e immediatamente illeggibile anche per lei. Ma non ne avevano mai parlato, Alberto e Milena, e così mantenevano opinioni del tutto diverse sulla stessa cosa e si sarebbero sorpresi moltissimo a scoprire come la pensava l'altro, soprattutto Milena a sapere che suo marito pensava – a parte tutti gli scherzi sulle sue *pause* – che lei fosse praticamente una mezza idiota, smemorata e svaporata.

Quando Alberto si chiuse alle spalle il grande portone di legno della sua casa sul Lungarno e sentì l'aria fresca della tarda mattinata e i rumori attutiti del traffico in lontananza fu preso da un entusiasmo improvviso. Era una bellissima giornata, era mattina e lui era libero e, soprattutto, vivo. Ce l'aveva fatta. Era tornato a casa. Non era morto in quella *favela* di merda, ed era riuscito anche a scappare prima che l'*esercito colombiano* lo arrestasse per interrogarlo e magari se lo dimenticasse in cella per qualche mese. To', disse a voce alta facendo voltare una signora cinquantenne sicuramente americana, e raggiunse con la mano sinistra l'incavo del gomito destro in uno schioccante vaffanculo che la donna registrò come incredibilmente rivolto a lei e si voltò indignata sussurrandogli tra i denti un flebile, terrorizzato *Fuck you*. Doveva ricordarsi di mandare un bel regalo al console Caponigro, qualcosa d'argento per la signora, una bella cornucopia di Brandimarte. Si sentì orgoglioso soprattutto perché non aveva mai perso la testa neanche nei secondi subito dopo la mitragliata, era sempre rimasto freddo e presente a se stesso e non aveva accusato per niente lo stress enorme di essere sopravvissuto per miracolo a una specie di attentato a migliaia di chilometri da casa, e anche se non riusciva a cancellarsi dalla mente la testa ammorbidita del tassista e il suo cervello spappolato, stanotte aveva dormito come un sasso e non aveva sognato quel disgraziato. Si era liberato brillantemente di una cosa che avrebbe fatto finire prima in ospedale e poi in analisi tutte le persone che conosceva. Aveva reagito alla grande, da vero numero uno, da futuro CEO, e le quattro settimane di riposo che gli erano state consigliate dalla MediFuture gli parevano anche troppe. Stava bene, benissimo. Inspirò fino a riempirsi i polmoni di un'aria che immaginò esser rotolata giù in vortici azzurrini dalle colline di Fiesole, espirò lentamente. Si affacciò a guardare l'Arno e seguì per qualche secondo una nutria che vi nuotava lentamente in mezzo, la sua V che si allargava nell'acqua color cammello. Però non era male anche l'idea di fare un po' di vacanza a casa sua, nella città più bella del mondo, con la sua bellissima moglie che sarebbe tornata ancora più bella e fica e *nuova*, con queste tette più grosse che anche se non aveva richiesto lo incuriosivano molto, perfettamente riposata dalla settimana in beauty-farm. Decise che quando Milena sarebbe tornata l'avrebbe portata in giro per l'Europa: Salisburgo, Londra, Parigi, Venezia. Avrebbero fatto un'altra luna di miele.

Questo entusiasmo si attenuò e svanì del tutto una volta imboccata e percorsa Via Tornabuoni. Dopo che ebbe guardato tutte quelle vetrine esageratamente lussuose, preso un cappuccino deludente da Giacosa e passato un quarto d'ora distratto alla libreria Seeber, innervosito dal trovarsi sempre circondato da anglosassoni gentilissimi e vestiti comodi che parlavano tra loro a voce bassa come fossero in chiesa, Alberto si accorse di essere già stufo di quella mattinata e della quantità di tempo che aveva a disposizione. Pensò di arrivare fino in Piazza della Repubblica, ma arrivato in Piazza Strozzi si fermò per qualche minuto a guardare la meravigliosa giostra retrò che vi girava vuota senza neanche un bambino sopra, senza far rumore, bellissima e inutile, il perfetto simbolo di Firenze. Decise di tornare a casa, prendere la Grand Cherokee e fare una bella girata. Sarebbe andato a mangiare al mare, a Forte dei Marmi. Una bella mangiata di pesce, ecco cosa avrebbe fatto.

La macchina di Alberto era una Grand Cherokee 5200 V8 verde del 1997, benzina, del tutto inadatta a qualsiasi tipo di uso continuativo e dunque perfetta per lui perché il suo essere Direttore Globale del Marketing MediFuture lo costringeva a viaggiare continuamente, in aereo, ogni settimana. L'ultima ristrutturazione della società aveva tagliato il livello dei senior manager continentali, cioè il ruolo di Responsabile Continentale del Marketing, e accentrato la funzione in un solo superdirigente, un giovane e ipermotivato Alberto che, caratterialmente incapace di rifiutare qualsiasi tipo di sfida e novità, al CEO che lo aveva chiamato per comunicargli il suo nuovo incarico aveva risposto subito di sì all'unica condizione di poter tornare ogni fine-settimana, dovunque fosse nel mondo, a Firenze. Per lui, Africa ovviamente esclusa, era del tutto uguale vivere a Sydney o a Bangkok o a Città del Messico, ma senza averglielo mai chiesto pensava che Milena avrebbe preferito vivere a Firenze invece di ritrovarsi sola e sradicata a Tokio o a Londra o a Chicago; Firenze che, come disse al CEO, basta guardare su qualsiasi mappa, è al centro del mondo. Il CEO, un veterano MediFuture ormai quarantacinquenne coreano-americano, gli aveva detto che dipendeva da che mappa si guardava, perché sulla sua invece c'era la Corea al centro del mondo. Alberto aveva detto OK, ed era rimasto zitto a guardare il traffico scorrere lento e punteggiato di taxi gialli sulla Fifth Avenue cinquanta piani più sotto. Aveva guardato fuori dalla finestra per tre minuti buoni senza dire né pensare nulla. Sapeva che un'offerta così non potevano farla a un altro dirigente interno perché nessuno tranne lui poteva mettersi sulle spalle tutto quel lavoro, e prendere qualcuno da fuori per dargli di punto in bianco tutto quel potere non era una cosa da MediFuture. Naturalmente poteva anche sbagliarsi e il suo silenzio esser preso come un gesto d'arroganza, ma negli anni aveva imparato a fidarsi ciecamente del suo intuito, anche perché l'intuito non l'aveva mai tradito ed era il suo vero *plus* rispetto a tutti gli altri ragazzi che avevano fatto i suoi stessi studi e avuto risultati e carriere aziendali comparabili. Quindi rimase zitto a guardare la Quinta senza pensare a niente. Gli pareva ci fosse un vago sentore d'aglio nella stanza, ma forse era influenzato dall'aver visto il CEO mangiare teste d'aglio intere a morsi a Seul, a una cena informale durante la quale s'era anche ubriacato, e mentre Alberto lo riportava a braccia nella sua suite gli aveva sussurrato in un orecchio di avere un'amante bionda che somigliava a Catherine Deneuve ma a Catherine Deneuve com'è ora, non Catherine Deneuve giovane, che lei stava a Parigi in un appartamento sulla Rive Gauche e l'amava così tanto e gli mancava così tanto che gli veniva da piangere e infatti era scoppiato a piangere appena entrato in camera e aveva detto ad Alberto di andarsene per favore perché le doveva telefonare subito. La mattina dopo i ruoli si erano ristabiliti e nessuno dei due aveva più riparlato di quella storia. Anzi, quella era la prima volta che si rivedevano. Dopo un altro minuto di perfetto silenzio rotto solo da qualche attutito clacson di taxi inerpicatosi chissà come fino al cinquantesimo piano, il CEO aveva detto:

– OK, *Firense*.

E Alberto:

– Per me un posto vale l'altro.

E il CEO, gravemente:

– Sì, per persone come noi un posto vale l'altro.

– Lo faccio per mia moglie, – aveva detto Alberto, e il CEO aveva annuito senza dire nulla.

E da quel giorno, più o meno un anno prima, Alberto non aveva fatto che viaggiare per il mondo in rappresentanza della MediFuture e intervenire a decine di inaugurazioni d'ospedale, insediamenti di ministri della sanità, fidanzamenti di principi, e dopo le immancabili feste si era chiuso in ufficio con chi aveva organizzato la festa e gli aveva sempre venduto qualcosa. Era diventato quello che voleva diventare da ragazzo e anche più, un super-venditore globale. Aveva sposato una donna molto bella che era anche l'unica che avesse mai amato. La vita non poteva essere meglio di così, e quando tornava a Firenze non gli andava molto di spostarsi, ma se proprio doveva farlo allora la sua Grand Cherokee era l'unica macchina possibile. Di quella macchina gli piacevano soprattutto i difetti come la mole ippopotamesca, il rumore pre-tecnologico del motore V8 che pareva un tuono lontano o il ruggito gorgogliante di un grande felino, il suo consumo gatsbyano sia in città sia in autostrada, i suoi cigolii da macchina da assedio medievale quando frenava e lo stridore lancinante delle gomme quando svoltava da ferma, quella infantile grafica del cruscotto che si sforzava nella sua inadeguatezza sia di ricordare le auto americane dei vecchi tempi sia di comunicare un'idea di controllo, questa sì totalmente americano-moderna. Gli piacevano le inutili scritte in inglese che stavano su ogni cosa come se il guidatore fosse imbecille, le raccomandazioni sul pericolo di capottamento in seguito a manovre brusche dietro gli specchietti di cortesia di tutti e due i sedili anteriori, la metafisica scritta OBJECTS IN MIRROR ARE CLOSER THAN THEY APPEAR sugli specchietti laterali, la semplice ma robusta radio/mangianastri/lettore CD e la decisa scritta NO TAPE che appariva quando premeva il comando TAPE e non c'era nessuna cassetta infilata nel buco del mangianastri, il sommesso gemito e l'aspetto fintamente lussuoso, completamente americano della pelle/vinile dei sedili, lo scatto furente e insospettabile che lasciava indietro ai semafori quasi tutte le altre macchine se Alberto decideva di partire in *kick-down* e il conseguente lieve alzarsi del cofano gigantesco. Gli piaceva la seria disapprovazione professionale di quasi tutti i meccanici/elettrauto/carrozzieri da cui la doveva portare perché spesso si rompeva qualcosa. Gli piaceva il fatto sorprendente che solo le ragazzine sotto i vent'anni guardavano avidamente dentro la sua Grand Cherokee per vedere chi la guidava mentre le ragazze più adulte no, e lo spiegava con la diversità delle loro aspettative riguardo al tipo di uomo ideale. Gli piaceva il semicompatimento snobistico di quasi tutti i suoi conoscenti che invariabilmente gli facevano notare la presenza sulle strade già da qualche anno di una nuova versione restylizzata e rotondina della Grand Cherokee e gli consigliavano di cambiarla con una Mercedes ML 320 o una BMW X5 finché ancora gli davano qualcosa per l'usato. Gli piaceva l'ammirazione dei benzinai e le loro rispettose domande sulla cilindrata di quel bestione verde.

Il viaggio in autostrada fu lento e vuoto, senza pensieri. Arrivato a Forte dei Marmi parcheggiò nella Piazza dei Cavallini e fece due passi sul lungomare deserto fino al ristorante che aveva scelto, anch'esso deserto, dove però la cortesia del cameriere, la scelta del tavolo sotto un pergolato, la bellezza dell'apparecchiatura e la ricchezza del menù di pesce lo entusiasmarono per qualche minuto. Pensò di aver fatto bene a venire al mare e ordinò un gran pranzo (tartufi di mare, linguine scampi e fiori di zucca, orata al sale e flan di cioccolata fondente) solo per accorgersi già all'arrivo delle linguine di non aver fame, per cui più che mangiare spelluzzicò. Si affacciò sulla spiaggia a vedere il mare piatto e scintillante ma si sentì scoraggiato e deluso da una certa mancanza di energia. Sua, di Forte dei Marmi, del sistema. Mentre tornava a Firenze rischiò due o tre volte di addormentarsi al volante, e appena arrivò a casa dormì qualche ora. Quando si svegliò era fine pomeriggio e si mise a leggere *Nove Principi in Ambra*, il primo dei cinque libri del ciclo di Ambra di Roger Zelazny, ed era arrivato quasi a metà del libro quando i filippini lo sorpresero annunciandogli che la cena era pronta. Gli sembrava di essersi appena alzato da tavola a Forte dei Marmi, ma mangiò con buon appetito tortellini in brodo e salmone. Dopo cena guardò un po' la televisione ma siccome c'erano solo cazzate si rimise a leggere il libro, lo finì, si addormentò sul divano e i filippini lo coprirono con la coperta di cashmere di Milena.

Alberto era molto arrabbiato con Milena perché in tutto il giorno non lo aveva mai chiamato, né aveva telefonato a casa per lasciargli un messaggio. Pensava che *essendo andata via lei* dovesse essere *lei* a chiamare suo marito diciamo così abbandonato per dire dov'era e come stava. Tra l'altro una volta Alberto l'aveva anche chiamata, dal ristorante, per raccontarle le cose buone che stava mangiando e farle un po' invidia, ma aveva trovato l'annuncio che l'abbonato poteva avere il telefono spento e non aveva neanche potuto lasciare un messaggio divertente e si era irritato e non l'aveva più richiamata.

X.
Milena invece

Milena invece pensava che pur essendoci andata per rifarsi le tette era comunque *in clinica* e quindi in un certo senso *malata*, e ai malati si telefona per sapere come stanno, non si aspettano le loro telefonate. Arrivata a Milano verso le undici dopo un viaggio d'inferno (code sugli Appennini e tra Parma e Piacenza, camionisti morti, guard-rail orrendamente contorti, la cabina di un TIR in fiamme), Milena aveva lasciato la macchina nel parcheggio della clinica, si era registrata, aveva parlato con i dottori e con l'anestesista, guardato un po' di televisione ed era andata a letto. La mattina dopo aveva mandato un'e-mail ad Alberto poco prima di entrare in sala operatoria, perché si immaginava che dormisse ancora e non voleva svegliarlo con una telefonata, e ci era rimasta molto male quando verso mezzogiorno, di nuovo in camera, mentre l'anestesia svaniva e ogni movimento cominciava a darle una piccola fitta di dolore, aveva faticosamente acceso sia il suo aggraziato iBook arancione sia il telefonino e non aveva trovato nessun messaggio di Alberto. Aveva passato il pomeriggio a prendere l'Aulin, guardare la televisione, leggere riviste femminili, farsi palpare le sue nuove tette gonfie e doloranti da tre diversi giovani medici che volevano sembrarle imperturbabili ma si vedeva bene che erano contenti di potergliele toccare impunemente. Si era anche preoccupata molto, di tante cose. L'unica cosa bella della giornata era stata sentire al telefono la voce di Marco che le aveva chiesto se somigliava a Pamela Anderson e le aveva detto che la Casa dello Spino era veramente fantastica e aveva già visto tre cinghiali. Alle nove e mezzo si sentì stanchissima, e da quanta voglia aveva che fosse domattina spense luci e televisione e si addormentò.

XI.
Levane

Tornata a Firenze Cinzia si trovò a dover spiegare l'esistenza del bambino, e nei primi giorni capì che con un po' di abilità poteva benissimo spacciarlo per suo, il meraviglioso prodotto di un'unione sfortunata avvenuta in una fase molto particolare della sua vita, un periodo oscuro e morto e sepolto che non sarebbe tornato mai più. Dopo qualche giorno passato a rifocillarsi a casa di Milena trovò il coraggio di telefonare a sua madre a Levane per annunciarle che aveva avuto un bambino e voleva farglielo conoscere, insomma vedere. La madre di Cinzia, che non aveva più avuto notizie della figlia dalla sera della sua improvvisa partenza se non per qualche compassionevole telefonata di Milena, rispose un po' freddamente che, certo, sarebbe stata molto felice di rivedere lei e il bambino, e li invitò a stare un po' a Levane a casa di sua sorella Bruna dove in effetti furono accolti con grande affetto da tutti incluso l'ombroso marito della Bruna, Antonello, un sardo trapiantato in Valdarno che aveva imparato il mestiere del macellaio facendo il garzone per anni nella macelleria del suocero ora lobotomizzato, Argante, e aveva sposato la Bruna pur essendo da sempre innamorato di sua sorella.

Dopo i festeggiamenti Cinzia e sua madre rimasero finalmente soli con Daikon nella camera dove avrebbero passato la notte insieme. Mentre Cinzia cambiava Daikon sua madre cominciò a parlare in tono casuale del bambino, disse che era molto bello e sembrava anche buono, non piangeva mai e sorrideva a tutti, ma che però un bambino portava anche dei doveri alla madre, anzi soprattutto dei doveri, e siccome il padre di questo bambino non c'era o meglio non avrebbe vissuto insieme alla mamma e al bambino – così disse la madre di Cinzia rimasta vedova del marito pasticciere portato via dall'onda di piena dell'Ombrone in un'inondazione minore della piana di Campi Bisenzio all'alba di una mattina di novembre del '73 pochi giorni dopo la nascita di Cinzia – la mamma doveva ficcarsi in testa che aveva un bambino, mettersi a lavorare sul serio e levarsi dalla testa i grilli che aveva sempre avuto. Poi rimase zitta per un minuto mentre Cinzia cercava di capire dove volesse arrivare e per non guardarla traccheggiava con il pannolino di Daikon e gli esaminava con attenzione esagerata certe irritazioncine nell'interno delle cosce. La madre di Cinzia sospirò e disse che però a questo punto c'era una cosa che doveva proprio dire, una cosa che sarebbe sempre rimasta tra loro due e non l'avrebbe mai saputa nessun'altra persona. Fece un'altra lunga pausa, aggiunse che era difficile perché non trovava le parole e subito dopo disse in un soffio senza guardare la figlia che se il bambino aveva tre mesi c'era qualcosa di strano in lei perché non sembrava una donna che aveva partorito da poco, e anche se il latte le era andato via quasi subito come aveva raccontato a tutti le sue non sembravano poppe che avevano allattato, e la pelle della pancia non poteva essere così liscia e tirata come si vedeva dalla maglietta corta che si era andata a mettere proprio oggi, e i suoi capelli erano troppo forti e lucidi e lei era troppo dura in faccia e insomma non aveva quella bella faccia morbida delle donne che hanno partorito da poco. Come, mamma?, disse Cinzia e la guardò negli occhi volendo apparire seria ma sembrandole in realtà una bugiarda mediocre e sbugiardata, una che la mamma non avrebbe mai imparato a farla, un fallimento di figliola cocciuta e cattiva e disgraziata che stavolta era andata a cacciarsi in un guaio veramente grosso perché quel bambino l'aveva di sicuro o rapito o comprato e non aveva nemmeno il coraggio di dire la verità a sua madre che era l'unica persona che le rimaneva nella vita perché di certo non poteva contare su quella ritardata della sua amica. In quel momento, subito dopo il Come, mamma? di Cinzia, sua madre sentì il distacco definitivo, quello da non telefonarsi più, non parlarsi più, non esistere più l'una per l'altra, e proprio mentre Cinzia era disperata e non voleva che riavvicinarsi a lei pentita delle fughe e delle ribellioni e delle cose brutte che le aveva detto due anni prima, la vide ormai troppo diversa e lontana perché fosse possibile un riavvicinamento, ed era stato quel bambino sbucato chissà come e da chissà dove ad allontanarle per sempre con la sua sola e inspiegata presenza sorridente, simbolo stesso sia della vita dissoluta che Cinzia aveva preferito allo stare a Firenze con sua madre vedova e bisognosa d'aiuto, sia di quella disgraziata che voleva fare da oggi in avanti e far fare anche a lui, e questa lontananza la stizzì nel profondo perché le ricordò per la milionesima volta che lei avrebbe voluto tutt'altra figlia e tutt'altro nipote, e tutt'altra vita anche per lei che era stata felice solo nei pochi mesi con suo marito e poi l'acqua gliel'aveva portato via. Le era andato tutto male nella vita, e non ci sarebbe stata un'altra occasione. La madre di Cinzia scosse la testa infinitamente delusa e disse dura Di chi è figliolo questo bambino? Perché tuo non è di sicuro.

Cinzia in quell'attimo capì la giustezza e la profondità dell'odio che aveva sempre provato per sua madre, e decise che se non fosse stato per Daikon sarebbe scappata subito da quell'orribile casona giallina con la parabola e le finestre piccine ampliata abusivamente e arredata da un idiota e costruita con i soldi ricavati dal massacro di centinaia di migliaia di animali. Digrignò i denti, la guardò negli occhi con tutto il disprezzo che riuscì a evocare dalle riserve intoccate che aveva dentro dai tempi dei punkabbestia e le rispose che il bambino era suo, l'aveva partorito con il cesareo e il taglio era molto basso – lo voleva vedere? – e comunque lei di donne incinte e di bambini non ci aveva mai capito un cazzo. Aggiunse dopo qualche secondo che comunque non doveva preoccuparsi perché all'alba se ne sarebbe andata e le avrebbe lasciato campo libero. La madre chiese furiosa Quale campo libero, e Cinzia disse a voce alta Con il tuo macellaio del cazzo, cosa credi che non lo sappia, se ne accorgerebbe anche un imbecille, pentendosene subito non tanto per sua madre ma perché se la Bruna aveva sentito a questo punto rischiavano di esser buttate fuori di casa tutti e tre, di notte, bambino o non bambino. Sua madre rimase zitta guardandosi i piedi con sguardo assente e infinitamente offeso per tre minuti, un po' perché un colpo così da Cinzia non se l'aspettava e un po' perché voleva capire se la Bruna nella camera accanto aveva sentito, e dopo questo lunghissimo silenzio punteggiato solo da qualche gorgoglio di Daikon disse a Cinzia che non voleva vederla mai più e uscì dalla camera per andare a dormire in salotto dove invece non dormì neanche un'ora e pianse e pensò tutta la notte a com'era suo marito, alle cose belle che le diceva, a quanto la amava ed era orgoglioso della sua bambina, a come un po' di stupida, bastarda pioggia le avesse rovinato la vita.

La mattina dopo Cinzia riprese il treno e tornò a Firenze nell'appartamento sui Lungarni dove però Milena non c'era; i filippini, che erano appena arrivati a servizio e non conoscevano Cinzia e trovandosi alla porta una donna vestita male con un bambino in collo avevano subito pensato a una zingara, non la fecero entrare in casa se non dopo una telefonata in palestra a Milena che si mise a ridere ma capì subito che qualcosa non andava, non fece neanche la doccia tanto non aveva sudato e dopo venti minuti era già tornata a casa dove trovò Cinzia addormentata sul letto matrimoniale e il suo bambino in cucina a farsi coccolare da Ilda e Edwin. Quel pomeriggio Cinzia raccontò a Milena tutta la verità su Daikon, e Milena si preoccupò e si commosse e le disse che doveva stare tranquilla e avrebbe potuto rimanere lì per un'altra settimana perché tanto Alberto non c'era, e nel frattempo avrebbe fatto qualche telefonata. Fu così che, considerandola un'emergenza, Milena spezzò il suo voto di non parlare più con suo padre e lo chiamò per chiedergli se poteva trovare un appartamento in affitto per una sua amica, qualcosa che costasse poco, magari in centro. Al padre di Milena, che dopo il divorzio si era riaccompagnato con una garrula arredatrice di Siena strabica e poco più vecchia di sua figlia, non parve vero di poterle fare un favore e dopo due giorni la richiamò per dirle che grazie a un suo giovane amico che aveva una cooperativa edile aveva trovato un appartamento di ottanta metri quadri all'Isolotto a cinquecentomila lire al mese. Quando Milena e Cinzia andarono a vederlo furono accompagnate e convinte ad affittarlo dall'edile, un Sante Monticciolo che si presentò all'appuntamento con un'Alfa Romeo 156 2500 nera, i capelli raccolti in una coda, un po' ingrassato dai tempi delle cazzottate ma entusiasta di poter affittare a quelle signore *agiate* la garçonniere che era ormai entrata nel mirino di sua moglie che da qualche tempo aveva avviato a fare domande uggiose. Milena dovette quindi richiamare suo padre per ringraziarlo e offrirgli in olocausto di pranzare una volta nel ristorante del suo tennis club, dove aveva insistito ad andare per farsi vedere di nuovo con sua figlia dai suoi amici, e con una donna molto bella e giovane da chi non lo conosceva.

Cinzia visse come una regina quei giorni nell'appartamento di Milena, senza preoccuparsi di nulla, lasciando ai filippini e a Milena stessa tutte le sue incombenze di mamma. Dormì e pianse molto, mangiò e bevve, si tagliò i capelli dal parrucchiere di Milena, andò al cinema ogni pomeriggio, si comprò coi soldi di Milena qualche vestito scoprendo di amare le cose di Prada la cui inarrestabile ascesa aveva perso per via della parentesi punkabbestia, e imparò dalla sua unica amica a bere la Bailey's fredda davanti alla televisione, dopo cena, mentre Daikon dormiva e loro guardavano film d'amore alla pay-per-view.

Il lavoro invece Cinzia lo trovò da sola. Mentre finiva la tesi su Gonzales-Torres (*L'arte invisibile e sublime nascosta nelle risme di carta, nei mucchi di caramelle e nelle lampadine di Felix Gonzales-Torres*) si rimise in contatto con un suo vecchio professore che la indirizzò a una società turistica che organizzava visite guidate ai monumenti fiorentini. Cinzia si presentò una mattina tutta per benino, spiegò che era laureanda in Storia dell'Arte e sapeva parlare un perfetto inglese, aveva una gran voglia di lavorare e nessun problema d'orario.

La presero subito e da quel giorno scarrozzò per Firenze gruppi di inglesi, americani, giapponesi, olandesi, indiani, malesi, sudafricani, spiegando loro con passione la bellezza della Loggia dei Lanzi, degli Uffizi, di Palazzo Pitti e così via. Guadagnava più due milioni al mese oltre le mance che ogni tanto le dava qualche ricco, anziano, ignorantissimo americano del Midwest infinitamente soddisfatto dall'aver finalmente e per la prima volta in vita sua "capito l'arte". Poi un giorno che era d'umor plumbeo si tagliò i capelli a zero come quella Sinead O'Connor che era sempre stata il suo idolo, come lei piena di talento e gravata da un carattere impossibile, sempre decisa a fare cose più grandi di lei e infallibile nello sbagliarle tutte lasciando però negli altri come un'impressione di infinite possibilità, inespresse solo perché esprimerle sarebbe stato e costato troppo; come Sinead O'Connor Cinzia sembrava e voleva essere una persona che sussurrava sempre e solo cose intelligenti e urlava sempre e solo cazzate, però cazzate coraggiose e quasi sempre almeno un po' condivisibili e veniva di perdonare tutto, a Sinead O'Connor come a Cinzia, perché era ovvio che per quelle cazzate così ovviamente commesse per il bene di tutti poi avrebbero pagato, loro e solo loro, un prezzo altissimo, come quando Cinzia scappò di casa per amore e finì a mendicare e Sinead O'Connor andò a cantare al Madison in un concerto in onore di Bob Dylan pochi giorni dopo aver strappato in diretta alla televisione una fotografia del Papa, e appena apparve sul palco tutto il pubblico cominciò a fischiarla così forte da impedirle di cantare e lei rimase lì ferma immobile a sbattere gli occhi e guardare quelle migliaia di persone che sembravano odiarla e si vedeva bene che era sull'orlo delle lacrime perché le stavano facendo una cosa *cattiva* e non sarebbe riuscita a muoversi se non fosse arrivato Kris Kristofferson lì sul palco accanto a lei ad abbracciarla e dirle – nel microfono così che tutti potessero sentirlo, Kris Kristofferson che è uno dei pochi uomini per cui si possa usare senza vergogna la parola *mito,* l'Anatra di Gomma di Convoy, l'Uomo Più Bello Del Mondo – *Don't let these bastards put you down* o qualcosa del genere, e Cinzia che era davanti alla televisione accanto a Milena a vedere questa cosa si accorse in quel momento di essere proprio come Sinead O'Connor, e anche lei aveva bisogno che arrivasse ad abbracciarla Kris Kristofferson con gli stivali e la lieve zoppia di tutti i cowboy a difenderla dai bastardi perché di meno non sarebbe bastato, perché l'amore l'aveva già provato una volta in vita sua e sapeva che non sarebbe mai più tornato, e le venne da piangere e chiese a Milena se poteva cambiare canale, per favore.

Mentre Cinzia lavorava Daikon, completamente spesato da Milena che su questo non aveva voluto sentir ragioni, avviò a frequentare un fantastico asilo-nido sperimentale dove si divertiva molto. La velocità con cui Cinzia trovò casa e lavoro la confortò, all'inizio, e ci furono dei giorni in cui si sentì veramente orgogliosa di essersi *rimessa in carreggiata* e di essere diventata una ragazza-madre che lavorava e manteneva da sola il suo bambino senza bisogno di aiuti. Come tutte le persone gravate da problemi personali troppo difficili da affrontare, Cinzia si appassionò ai problemi del mondo e passò nottate su Internet a scaricare documenti dai siti animalisti di tutto il mondo, a cui si sentiva confusamente affine dopo la parentesi punkabbestia. Tolse le etichette con i marchi delle aziende da ogni maglietta pantaloni scarpe sue e di Daikon, smise di comprare prodotti di qualsiasi società anche solo sospettata di produrre in Estremo Oriente usando lavoro minorile, partecipò a molte azioni internettiane unendo il suo computerino allo stormo invisibile di tanti altri computerini anti-globali che intasavano i grandi *mainframe* di aziende scorrette, fiere mondiali di pellicciai, ministeri di governi insensibili. Decise di diventare vegana, e di diffondere il verbo attraverso un corso di Alimentazione Vegana che si sentiva perfettamente in grado di tenere dopo tutto quello che aveva letto sull'argomento. Milena, che non era vegetariana ma non mangiava carne da anni, la incoraggiò a proporlo agli assessori alla cultura dei comuni intorno Firenze e fu l'unica a non stupirsi quando l'assessore alla cultura del comune di Sesto Fiorentino – un giovane barbuto gioviale e sovrappeso con ambizioni letterarie e il primo romanzo in lettura da un noto agente letterario di Taormina – convocò Cinzia nel suo ufficio e le disse che era molto interessato al "veganismo" e anzi sarebbe venuto qualche volta anche lui, al corso, per imparare ad alimentarsi meglio, e insomma le dava in uso uno scantinato del comune, una sera a settimana, meglio il lunedì, a partire da dopo l'estate.

Tutto sembrava andare benissimo, il bambino cresceva felice e bello e grassoccio e non c'erano articoli sui giornali o servizi ai telegiornali su bambini scomparsi o rapiti – perché di fronte a una mamma in lacrime in televisione lei sarebbe crollata e le avrebbe subito riportato Daikon – e così Cinzia poté finalmente assolversi dall'idea orribile di aver rapito il bambino di qualcuno e convincersi invece di averlo salvato da morte certa perché questo qualcuno l'aveva *abbandonato*. Fu solo dopo, durante l'estate che passò da giugno a settembre a Forte dei Marmi al bagno Royal ospite di Milena, che Cinzia iniziò a sentire un'inquietudine che non aveva mai sentito prima e si manifestava con una sorta di disagio in fondo alla pancia ogni volta che pensava al futuro suo e di Daikon, perché quanto poteva andare avanti a nascondere il fatto di essere la falsa madre di un bambino che per la legge non esisteva nemmeno? Quando a ottobre il disagio non se ne andò più e cominciò ad attanagliarla anche di notte Cinzia andò da un avvocato a farsi dire quello che già sapeva dentro di sé. La situazione era disastrosa. Avrebbe sicuramente perso il bambino, gliel'avrebbero portato via e sarebbe stato adottato da qualche stupida coppia sterile ed entusiasta di una città ignota ma comunque lontana da Firenze e lei non l'avrebbe visto mai più. C'era un solo modo per non perdere Daikon, fu lei stessa a suggerirlo a quell'imbarazzato specialista di diritto immobiliare da cui si era fatta mandare con uno stratagemma dal padre di Milena, e da quel giorno – Daikon avrà avuto più o meno un anno perché nessuno sapeva quando fosse nato e tutte le datazioni si basavano sull'età apparente di tre mesi che Cinzia gli aveva dato quando l'aveva visto la prima volta e dunque su un compleanno che Cinzia aveva stabilito essere il 9 novembre perché era il giorno in cui era morto Dylan Thomas – il disagio che si sentiva scodare in pancia si trasformò in un morbido peso immobile, un gomitolo di terrore che non la lasciava mai perché se la sola idea di perdere il bambino era inconcepibile, ora era affiancata dal pensiero altrettanto inconcepibile di fallire, di non riuscire a realizzare l'unica possibilità che aveva di tenere con sé il bambino, ed erano poche le notti in cui si addormentava accanto a Daikon senza bisogno del sonnifero, poche le mattine in cui quello non fosse il primo doloroso pensiero mentre lo svegliava a forza di baci, poche le risate che non gli si interrompevano in gola alle cose buffe che Daikon le diceva, perché in quei pochi momenti felici Cinzia era sempre forzata a ricordare che la sua vita e quella del suo bambino erano nelle mani inconsapevoli di qualcun altro e non era sicura di potersi confidarsi neanche con Milena, alla quale aveva detto solo che aveva iniziato le procedure per l'adozione di Daikon e sarebbero state lunghe e complicate. Così passava ore ogni giorno a pensare a tutti i possibili futuri, dal più terribile in cui la polizia faceva irruzione all'alba in casa sua come avevano fatto gli americani con quel bambino cubano e le strappavano di mano Daikon, al più felice e meraviglioso in cui la persona che doveva dire di sì lo diceva e lei si scioglieva in lacrime e si inginocchiava e ringraziava quella persona come se fosse Dio, e quella persona era Alberto Ciardi.

XII.
Lacrime alla Mecca

Milena e Marco si attardarono a parlare di nulla davanti alle loro macchine e se ne accorsero solo quando la palestra pian piano si riempì di Giovani Madri Irrequiete Coi Capelli Corti inguainate nei loro microbody neri sgambati filo-nel-culo sotto fuseaux aderentissimi e anch'essi neri, i capelli sfibrati raccolti in code stente, gli sguardi incerti. Quando la musica passò all'improvviso da *Hotel California* a *Pump Up the Volume* e cominciarono i primi urli di incoraggiamento della robusta allenatrice di spinning in piedi sui pedali della sua cyclette, Marco e Milena si alzarono insieme dalle loro macchine e voltarono involontariamente gli sguardi in direzioni opposte. Rimasero così uno di spalle all'altra senza sapere cosa fare e dopo qualche secondo imbarazzato andarono nei rispettivi spogliatoi come due duellanti, senza salutarsi ma controllandosi di sottecchi negli specchi a parete della palestra. Marco era rimasto meno colpito da Milena di quanto lei fosse rimasta colpita da lui. La smemorata lenta bellissima Milena, sogno erotico dei dirigenti mondiali MediFuture e della Firenze e Prato e Forte dei Marmi e Punta Ala bene, sulle prime a Marco non era parsa granché, e anche se a un secondo sguardo l'aveva comunque classificata come *bella fica*, andava in palestra vestita in un modo così scialbo che forse non l'avrebbe nemmeno notata se non gli avesse rivolto la parola lei: niente body nero aperto sul davanti a mettere in risalto le tette, niente pantaloncini di spandex, niente vistosa assenza di segni di mutandina.

Quel giorno Milena aveva una maglietta con un disegno scolorito di una specie di castello delle favole (era una maglietta di FAO Schwartz che aveva comprato con Alberto a NYC in viaggio di nozze e usava anche per dormire), una felpa con Topolino legata in vita, un paio di pantaloni di felpa blu, delle indistinte New Balance ai piedi, e anche se era chiaramente il tipo che ogni volta che la guardi ti sembra più bella tipo le segretarie con gli occhiali e i capelli raccolti dei film porno e aveva dei bei lineamenti con in particolare un nasino ritto e aggraziato, c'erano quelle maledette lentiggini che per Marco erano da sempre un vero anticlimax perché quando le vedeva in faccia a una donna non poteva fare a meno di pensare a Pippi Calzelunghe, e poi i capelli non erano niente di speciale, il culo non era messo in risalto dunque non poteva essere niente di speciale nemmeno lui, e per i suoi gusti aveva le tette troppo piccole e le gambe troppo magre.

Perché non a tutti gli uomini piacciono le stesse donne, e se negli uomini brutti è normale trovare una certa banale uniformità di gusto, molto spesso gli uomini belli, quelli con una vera capacità di scelta, hanno criteri e gusti del tutto singolari e non è raro che a un uomo bello piaccia pazzamente una donna brutta, o non bella, oppure bella ma con qualche difetto evidente. Sembrano vederci, in queste imperfezioni, qualcosa di molto più interessante della levigata bellezza che ogni mattina lo specchio riflette loro, e a Marco in particolare piacevano le donne che aveva sempre scopato, quelle decise, sicure di sé, difettate e sempre più vecchie di lui che fin da quando aveva quattordici anni erano andate a cercarlo per farsi scopare scommettendo sul loro spesso unico punto di forza, fossero le tette grosse, la disponibilità a ogni ora, il culo marmoreo e sporgente, le labbra carnose, la fama di troia.

E così Milena, che a ventitré anni aveva apparentemente smesso di invecchiare e ora che ne aveva ventotto stava iniziando ad acquisire quella sorta di impercettibile *morbidezza* della pelle, della postura, del sorriso che precludeva a un invecchiamento strepitoso nel quale sarebbe ancora migliorata acquisendo quella irresistibile, *esperta* e distante carnalità che rende indimenticabili e sempre fiche certe donne avanti negli anni (Jacqueline Bisset, Brigitte Bardot), Milena la bambola non impressionò più di tanto Marco, che mentre si spogliava lentamente e svogliatamente su una panca che nessuno dei giovani professionisti sembrava voler condividere con lui non sentiva il fremito nuovo e strano che faceva invece venire i brividi a Milena mentre – cosa nuovissima – si toglieva di dosso con un certo disgusto la maglietta e i pantaloni di felpa *bagnati di sudore* e si rifugiava sotto la sua doccia preferita che quel giorno le sembrava gettare solo acqua fredda, e così dovette girare freneticamente le manopole per averla più calda e mentre zampettava sotto la doccia si bagnò un po' anche i capelli, cosa che odiava perché i capelli se li lavava sempre da sola a casa ed era un piccolo rito che le richiedeva un sacco di tempo perché se li voleva asciugare solo con l'asciugamano, mai con il phon, e invece quella volta dovette asciugarseli con il phon e fare alla svelta perché non voleva che Marco andasse via prima di lei e così uscì dallo spogliatoio dopo soli venti minuti, ma nonostante tutta la sua velocità non poteva essere sicura che Marco non fosse già uscito perché lui poteva anche essere uno di quelli che non facevano la doccia nelle palestre e dopo l'allenamento si mettevano addosso una felpa di quelle pesanti con il cappuccio tipo Billy Mahoney – il bambino morto e fortissimo di uno dei pochi film che le aveva davvero fatto paura, *Linea mortale,* quello che tornava dall'inferno per pestare a sangue ogni volta Kiefer Sutherland che l'aveva ammazzato facendolo cascare a sassate da quell'orribile albero scheletrico dove si era rifugiato per sfuggire al gruppo di bambinacci che lo perseguitavano capitanato appunto da Kiefer Sutherland bambinaccio – e andavano via di cattivo umore senza salutare nessuno; Marco poteva essere uno di quegli orsi polari che andavano a farsi la doccia a casa perché non gli garbava lo spogliatoio come posto, la vista degli altri uomini nudi, gli odori e i rumori e le chiacchiere che si fanno negli spogliatoi, e se era così Milena era fregata perché aldilà delle poche parole che si erano scambiati davanti alla *leit-machine* non era ancora successo niente di concreto tra di loro, tipo non si erano scambiati i numeri di telefonino e quindi nonostante tutto Marco poteva ancora sparire dalla vita di Milena, che decise di aspettarlo seduta al bar-ristorante della palestra, accaldata per via dell'inevitabile vasodilatazione successiva a ogni raffreddamento forzato della pelle, i capelli lievemente gonfiati dal phon, il cuore in tumulto.

Si tolse il giubbetto di nylon di Prada, ordinò una Coca-Cola e le tornò in mente quando una settimana prima, mentre si abbronzava sul lettino della Mecca, il suo centro estetico, a un certo punto aveva sentito iniziare dalle microcasse inserite nel poggiatesta del lettino una vecchia e incomprensibile canzone dei REM che le era sempre piaciuta ma quella mattina per qualche ragione le era parsa ancor più bella e struggente e tristissima, e Milena si era messa a piangere come una bambina, a dirotto, con i lacrimoni che le scendevano dagli occhi chiusi e le rigavano le tempie e le bagnavano i capelli, fino alla fine della canzone e anche oltre, sotto il bombardamento simultaneo del calore delle lampade UVA e dei getti d'aria fresca che in teoria dovevano renderle sopportabile quell'innaturale abbronzatura ma dopo qualche minuto di esposizione diventavano caldi anche loro e le disidratavano ogni volta la pelle delicata che di per sé non era adatta né al sole né alle lampade. Pianse perché, anche se non era vero e lei lo sapeva, di colpo si era sentita travolta dalla sensazione di aver perso qualcosa o qualcuno di importante che non sarebbe tornato mai più, di essere sola in un mondo in cui a nessuno importava davvero qualcosa di lei, che alla fine era solo un bel pezzo di carne.

Mentre sorseggiava stancamente la Coca dalla grossa cannuccia rigata che il ragazzino col piercing alla cassa le aveva automaticamente infilato nella bottiglia senza smettere di leggere un libro di Baricco, Milena pensò che era stata davvero una sensazione molto strana e inspiegabile, perché era finita esattamente quando si era spenta la lampada e lei era rimasta al buio nella stanza con la pelle che scottava e gli occhi mèzzi di lacrime.

Quando si accorse che fissava da cinque minuti la scala da cui erano già emersi uno dopo l'altro tre ragazzi con i capelli phonati, la borsa e il giubbotto sottobraccio, Milena pensò che quella che stava facendo era una cosa idiota, era da sceme aspettare così perché tra poco sarebbero arrivate a pranzare a insalata scondita le prime Giovani Madri Irrequiete Coi Capelli Corti e lei non voleva salutarle, e poi lei *non aveva bisogno di nulla, aveva una vita piena e felice e non le mancava proprio niente né nessuno, era una donna felicemente sposata con un marito meraviglioso e di successo*, e se quel Marco non era ancora arrivato allora voleva dire che era già andato via, e lei si stava solo rendendo ridicola a se stessa e a tutte le persone che continuavano a entrare in palestra e la vedevano lì impalata al bar, da sola, a bere quella stupida Coca-Cola. Si alzò in piedi per andarsene, e se Marco non fosse spuntato dalla scala proprio nel momento in cui lei si infilava il giubbotto di Prada e si avviava verso la cassa per pagare la Coca forse Milena non si sarebbe innamorata di lui nel modo infantile e disperato in cui si innamorò vedendolo salire le scale con i capelli bagnati, bellissimo e regale e sicuro di sé e infinitamente triste. Bastava qualche altro secondo, un laccio delle scarpe che gli si rompeva mentre lo tirava con la solita malagrazia, la maglia messa a rovescio, le chiavi che gli cadevano dalla tasca dei Levi's mentre se li infilava e Marco sarebbe arrivato al bar mentre Milena chiudeva dietro di sé la porta a vetri della palestra e per via della vergogna provata a quel tavolino non ci sarebbe più andata per un bel po' di tempo, e si sarebbero persi.

Invece Marco salì lentamente gli scalini mostrandosi quindici centimetri alla volta a Milena, che si immobilizzò incantata davanti alla cassa e allo sguardo del ragazzino col piercing e la coda di cavallo che dopo averle porto inutilmente per una ventina di secondi le mille lire di resto seguì lo sguardo di lei e quando lo vide infrangersi su Marco riabbassò subito gli occhi sul libro di Baricco perché lui non lo vedesse mentre lo guardava e non prendesse il suo sguardo come un gesto di sfida perché cose così erano già successe e c'era chi era finito all'ospedale. Milena si incantò a vedere da lontano Marco che saliva la scala, il suo volto affilato le parve bellissimo e nobile e malinconico, della stessa altera solennità dei guerrieri masai e dei vecchi capi indiani del cinema; lo immaginò figlio di grandi scialacquatori impoveriti, un padre iroso in smoking sottobraccio a una donna sottile come un levriero che misurava a grandi passi le sale del casinò di Montecarlo mentre una *nanny* eritrea cullava Marco nella grande suite buia all'Hotel de Paris e un po' addirittura si commosse, Milena, in quell'attimo, a pensare all'infelicità e all'abbandono di un Marco Pancani diventato povero che non era mai esistito, e la stretta al cuore che provò fu determinante per il raggiungimento di quella massa critica di innamoramento che innescò la fissione di Milena, del nucleo corazzato e irraggiungibile in cui custodiva le *sue cose personali* che non aveva mai confidato a nessuno, e quando lui appoggiò il piede destro sull'ultimo scalino e vide lei che lo guardava e le sorrise, in quell'attimo, arrossendo, le mani per la prima volta sudate, Milena si accorse di essersi innamorata di Marco e di ogni cosa sua con un'intensità selvatica che in fondo alla sua anima, nel suo luogo segreto, la fece rannicchiare per proteggersi dal tornado inarrestabile che stava arrivando e che, senza aver mai trovato il coraggio di dirselo, aspettava da tutta la vita.

XIII.
Lo Spino

La mattina dopo Alberto si svegliò tardi, dopo una notte in cui non aveva avuto dei veri e propri incubi ma continuavano ad apparirgli in sogno i personaggi televisivi che odiava di più e volevano sapere se stava bene e quando lui diceva di sì loro sorridendo gli chiedevano all'infinito Sei sicuro, sei sicuro, sei sicuro.

Si infilò nella doccia a fatica, ostacolato dalla leggera incurabile zoppia che aveva ogni mattina per i primi cinque-dieci minuti di deambulazione ed era il ricordo del terribile incidente prematrimoniale che lui e Milena avevano avuto insieme. Si mise sotto il getto d'acqua e allungò un braccio alla cieca per afferrare le sagome sfocate dei due bagnoschiuma sulla mensolina di cristallo. Erano il Bagno & Doccia White Musk e il Doccia Gel Menta e Lime a base di Guaranà e Spirulina della Body Shop, la marca preferita di Milena perché non faceva test sugli animali. Si strofinò via l'acqua dalle sopracciglia e dagli occhi, guardò le etichette e d'improvviso *si ricordò* di Milena, che non sapeva dove era e come stava e com'era andata l'operazione e doveva veramente essere rimbecillito per non averci pensato prima, a sua moglie, che a questo punto sarebbe stata giustamente arrabbiata perché l'idea che avrebbe dovuto chiamare lei per via del fatto che era stata lei ad andare via era una vera idiozia infantile indegna di lui e del loro matrimonio che, si disse in quel momento, *era la cosa più importante della sua vita.* Si intenerì a saperla sola a Milano, con le tette nuove e il dolore post-operatorio, sola e abbandonata da chi avrebbe dovuto starle vicino. Perché non era andato con lei? Perché non le era stato vicino? Che idea idiota era stata quella di rimanere solo a casa?

Scelse il Doccia Gel Menta e Lime a base di Guaranà e Spirulina solo perché gli parve più milenesco dell'altro, si lavò e sciacquò e asciugò in fretta e chiamò Milena, che era già in viaggio sulla A1 dalle parti di Modena contro il parere unanime di tutti i medici, le tette nuove inguainate in uno strettissimo reggiseno a fascia color crema, e aveva fatto il pieno di Aulin per fare il viaggio perché altrimenti non sarebbe stato nemmeno pensabile *guidare* con quell'incredibile dolore post-operatorio di cui invece i dottori bastardi non le avevano mai parlato, e stava ascoltando una versione lentissima di *I Will Survive* di Gloria Gaynor cantata da Michael Stipe dei REM che aveva trovato su Napster.

Per via di un equivoco (Milena stava cantando a voce alta quando la suoneria del telefonino la interruppe e lei per prendere il telefonino fece un movimento troppo rapido e nonostante l'Aulin sentì un dolore fortissimo e in mezzo a questo dolore rispose senza guardare il numero di chi chiamava risultando immotivatamente e ingiustamente brusca ad Alberto, che invece si era preparato un approccio divertente tipo Sto parlando con la nuova Pamela Anderson?, e rimase malissimo al pensiero che Milena avesse deciso di rispondergli in quel modo pur sapendo che era lui che chiamava), la telefonata partì malissimo e continuò peggio. Fu un disastro. Litigarono senza volerlo fare, stupidamente, senza una vera e propria ragione e senza che fosse negli interessi di nessuno dei due, con un astio reciproco che pur essendo sicuri di non aver mai provato l'uno per l'altra all'improvviso usciva fuori dalle loro bocche senza che fosse possibile controllarlo o fermarlo. Per telefono, litigarono *per telefono*, senza guardarsi in faccia, senza far filtrare le cose brutte e stupide che si dicevano dal linguaggio dei loro corpi, e quando si resero conto più o meno contemporaneamente che quello era il loro primo grosso litigio si sforzarono di non dirsi cose ancora più dure che però ormai avevano pensato e così rimasero in gola a tutti e due, affiorate e ormai incapaci di ridiscendere in quel lercio abisso interiore che Alberto e Milena nemmeno sapevano di avere. E non essendo abituati a litigare, poi non si ritelefonarono subito per chiedersi scusa magari incrociando le chiamate e trovando occupato. Non si presero tutti e due istantaneamente la colpa dell'accaduto come in ogni loro precedente ma molto meno aspro miniscazzo. Non fecero il provvidenziale, successivo quasi-litigio su chi dovesse scusarsi del litigio principale addossandosene la colpa e facendo sentire ancora più in colpa l'altro. No, aspettarono tutti e due incazzati la chiamata dell'altro fissando il telefono per cinque minuti, e poiché non arrivò nessuna chiamata decisero che questo era un vero litigio, il loro primo.

Fu una cosa molto poco furba da parte di Milena, ma c'era un limite a quanto Milena voleva essere furba in tutta questa storia. Più di tanto non voleva mentire, non le riusciva e non le garbava. Se per qualche ragione nei prossimi giorni Alberto avesse telefonato a Villa Cielo Alto al numero che lei aveva scritto sull'unico bigliettino che gli aveva lasciato in camera, sul comodino, avrebbe scoperto subito che lei a Villa Cielo Alto non c'era. Milena aveva pensato molto se lasciare il numero o no, e alla fine aveva deciso che anche se aveva con sé il telefonino e Alberto non la chiamava mai a nessun telefono fisso perché non sopportava l'idea di dover piegare la propria volontà di parlare con Milena alle sue coordinate spaziali di quel momento, non lasciare nemmeno il numero di Villa Cielo Alto sarebbe stato una specie di cambiamento d'abitudine, la rottura di quella regola che voleva Milena sempre disponibile se Alberto aveva bisogno di lei e che lei stessa aveva imposto quando Alberto aveva iniziato a viaggiare. Se hai bisogno chiama e io ci sarò sempre, come in quella canzone di Diana Ross, *Ain't No Mountain Higher*, che Milena considerava la loro canzone e Alberto si ricordava appena:

If you need me,
call me,
no matter where you are,
no matter how far,
just call my name,

I'll be there in a hurry,
on that you can depend
and never worry.

No wind,
no rain,
can't stop me babe
if you are my call...

Ain't no mountain high enough,
ain't no valley low enough
ain't no river wide enough
to keep me from you...

Era questa l'idea, una cosa carina e commovente che ad Alberto piaceva accarezzare quando, soprattutto nei primi tempi del loro matrimonio, sentiva molto il peso di non poter essere con Milena mentre vedeva qualcosa di bello/divertente o era depresso perché pioveva come Dio la mandava e lui era in una camera d'albergo a guardare la televisione a più di diecimila chilometri da casa. Insomma, lasciando il numero di Villa Cielo Alto Milena si era in un certo senso sentita più onesta: la sua versione più verosimile.

Dopo il litigio però Milena si sentì molto confusa, e si mise a piangere mentre guidava e si asciugò con la manica della giacca di Prada le lacrime e il moccio che le veniva sempre fuori insieme alle lacrime fin da quando era bambina, come se i vasi dei due liquidi fossero in qualche modo connessi dentro di lei. A un certo punto dovette fermarsi a un'area di servizio per piangere con calma, ma non poté rimanervi per più di due minuti perché le si avvicinò un camionista di Bari che si offriva di *aiutarla,* e allora ripartì lentamente verso sud.

Dopo due ore di interminabile autostrada Milena uscì a Valdarno e sfiorò via via Montevarchi, Levane (dove nel '66 aprirono la diga causando l'alluvione di Firenze e dove era incredibilmente – considerando tutto – andata a vivere la madre di

Cinzia), Bucine, Pietraviva e Ambra per svoltare poi verso Montebenichi, fermarsi a Villa La Selva a salutare il Brancaleoni Sergio Viticoltore che la abbracciò con calore ma la congedò quasi subito con un invito per "l'aperitivo di stasera" perché ora aveva "un pullman di svedesi in visita alle cantine". Milena compì molto lentamente le ultime centinaia di metri di strada bianca per lo Spino. Non aveva voluto riallacciarsi le cinture, e il fastidioso cicalino di rimprovero con cui tutte le Volvo avvertono che si sta rischiando la vita la accompagnò mentre costeggiava i bassi, ordinatissimi vigneti di cabernet clonato del Brancaleoni, un excaliburesco lago dalle acque scure e poi mentre si inerpicava su per una collinetta rigata da due larghe strisce sterrate con l'erba alta in mezzo a fare il solletico al sotto della macchina.

Lo Spino era diverso da come se lo ricordava. Non era più quell'antico casone enorme e ristrutturato in quattro e quattr'otto che lei aveva scelto per le vacanze toscane del CEO MediFuture e Alberto aveva bocciato, quella specie di goffo castello in miniatura in cima a una collinetta in mezzo a un bosco, con i muri scrostati come quello della copertina del disco dei Led Zeppelin in cui c'era *Stairway to Heaven*, che le aveva subito fatto pensare di esser stato eretto apposta per esiliarvi qualcuno che ai suoi tempi l'aveva fatta grossa ma più di tanto non si poteva punire. Ora era una casa tutta bellina e rileccata tipo Relais & Chateau, con una grande terrazza in cotto che dava sui vigneti nani, le porte a vetri, gli archi di pietra decorativi dove non ce n'era bisogno e la parabola sul tetto appena nascosta da un comignolo anch'esso in pietra e anch'esso fatto ora. Pensò che non le garbava più, ma subito si disse che quello non era il modo giusto di cominciare. L'aveva scelta lei e ci sarebbe stata bene, invece, e annuì per farsi coraggio. Quando spense il motore della Volvo, nell'attimo in cui stava per compiere il minimo sforzo fisico di girare la chiave, Milena pensò anche alla possibilità di non spengere e far manovra e andarsene a casa da Alberto a tutta velocità, inventargli una cazzata sull'operazione, abbracciarlo con tutto il dolore inimmaginabile di abbracciare forte qualcuno quando si hanno le tette appena rifatte e cominciare subito a fargli da infermiera, ma questa esitazione durò un attimo solo, il tempo che ci volle a Milena per completare quel pensiero razionale da moglie perfetta e subito scartarlo con fastidio perché non si sentiva più né razionale né perfetta e forse neanche più moglie, e al posto di tutto questo poteva mettere solo dei bagliori di futuro intravisti mentre viaggiava in autostrada, lei e Marco stesi su una spiaggia bianca, a pranzo sul mare, abbronzati, in costume, non in Italia, apparentemente impegnati in una specie di vacanza perpetua, felici e vestiti di bianco e mantenuti dagli alimenti di Alberto.

Scacciò con fastidio questo pensiero, spense il motore e si trovò avvolta in un silenzio africano che solo dopo lunghi secondi venne rotto dai primi cinguettii degli uccelli invisibili che erano stati ammutoliti dalla macchina. Scese dalla Volvo con un unico movimento e decise che l'operazione era stata una cazzata impulsiva, uno di quei cambiamenti fisici tipo tagliarsi i capelli a zero che si fanno quando si è al perso e della propria vita non si può cambiare altro. L'effetto dell'Aulin preso a Milano era svanito e qualsiasi movimento facesse sentiva dolore, anche aprire lo sportello della macchina, anche alzarsi in piedi. Strinse i denti e si guardò intorno. C'era della ghiaia smossa davanti alla casa, e sulla ghiaia l'impronta di pneumatici. Doveva esser venuto il Brancaleoni a vedere se Marco aveva bisogno di qualcosa, forse ieri sera al tramonto con una bottiglia di spumante gelato in mano, nominalmente a offrirgli l'aperitivo ma in realtà a cercare di strappargli qualche notizia su di lei, che solo pochi mesi prima aveva conosciuto come la moglie di un importante dirigente di una multinazionale.

Inspirò profondamente a occhi chiusi l'aria profumata di quel posto, espirò. Un aereo altissimo rigava di bianco il cielo. Le scappava da pisciare. Poi una bestemmia proveniente dall'interno della casa deflagrò all'improvviso e Milena sorrise.

– Marco! – urlò. – Marco! Sono arrivata, vieni a prendere le valigie!

XIV.
Anastasia

Per arrivare all'Anastasia bisogna uscire al casello di Montecatini della Firenze-Mare e svoltare per certe oscure strade di campagna fino a un incrocio nel bel mezzo del nulla, dove si deve svoltare ancora a destra e fermarsi in quello che sembra essere il parcheggio di una qualche fabbrica a giudicare dalla sagoma industriale del grosso capannone lì accanto.

Per il nervosismo di andare al night per la prima volta in vita sua Alberto C raccontò ad Alberto T l'esempio classico di sinergia, quello del camioncino in comproprietà tra la ditta che d'inverno vende carbone e la ditta che d'estate vende ghiaccio e viene usato sei mesi da una e sei mesi dall'altra, e lo paragonò a quel parcheggio che di certo veniva usato di giorno dalla fabbrica e di notte dal night. Alberto T non capì e non gli rispose nemmeno, impegnato com'era a parcheggiare tra due grosse Mercedes scure di una serie non più in produzione.

Unico amico che Alberto C potesse chiamare tale, universalmente definito il sosia di De Niro in *Taxi Driver* ma per Alberto C molto più simile al Michael Douglas di *Wall Street* e a Tony Musante, Alberto Talanti era stato raggiunto poche ore prima da una telefonata di Alberto C mentre era a cena fuori con Irina, la sua amante kazaka, e stava armeggiando con uno schiaccianoci per tirar fuori ogni minimo pezzetto di carne dal carapace della gigantesca e costosissima aragosta alla catalana che aveva ordinato per due. All'improvviso erompere delle note di *Mission Impossible* dal suo taschino gli era toccato asciugarsi le mani con il tovagliolo già umidiccio di vari umori aragosteschi, frugarsi nella tasca interna della giacca di lino irlandese di certo macchiandola irrimediabilmente, estrarre il telefonino su cui avrebbe impresso ditate orribili, rispondere con un Pronto allo stesso tempo sibilato e ringhiante che si era immediatamente trasformato in un flautato Ooh di allegria quando aveva riconosciuto la voce di quello che anche lui considerava essere il suo unico amico. Dopo i primi impacciati saluti Alberto T gli aveva detto subito che no, non poteva passargli sua moglie Doriana e comunque per parlare con più agio l'avrebbe richiamato più tardi. A Irina che, una chela in mano e la bocca contratta in un'adorabile O di sorpresa, gli aveva chiesto chi era al telefono, Alberto T aveva risposto con un gran sorriso che era il suo migliore amico, forse l'unico.

Alberto Talanti è un uomo dall'ossatura fine alto un metro e settantacinque, porta i capelli lunghi con la divisa e il ciuffo come si usava negli anni '80 e per certe sue particolarità metaboliche è capace di ingrassare e dimagrire molti chili alla volta, così che la sua ossatura viene rivelata e nascosta più o meno ogni tre anni da questo suo ciclo di ingrassamento/dimagrimento. Ha il vezzo di portare braccialetti e collanine d'oro e veste sempre in quello stile inglese classico fatto di sciarpe Burberry, cravatte regimental Holliday & Brown, giacche knickerbocker e maglioni a trecce di lana infeltrita Drumohr che solo di recente e solo d'estate si è piegato a imbastardire con certi capi dello sportswear universitario di Ralph Lauren alternato a completi di lino grosso irlandese per la sera e bermuda coloniali e magliette a tre bottoni John Smedley per il giorno. Questa britannicità è incrinata dall'uso pressoché continuo ma alternato di sette paia di mocassini di cuoio di diversa morbidezza e consistenza fatti a mano su misura da un vecchio artigiano fiorentino. C'è in lui un certo disdegno del concetto di mezza stagione e di conseguenza l'incapacità a tradurlo in un abbigliamento adatto, e così a primavera e in autunno sembra sempre vestito o troppo pesante o troppo leggero. Nel suo negozio Alberto T vende le cose che si mette addosso, e l'ha battezzato Eusebio un po' in omaggio al grande calciatore mozambicano-portoghese di cui suo padre era stato un grande ammiratore, un po' perché gli pareva il nome perfetto – esotico ma anche italiano vecchio stile com'era – per instillare nella sua clientela fiorentina solo maschile e iper-conservatrice fatta di notai, avvocati, commercialisti, bottegai di successo e giovani studenti di Legge ed Economia e Commercio che volevano assomigliare ai loro maggiori la sensazione che con lui, dentro al suo negozio, le *cose del passato*, vissute o favoleggiate che fossero, e di qualsiasi passato, anche recentissimo, sarebbero sempre state rispettate e comprese. Nonostante tutto questo vivere e prosperare nell'eleganza Alberto T era piuttosto sgraziato nelle fattezze e nei movimenti, e a vent'anni aveva deciso che avrebbe sempre portato la giacca e la cravatta, almeno nei giorni di lavoro, perché con ogni altro tipo di abbigliamento stava peggio. Tempo addietro era anche finito su "Capital" in una foto che Alberto C aveva ritagliato e messo nella sua agenda per riguardarsela quando era all'estero e gli giravano i coglioni. A braccia conserte contro lo sfondo del suo grande scaffale di legno antico colmo di tessuti azzurrini per camicia ordinatamente ripiegati a libro, Alberto Talanti sorrideva fiducioso nell'obiettivo del fotografo di "Capital" perché si sentiva un uomo che aveva trovato la sua strada nella vita visto che, ieri come oggi, gli affari andavano piuttosto bene e la famiglia – una moglie ex-compagna di classe che dopo il matrimonio era diventata nel giro di qualche mese una signora con la borsa di Vuitton, una figlia già decenne e già innamorata di Gianluca Grignani – non si intrometteva mai nelle sue cose personali.

Dopo il litigio telefonico con Milena la giornata di Alberto era stata disastrosa: fatta una colazione deludente con latte e All-Bran si era messo a leggere il secondo libro di Ambra, *Le armi di Avalon*, ma era stato interrotto quasi subito dall'annuncio della filippina che il pranzo era pronto e consisteva in due uova fritte che mangiò con un senso di sconfitta totale macchiandosi i jeans con due densissime gocce di tuorlo che parevano avere la tensione superficiale del mercurio. Dopo pranzo aveva provato a telefonare all'ultimo numero che aveva del vecchio Barrocciai, ma gli aveva risposto una donna sgarbata che aveva detto di *non avere proprio idea* di dove potesse essere il *dottor* Barrocciai e aveva riattaccato prima che lui potesse in qualche modo provare a dire qualcosa, forse difenderlo. Mentre andava in camera era passato davanti al grande specchio a parete di Milena e aveva visto un ragazzino invecchiato sul punto di avviare a incurvarsi, con i primi capelli bianchi sulle tempie e le rughe d'espressione quando sorrideva, ridicolo nei Levi's 501 di quando aveva diciott'anni e la felpa arancione di Milena che si era messo prima della telefonata per *sentirla più vicina* e poi non era riuscito a togliersi di dosso nonostante la tragedia della telefonata perché quello sì sarebbe stato un segno troppo evidente che un litigio c'era stato davvero. Si era rifugiato di nuovo nella lettura de *Le armi di Avalon* ma dopo poche pagine si era addormentato per risvegliarsi alle sei di sera tutto intontito e il primo pensiero al risveglio era stato per Milena, e quando si era ricordato che lei avrebbe potuto avergli mandato un'e-mail era andato a controllare la posta e vi aveva trovato, vecchio ormai di due giorni, lo scarno messaggino che lei gli aveva inviato dalla clinica prima dell'intervento, MORITURA TE SALUTAT, e a leggere questa cosina triste l'umore di Alberto era precipitato e aveva cominciato a sentire anche fisicamente il dispiacere non solo per aver litigato per telefono con Milena, ma soprattutto per non averla mai chiamata mentre lei era in clinica da sola a Milano e le frullavano in testa dei pensieri di morte che aveva pensato di poter sopportare meglio se glieli comunicava, forse nella speranza che lui le rispondesse qualcosa di ganzo e divertente o le telefonasse per farla ridere o magari prendesse la macchina e andasse lì da lei a farle compagnia come sarebbe stato giusto per un marito innamorato di sua moglie. Si era messo a sedere sul divano con la testa tra le mani per una buona mezz'ora. Aveva chiamato Cinzia per parlare un po' con Daikon ma il bambino stava guardando quel pezzo di *Edward Mani di Forbice* quando lui fa le statue di ghiaccio e pota le siepi a forma di animale e si era rifiutato di venire al telefono e così Alberto aveva dovuto mettersi a raccontare a Cinzia la cosa che gli era successa in Colombia e proprio mentre gli veniva in mente di invitare a cena fuori quella sera stessa lei e il bambino a mangiare bistecca e patate fritte in un ristorante con i tavoli all'aperto Cinzia lo aveva invitato a cena a casa sua la sera dopo, menù Thai, e dopo che Alberto aveva accettato Cinzia gli aveva detto che le avrebbe fatto piacere se lui poteva andare anche a sentire la sua lezione, insomma il suo Incontro Vegano, a Sesto Fiorentino, subito prima di cena, e Alberto aveva detto Sì anche a quello dopodiché la telefonata si era esaurita e si erano salutati e avevano riattaccato. Aveva mandato un'e-mail a Milena in cui aveva scritto:

Domani vado al mio primo incontro vegano. Daikon sta guardando EDWARD MANI DI FORBICE e non può essere disturbato. Io non so che fare e sono molto solo. Te non chiami mai, però. Scusa per prima.

Si era sentito subito meglio, ma quando Edwin l'aveva convocato per la cena aveva appena ricominciato a leggere il libro di Ambra e si era molto seccato dell'ennesima interruzione. Dopo la cena (non male, spaghetti al pomodoro e basilico e un piatto di bresaola condita con olio, pepe bianco e limone) era finalmente riuscito a finire il libro, aveva telefonato al suo unico amico Alberto Talanti che però era apparentemente a una cena di lavoro e avevano parlato solo per pochi secondi, aveva provato a chiamare Milena al telefonino ma era spento perché lei di sicuro doveva essere ancora offesa a morte con lui e allora si era messo a vedere alla televisione un film con la Bellucci che ammazzava un uomo con un fucile subacqueo. Appena finito il film, mentre scorrevano i titoli di coda, Alberto T lo aveva richiamato all'Iridium e gli aveva detto di scendere subito perché era una notte fantastica e andavano a fare un giro insieme.

Quando Alberto C scese dalla macchina e si trovò nel parcheggio dell'Anastasia sentì subito la brezza fresca e profumata di piante e fiori che sentiva da ragazzino quando andava in giro in Vespa dopo cena, di giugno, e decise che in quel posto non ci sarebbe entrato neanche morto. Pensò che era ancora in tempo e nessuno poteva costringerlo a fare una cosa che non voleva fare, come diceva Milena, e il pensiero di sua moglie cento miliardi di volte più bella e intelligente e *sua* di tutte le russe che avrebbe trovato lì lo lancinò e allora si girò verso Alberto T per dirgli che lui non sarebbe entrato ma quando lo vide lasciare le chiavi della macchina a un piccolo uomo baffuto sui quaranta con un cappello da marinaio che lo chiamò "dottore" e gli si inchinò davanti, quando lo vide sorridergli, avvicinarsi a lui, prenderlo sottobraccio e dirgli che era veramente contento di passare una serata divertente con il suo vecchio amico Albertone non riuscì a fare altro che lasciarsi trasportare zitto zitto lungo un corridoio/passerella coperto da una tettoia ricurva ornata di lucine lampeggianti. Si starà a vedere, pensò.

Entrando nell'Anastasia Alberto C pensò che somigliava molto a una discoteca degli anni '80, solo senza la gente. Evidentemente ricavato all'interno di un capannone industriale, il night era fatto di una sala molto ampia ingombra di divani e tavolini bassi occupati quasi tutti da ragazze molto giovani apparentemente belle e impegnate a fumare e discutere con uomini di tutte le età, molti dei quali con le spalle rivolte all'entrata; nell'aria c'era una canzone forte e romantica di Biagio Antonacci, quella che fa E quanto tempo, e ancora... Sempre tenendolo sottobraccio Alberto T gli indicò due strani divani a forma semicircolare che si fronteggiavano ornati da pseudocolonne che partivano dagli schienali e finivano insensatamente più o meno a tre metri d'altezza come a sostenere una sorta di copertura che però non c'era, un incredibile quasi-gazebo popolato di altre ragazze giovani e anche loro apparentemente belle e vestite bene. Poi venne loro incontro un uomo coi baffi grigi sui sessanta, la camicia bianco ottico sotto un abito grigio lucido, le maniche della giacca arrotolate fino a metà avambraccio, i capelli brillanti come polyester sotto le luci. Mentre avanzava verso di loro a mano spianata quest'uomo annunciò a voce alta:

– Albertino, stasera ti vedo trombatorio! Chi è il tuo amico?

Alberto T abbracciò l'uomo, e lo presentò ad Alberto C come Ermanno, il padrone di tutto, qui all'Anastasia. Ermanno gli strinse distrattamente la mano, prese sottobraccio Alberto T che aveva a sua volta ancora sottobraccio Alberto C, e in questa strana formazione allacciata andarono fino a un tavolino d'angolo appoggiato a una parete di stucco lucido e si sedettero su uno dei bassi divani di velluto rosso. Ermanno chiese prima ad Alberto T e poi ad Alberto C cosa volevano bere e lo ripeté a un cameriere in giacca bianca alto, magro e baffuto molto somigliante a Fredo Corleone, che annuì, salutò con un sorriso e un leggero inchino i due Alberti e se ne andò tutto impettito.

– Mi è arrivato un oggettino... una polacchina di vent'anni, – disse Ermanno guardando negli occhi Alberto, che rispose guardandosi intorno:

– Niente polacche.

– Ma questa ragazzi miei è una fica infinita, e poi parla italiano benissimo...

– Io sono a posto, – fece Alberto T.

– Ma ora la tua è occupata, – fece Ermanno.

– Ho capito. Senti il mio amico...

Alberto C provò a fermare l'onda che stava arrivando, e quasi alzò le mani a proteggersi ma Ermanno si era già fulmineamente voltato verso di lui, gli occhi da licantropo che sembravano brillare nella penombra dell'Anastasia. Alberto T disse:

– È all'esordio, il ragazzo, ma è uno messo bene...

E strofinò il pollice sull'indice.

– A me mi garba la gente così, – abbaiò Ermanno dando un colpetto sulla spalla di Alberto C come se fosse partito per dargli una manata amichevole e poi ci avesse ripensato, – Franco, mandami al tavolo Heidi.

Alberto C provò a fermare Franco, che doveva essere Fredo Corleone, ma lui posò due gin tonic sul tavolo e si allontanò verso l'harem. Quando Alberto C si voltò a guardare il suo amico trovò Ermanno che lo fissava.

– Davvero è la prima volta che vieni? Eppure mi sembra di conoscerti...

Alberto C non gli disse che la sua era semplicemente una faccia molto regolare che consentiva a chiunque di proiettarci sopra i lineamenti di altre persone. Non gli disse quanto spesso gli succedeva di sentirsi dire che somigliava a qualche parente di qualcuno, né che questa familiarità che riusciva a instillare negli altri era una delle sue migliori armi durante le trattative perché accorciava immediatamente le distanze e creava da subito un clima favorevole alla conclusione dell'affare, né che lui era una persona quasi geneticamente adatta a fare buona impressione e a convincere gli altri. Disse solo, senza guardarlo e fissando invece la piccola pista vuota inondata di macchioline di luce:

– No, non sono mai venuto qui.

Era proprio quella la risposta giusta da dare perché, come gli spiegò poi confusamente Alberto T nel complicatissimo viaggio di ritorno, il suo Non sono mai venuto qui era stato interpretato da Ermanno come una dichiarazione di consuetudine con *altri* night di certo migliori dell'Anastasia, forse addirittura i leggendari night di Milano e dell'Emilia dove invece delle ragazzine di primo pelo potevi stare in compagnia delle modelle, quelle che poi diventavano famose e finivano sui giornali e in televisione. Ermanno capì che Alberto C era ricco, voleva divertirsi con le ragazze e finora era andato a spendere i suoi tanti soldi in qualche altro night.

– Le meglio fiche ce l'ho io, – proclamò Ermanno quasi risentito, e guardò per qualche secondo Alberto T in attesa di un suo segno di assenso che però non venne, così si alzò e disse:

– Vado a prenderti Heidi.

– Heidi è bona, – disse Alberto T sempre guardando il vuoto. Nella pausa che cadde tra di loro in quel momento, pausa sottolineata anche dall'abbassarsi della musica per via di un mix maldestro del dj, Alberto C si rese conto che Ermanno aspettava un suo qualsiasi cenno d'assenso, e non sarebbe successo nulla che lui non volesse. Nessuno l'obbligava, nessuno l'aveva incatenato a quel tavolino, nessuno l'avrebbe preso per il collo e obbligato a parlare con una ragazza e così, un po' rassicurato e un po' assolto, Alberto C decise che non sarebbe successo nulla di male quella sera, che era solo sano e innocente divertimento maschile, quel divertimento che non gli era mai toccato negli anni perché non se l'era mai permesso. Mentre Ermanno aspettava in piedi accanto al tavolo e Alberto T sembrava rabbuiato, Alberto C bevve un gran sorso di gin tonic, si guardò intorno e vide *possibilità*. Disse solo OK, e Ermanno si avviò verso l'harem circolare.

– Come funzionano le cose, qui? È come un casino? – chiese ad Alberto T che lo guardò e rise.

– No, macché casino, ora viene questa ragazza e parlate un po'. Mentre parlate, bevete, tu paghi le consumazioni tue e della ragazza che poi è chiamata "artista", non so se hai letto il cartello all'entrata. Poi dopo...

Alberto T si interruppe e lo guardò con un sorriso compiaciuto. Alberto C si voltò e vide arrivare Ermanno con una ragazza sottobraccio. Aveva dei pantaloni bianchi molto attillati e scampanati in fondo e una camicetta sempre bianca slacciata e legata sotto il seno a lasciar scoperta una pancia abbronzata e buona parte della scollatura. Heidi era ovviamente una bionda tinta, si sedette accanto ad Alberto e ordinò a Fredo Corleone un *messicano*. Fredo guardò Alberto e gli chiese se andava bene. Lui annuì automaticamente e con un altro lungo sorso finì il gin tonic. Fredo chiese se andava bene un altro gin tonic. Alberto C disse di sì, si voltò verso Heidi e vide che lei lo stava guardando. Gli porse la mano e disse:

– Io sono Heidi, ciao.

Alberto disse di chiamarsi Andrea e di essere di Firenze come Alberto T e poi cadde il silenzio perché Alberto C non sapeva cosa dirle e lei accese subito una di quelle microsigarette e Alberto C non sopportava il fumo e gli venne da pensare che questa era solo la prima delle cose inaccettabili che avrebbe subito quella notte. Dopo un'altra melensa canzone romantica Alberto T disse qualcosa a Heidi in una lingua che sembrava russo, e cominciarono a parlare animatamente.

Intorno ad Alberto c'era un tavolo vuoto e più lontano una fila di tre tavoli occupati da tre gruppi di uomini, tutti di spalle. In ognuno di questi gruppi ce n'era uno senza capelli. Il primo gruppo era composto di tre uomini e due ragazze.

Fumavano tutti e guardavano con impegno la pista vuota, in silenzio e assorbiti da pensieri diversi. Nel secondo gruppo c'erano due ragazzi sui venticinque anni che si guardavano intorno, soli e coi bicchieri in mano. Il terzo era di due uomini sui sessanta e due ragazze, una bionda molto appariscente e una castana voluttuosa seduti intorno a un tavolino sul quale c'era un secchio argenteo da cui spuntava il collo aggraziato di una bottiglia di Krug. Sembravano divertirsi molto.

Poi c'erano un paio di altri tavoli vuoti intorno alla pista e, più lontani, nell'oscurità, ancora altri tavoli con altri uomini anziani che parlavano con altre ragazze giovani. Non c'era molto contatto. A parte qualche breve abbraccio più scimmiesco che sensuale nessuno toccava nessuno, e tutti o parlavano o ridevano o stavano zitti a sentire la musica.

Heidi si voltò e gli toccò la mano sinistra, e quel tocco lo fece sussultare. Mentre Alberto C beveva dell'altro gin tonic a grandi sorsi lei cominciò a dirgli di essere russa di una città vicino a Mosca, a soli quattrocento chilometri. Alberto C disse che non gli pareva tanto vicino e gli venne da ridere e rise anche lei, che rispondeva compiaciuta alla raffica di domande vuote che Alberto C cominciò a farle per non annoiarsi. Heidi lo informò che lavorava all'Anastasia da un anno e mezzo, viveva a Montecatini con delle altre amiche russe perché le russe non vanno d'accordo con le polacche e con le rumene, Ermanno non le stava simpatico per nulla perché era un viscido, aveva ventidue anni e questa vita non le piaceva ma non c'era nessuno che volesse sposarla e portarla via di lì, e non si chiamava davvero Heidi.

Anche se aveva già finito il suo secondo gin tonic Heidi non gli pareva più bellissima. Era una bella ragazza, sì, ma di sicuro non aveva *ventidue* anni perché a ventidue anni le ragazze sono diverse, e stava per perdere interesse perché non sapeva cos'altro chiederle e lei sorrideva e basta. Poi guardò il suo amico che ormai pareva proprio incazzato e gli chiese perché stava da solo. Lui rispose in un soffio che la sua era occupata, e Alberto C disse:

– Che vuol dire occupata? Liberiamola!

Quando Alberto T e Heidi gli dissero all'unisono che non si poteva Alberto C sorrise e disse che era una cazzata, un classico esempio di cattiva gestione, e propose di andare da coso, come si chiamava, Ermanno, e dirgli che non avevano tanto tempo, e insomma doveva liberare subito la ragazza. Heidi ripeté sorridendo che non si poteva fare, e Alberto T annuì mogio indicandogli una delle ragazze sedute al tavolo con il Krug, la castana voluttuosa.

Quando Alberto C la guardò incrociò il suo sguardo languido affisso su Alberto T e capì che evidentemente quella sera lui doveva esser stato a cena con lei, averla riportata all'Anastasia dopo essersi invaghito dell'idea di uscire con il suo vecchio amico, essersi pentito quasi subito, aver portato all'Anastasia anche il suo vecchio amico nella speranza di poter bere qualcosa con tutti e due insieme, e ora però si doleva di aver lasciata Irina per così dire *libera* e quindi possibile preda per chiunque. Al tavolo accanto erano spariti i due ragazzini e al loro posto c'era un vecchio ben oltre i sessanta, calvo, con dei pantaloni di cotone lucido beige e una camicia blu di seta, e accanto a lui una ragazza sorprendente. Ha i capelli corvini, un volto forte che confina col volgare sfiorandolo soltanto e non si potrebbe mai spacciare per quello di una ventiduenne ma racconta l'idea che questa ragazza, questa donna, del sesso ne sappia mille volte più di qualsiasi uomo. È minuta, sarà alta un metro e sessantadue e non può pesare più di cinquantatré-cinquantacinque chili, ma è piuttosto formosa. Quando il vecchio si alza e la porta a ballare si vede che le sue tette sono una seconda ardita e non ritoccata, le gambe e il culo sono perfetti, e lei balla lentamente intorno al vecchio che ogni tanto prova a cinturarla mentre lei gioca a sfuggirgli e poi risvolazzargli vicino. Sono soli a ballare una canzone di Ricky Martin, e Alberto C si incanta a guardarli perché non ha mai visto una cosa così. Una palla di vetro a specchio tipo *Febbre del sabato sera* sta appesa sopra la pista, e le lucine colorate cominciano a colpirla riflettendosi sui due ballerini che continuano a muoversi con risultati e fini evidentemente diversi. Lei sembra tenere gli occhi chiusi e compiere il suo ballo rallentato quasi a memoria, come se l'avesse fatto migliaia di volte e ballasse con quelle movenze sudamericane qualsiasi canzone, e *insieme a* Ricky Martin. Lui sta più o meno fermo, vestito come un campione del pattinaggio artistico. Dà come dei microcalci in avanti per giustificare il suo essere in pista e schiocca incredibilmente le dita (di certo una reminiscenza jazz) mentre alza e abbassa le spalle al ritmo della canzone, e di colpo non sembra più un vecchio ridicolo ma una specie di cavia di un esperimento scientifico meta-sociale, un entusiasta del futuro ibernato negli anni '60 e scongelato ora da Ermanno nelle cantine dell'Anastasia.

– Se un giorno mi vedi in quello stato, dammele. Ma forte.

È stato Alberto T a parlare rivolto a Ermanno apparso magicamente accanto a loro, seduto. Heidi fissava il vuoto e fumava un'altra sigaretta. Fredo Corleone comparve accanto ad Alberto C e chiese se la ragazza "andava avanti". Lui non capì e scosse la testa e lei lo guardò e gli chiese No?, e anche Ermanno lo guardò in attesa di qualcosa. Alberto C stufo di quell'attesa disse al suo amico:

– Io voglio di sicuro un altro gin tonic ma non capisco cosa mi stia chiedendo Fredo Corleone, – ma nessuno capì cosa stava dicendo, neanche Alberto T, che però fece un cenno a Ermanno come a dire che bastava così e Heidi si alzò indispettita, porse freddamente la mano ad Alberto C, dette un bacio sulla guancia all'altro Alberto e rimasero soli, i due Alberti e e Ermanno. Cominciò *Luna* di Gianni Togni, e Alberto C chiese a Ermanno:

– Perché mettete queste canzoni lente?

Rispose Alberto T:

– Perché così la gente si innamora delle ragazze... eh, Ermanno, ma quanto avranno ancora quelli lì?

– Mmm, li conosco, quelli fanno serata.

A vedere il suo amico scuotere la testa deluso, Alberto C chiese:

– Che vuol dire?

E Ermanno:

– Vuol dire che stasera fai le cinque di mattina.

Alberto C si inalberò a dire che non era possibile, che era già tardi ora – Ermanno No, non è tardi, son le tre – e che era un'idiozia non si potesse portare via da quella gente la ragazza del suo amico. A sentirsi dare dell'idiota Ermanno lo guardò negli occhi e gli disse che nel suo night una cosa così non si può fare:

– Come ti sentiresti te se sei in compagnia con una fichetta che ti piace e arrivasse il cameriere a dirti che la fichetta deve andare a un altro tavolo perché la vuole un altro, eh?

– OK. E se io pago di più? – fece Alberto C. – Tu sei qui per guadagnare, no? E anche la ragazza, credo, no? Ecco, se io pago ho il diritto di portare via una ragazza da qualsiasi tavolo... diciamo che io pago un milione, te che fai? Rifiuti il milione?

Ermanno sorrise, guardò Alberto T che lo fissava senza dir nulla, in attesa della sua risposta.

– Non me l'aveva mai detto nessuno... non lo so, bisognerebbe vedere...

Alberto T sorrise e disse a Ermanno:

– Già, se io ti do un milione per avere qui Irina ora, tu non me la porti?

E Alberto C:

– È un problema di ottimale allocazione di risorse. Per il mio amico in questo momento vale più il tempo della signorina che un milione, capito?

Arrivò Fredo a portare ad Alberto C il terzo gin tonic. Lui ne bevve un bel sorso gelido, fece segno a Fredo di avvicinarsi e gli disse in un orecchio di stare attento alle gite in barca. Fredo disse serio Sissignore e si allontanò. Poi Alberto si voltò di nuovo verso la pista e la coppia di prima non c'era più, erano tornati al tavolo. Si mise a guardare la ragazza e vide che anche lei stava guardando lui, e mentre il vecchio scongelato era piegato in avanti a versarle dell'altro inutile champagne lei gli sillabò SEI BELLISSIMO, e lui, infinitamente sorpreso e compiaciuto di questa cosa, le risillabò NO, TE SEI BELLISSIMA. Lei sorrise e lo fissò per un secondo, poi si rimise a guardare nel vuoto e a fumare mentre il vecchio le disse qualcosa in un orecchio; lei pensò e annuì mentre aspirava dalla sigaretta.

Ermanno gli disse che si chiamava Veronique ed era bulgara. Alberto chiese di averla subito al suo tavolo e lui rispose che non si poteva. Alberto disse che avrebbe pagato due milioni, Ermanno trasalì visibilmente ma ripeté che non poteva, avrebbe voluto ma non poteva, e allora Alberto C gli disse che era veramente un esempio di scarsa capacità manageriale, e alla MediFuture non l'avrebbe preso neanche come aiuto alla filiale di Tonga. Ermanno disse Come?, e Alberto C finì il terzo gin tonic, disse che così non poteva andare, ne chiese un altro che bevve in un unico, fantastico sorso gelido e da quel momento in poi le cose sembrarono accelerare perché quando a un cenno del capo di Ermanno le ragazze sedute dentro al gazebo/harem si alzarono tutte e andarono a ballare in pista si alzò anche lui a ballare con loro, lui che odiava ballare e non lo faceva mai, e poi a un certo punto si accesero delle luci molto forti e fisse tipo fotoelettrica e le ragazze sparirono e il night chiuse e in qualche modo i due Alberti si ritrovarono in macchina con Veronique e Irina che litigarono per un nonnulla, in italiano, si dissero *Putana* e *Troia*, e si sarebbero picchiate se Alberto T non si fosse messo a urlare e l'atmosfera divenne gelida e nessuno disse più nulla fin quando non accompagnarono prima Veronique e poi Irina in due villette vicino all'autostrada molto simili tra loro e appena rimasero soli Alberto C disse ad Alberto T che questa Veronique gli aveva dato il suo numero di telefonino e ora lui cosa doveva farci, con quel numero, *chiamarla*?

XV.
Inevitabili analogie

Milena si svegliò all'improvviso e si trovò spiacevolmente desta, preoccupata, con le tette che le pulsavano di un dolore *interno* che la fece pensare alla possibilità che il suo corpo non tollerasse l'interazione tra gli alcoli e quelle protesi grasse e trasparenti e cercasse di avvertirla con quel dolore che prima o poi le avrebbe rigettate, in qualche modo. Le venne in mente quella cosa del Dalai Lama che le aveva detto Alberto, quel sorriso che aveva scoccato proprio a suo marito e di come lui, l'ateo più ateo del mondo, ne fosse stato così toccato da volerglielo raccontare a letto, al buio, con una voce sognante e vagamente smidollata che non aveva mai avuto, e non si sentì all'altezza di questa cosa così *candida,* di lui, del lavoro che faceva, di com'era e di quanto l'amava, e si alzò dal letto e andò a cercare Marco per provare di nuovo l'unica emozione capace di controbilanciare tutto questo mieloso *bene.*

Con addosso solo una maglietta nera dei Nirvana, stropicciandosi gli occhi, incerta sulle gambe come una bambina, il dolore alle tette che ricominciava come se si fosse svegliato anche lui, Milena andò a cercare Marco senza chiamarlo perché voleva vederlo all'improvviso e spiarlo per qualche secondo prima di farsi vedere. Voleva non pensare più al Dalai Lama e a come comportarsi se lo si incontra in aereo, a dove avrebbe dovuto essere e non era; e invece sentire ancora più forte il freddo del pavimento di cotto sotto ai piedi nudi, il cinguettare di uccelli molto più grossi di quelli che si vedono in città, il vento leggero e fresco che agitava lievemente la macchia di cespugli dentro la quale la notte prima, seduti sul muretto della terrazza panoramica che sembrava dare su tutto il Chiantishire, abbracciati e ubriachi del cabernet Selvamaggio del Brancaleoni, lei e Marco avevano sentito grufolare cinghiali grossi come orsi e coraggiosissimi.

Voleva dire a Marco che lei non era una persona candida. Girò un po' per la casa vuota, chiuse qualche finestra perché Marco le apriva sempre tutte e poi lo vide, fuori, a spaccare a metà dei ceppi di legno con un'accetta dall'aspetto professionale, con la lama nera. Milena andò da lui, lo toccò delicatamente sulla schiena senza nessuna paura che potesse reagire di sorpresa e magari ferirla con l'ascia perché questa cosa molto semplicemente *non sarebbe successa*, lo prese per mano e lo riportò in casa e quando lo vide barcollare un po' gli parve una cosa bellissima il suo portare ancora addosso i segni della notte prima. Voleva dire che qualcosa *era stato fatto*, che non la si era passata alla televisione e poi a dormire. C'era un'eleganza innegabile in questo darsi via, si disse Milena. Era ganzo fare l'amante troia.

Fece sedere Marco su una poltrona di pelle davanti al camino, lo vide sorridere e chiudere gli occhi, i Levi's strappati alle ginocchia, le scarpe da pallacanestro giganti, i capelli sulle spalle. Erano due bellissimi ragazzini felici vuoti e irresponsabili, e Milena decise di celebrare questa cosa inginocchiandosi davanti a lui e prendendogli il cazzo in bocca perché era la cosa che voleva fare appena sveglia quella mattina, per cancellare completamente il Dalai Lama con qualcosa di infinitamente più forte come gli odori e i sapori forti del cazzo di Marco che le si spandevano in bocca mentre lei riusciva a guardarlo e lui teneva gli occhi chiusi, lei più forte di lui perché chi tiene gli occhi aperti è sempre il più forte, lo si impara da bambini.

Nella stanza si sentivano solo i rumori della bocca di Milena. Era indiscutibilmente lei a comandare, lei a decidere, e questa nuova fantastica inebriante sensazione non fu interrotta dal fatto che Marco venne, alla svelta e forte, dentro la sua bocca, e Milena buttò giù tutto cercando di non pensare alle inevitabili analogie tra sperma e muco che le venivano sempre in mente in quel momento o al sapore così *umano* che le si spandeva in bocca ed era stato argomento di tante cene di addio al nubilato a cui aveva partecipato senza mai poter portare uno straccio di testimonianza diretta extraconiugale. Pensava Milena che sputarlo fuori fosse orribile, che se si arriva a fare un pompino a un uomo si deve essere pronte a ingoiare anche il suo sperma e che questa fosse una cosa da provare nella vita proprio perché non viene naturale e all'inizio fa un po' schifo, come baciare con la lingua e mangiare le ostriche e il grasso del prosciutto: fu così, innocente e leggera e inebriante, che cominciò la prima giornata di Milena alla Casa dello Spino. Poi prese l'Aulin e andò con Marco a vedere Pienza che le sembrò bellissima e comprò del cacio invecchiato nelle foglie di noce, almeno così le dissero, e quando tornò alla Selva passò tutto il pomeriggio immobile all'ombra in piscina a sfogliare riviste leggere finché al tramonto arrivò in Jeep il Brancaleoni che la invitò a cena in villa *con il suo fidanzato* e le offrì un calice del suo spumante e in quel momento arrivò Marco di ritorno dal lago e fu una gran bella cena di campagna – un'enorme grigliata mista medievale di piccioni, salsicce e maiale con contorni fritti tipo salvia, fiori di zucca e carciofi – con tutti e tre che parlavano di argomenti che non conoscevano bene e non ci fu nessun contrasto e poi Milena e Marco tornarono allo Spino e il Brancaleoni li guardò dal suo grande balcone risalire lentamente con la Volvo il viale di cipressi maledicendo d'avere settant'anni, perché si stava innamorando di Milena anche lui e non poteva farci nulla se non provare a sognarla sua, negli anni '60, a correre per le strade della Costa Azzurra sulla Lancia Flaminia Zagato argento, con il foulard e gli occhiali neri, più bella di Brigitte Bardot.

Milena non aveva nessuna voglia di andare a letto e rimase un po' in terrazza a parlare con Marco di Kurt Cobain e di quanto era dispiaciuto a tutti e due che fosse morto in quel modo; poi Marco, stremato dallo squilibrato cabernet del Brancaleoni e dal pomeriggio passato a spaccar legna e pescare nel lago, rientrò in casa dicendo che forse andava a letto e Milena rimase sola sotto le stelle puntute a sentire i rumori del bosco e guardare i fari delle macchine dei bracconieri che illuminavano le cime dei pini e degli altri alberi irriconoscibili e sembravano la luce dell'astronave di ET quando viene per riportarlo a casa. Sola, senza pensieri, con un giubbotto caldo addosso, a sbattere gli occhi.

XVI.
Daikon

– Stamattina a scuola un bambino stronzo mi ha detto che non voleva giocare con me perché non ho la pelle del colore uguale della sua, – disse Daikon a tavola senza alzare gli occhi dal giornalino dei Pokemon, mentre insieme ad Alberto e Cinzia stava mangiando senza voglia una versione vegana della versione di Mindanao del *pansit* (spaghetti di soia, soia, fagiolini, carote, cipolle, sedano). Alberto fu colto di sorpresa e dette quel singolo colpo di tosse di puro nervosismo che aveva cominciato a fare qualche mese prima e odiava perché secondo lui lo rivelava nervoso e impreparato e lo indeboliva nelle trattative. Cinzia tirò su col naso e si versò dell'acqua naturale da una brocca di vetro.

– Ma io ce l'ho la pelle del colore uguale della sua, – disse ancora Daikon dopo qualche secondo, sempre senza alzare gli occhi dal giornalino. Anche se nessuno guardava Alberto, anzi nessuno guardava nessuno, lui sentiva di dover rispondere.

– Non sono mica nero, io. Quel bambino lì quando si abbronza d'estate è più nero di me. Io l'ho visto al mare, è più nero di me.

Cinzia fissava il buio fuori dalla finestra. Spezzò una galletta al farro, la mise in bocca e cominciò a fare quei rumori di sgranocchiamento che sembrano non disturbare le donne. Anche a Milena piace sgranocchiare le cose croccanti tipo le caramelle all'orzo, le castagne secche, i croccanti, certi torroni, mentre a lui piaceva mordere le cose che si spezzano rumorosamente tipo sedani, finocchi, carote, mele, pesche.

– Ecco, – disse Alberto, – e secondo te questo bambino...

– Si chiama Antonio Boretti.

– Ecco, e secondo te questo Antonio Boretti…

– E poi ha detto che io sono un bambino zingaro, – disse ancora Daikon, e stavolta alzò lo sguardo dal giornalino e fissò dritto negli occhi Alberto. Daikon è un bambino straordinario. Una volta si perse da Harrod's a Londra dove lo avevano voluto portare per forza Milena e Cinzia e rimase calmo, salì su un taxi, si fece portare all'albergo del quale aveva voluto subito imparare il nome, Hempel, e pagò il tassista con le sterline che si era fatto dare quella mattina a colazione per comprarsi un GameBoy nuovo.

– Ma io invece non sono un bambino zingaro. Vero mamma?

"Vero mamma?" lo disse senza guardare Cinzia, sempre fissando Alberto come se attendesse una risposta da lui visto che Cinzia non aveva mai trovato l'animo di rispondere a queste domande che negli ultimi tempi si erano infittite. Cinzia non aveva detto la verità a Daikon su come l'aveva trovato, e Milena aveva già assistito un paio di volte a questa scena di Daikon che chiede cose tipo chi è e com'è il suo babbo e Cinzia – scema, secondo lei – cambia discorso come nelle soap, si incupisce o addirittura piange, anche davanti al bambino. Una volta Cinzia disse a Milena che se avesse detto la verità a Daikon lui avrebbe messo il GameBoy e le sue carte Pokemon in un fazzoletto, l'avrebbe legato alla punta di un bastone e sarebbe andato alla ricerca dei suoi veri genitori. Davvero.

– Perché la mamma non mi risponde mai quando gli chiedo queste cose, Alberto.

– Ah. Ecco… si vede che la tua mamma non ritiene opportuno…

– Che vuol dire "ritiene opportuno"?

– Vuol dire che non le sembra giusto che… insomma, che certe cose ai bambini si dicono quando sono più cresciuti.

– Come tipo... il sesso?

– Questo figliolino è incredibile, – si inserì Cinzia per scompigliargli i capelli, – ogni volta che in televisione ci sono due che si baciano…

– O che fanno sesso… io voglio sempre guardare… – disse Daikon ridendo e annuì ad Alberto che gli scompigliò anche lui i capelli e gli disse Vecchio Lupo, e per un po' risero e mangiarono e non si parlò d'altro. Cinzia si rasserenò, portò in cucina il *pansit* avanzato e tornò con una grossa ciotola apparentemente di legno piena di un riso "indonesiano" con un nome pieno di consonanti che però si rivelò molto meglio del *pansit* di Mindanao.

Dopo qualche boccone Alberto scosse la testa e disse:

– Non capisco perché noi abbiamo questi due filippini in casa a non far nulla e Milena non gli ha mai fatto cucinare nulla da mangiare di filippino, o di cinese…

– Davvero? – Cinzia si voltò a guardarlo lievemente sorpresa. – Eppure Milena quando viene a pranzo da noi vuole mangiare solo cose vegane, e questo riso indonesiano è la cosa che le piace di più…

Alberto annuì un po' sorpreso, poi disse:

– Ah, davvero? Bene. Vedi, abbiamo gli stessi gusti. Pensa che quando sono all'estero io cerco sempre di mangiare cinese, indiano, anche thailandese. Una volta sono andato in un posto iraniano ma mi è piaciuto meno… a New York…

– In effetti usano molto la soia…

– Chi, gli iraniani? Non mi pareva…

– No, gli orientali in genere… Deve piacerti la soia…

– Ma a me la soia piace tantissimo, per esempio. Anche il *tamari*… e anche a Milena.

Ci fu una pausa mentre Alberto e Cinzia guardavano Daikon sbocconcellare svogliato il riso indonesiano.

– Vero?

Cinzia si voltò di nuovo a guardare Alberto, sorpresa, soprappensiero.

– Come?

– A Milena piace la soia, vero? La salsa di soia, dico…

Lei sorrise e dette un buffetto sul dorso della mano di Alberto, che si chiese a cosa stava pensando in quel momento, perché aveva avuto la netta sensazione che in qualche modo riguardasse lui.

– Ma certo, certo che le piace, e quella cinese più di quella dolce indonesiana che ho messo in questo riso... Certo speriamo non sia transgenica... prima o poi la faranno questa legge sulle etichettature, così si saprà cosa si mangia...

– Eh, sì, – disse Alberto, che in quanto dirigente di una multinazionale farmaceutica era il simbolo del nemico di qualsiasi animalista o vegano e proprio per questo lui e Cinzia non si erano mai infilati in una discussione sul transgenico o sulle sperimentazioni sugli animali perché evidentemente giudicavano le loro posizioni così lontane da non poter nemmeno essere messe a confronto e quindi si sentivano liberi di essere amici e stimarsi e poter discutere di qualsiasi altra cosa ignorando quel loro isolato ma assoluto disaccordo su un punto fondamentale delle loro vite.

Ci fu un altro silenzio piuttosto lungo, poi Daikon alzò la testa, Alberto temette che potesse ricominciare a chiedere chi era e da dove veniva, e allora disse a Cinzia:

– Certo, Cinzia, non è che il transgenico sia una cosa così mortale. Io... insomma stasera all'incontro ti sono stato a sentire e non ho detto nulla, ma... per esempio... il riso nel mondo sfama metà della popolazione, OK? Cioè tre miliardi di persone ogni giorno si sfamano con il riso. Ora, ecco, il riso potrebbe sfamare molte più persone, per esempio in Africa...

A sentir nominare l'Africa Cinzia appoggiò il mento sul palmo delle mani e si mise ad ascoltarlo come se fosse una bambina davanti al padre, in uno sfoggio di ironia che Alberto non capì.

– ... perché in Africa il suolo, la terra, non contiene molto ferro, e invece il riso ha bisogno di terreni ricchi di ferro per crescere bene... La... l'Organizzazione Mondiale della Sanità ha detto che in effetti la mancanza di ferro negli alimenti è forse il più grosso problema nutrizionale del mondo... Ecco, degli scienziati giapponesi si sono messi a studiare una manipolazione genetica per creare un tipo di riso che riesca a crescere anche nei climi più aridi, e questo riso potrebbe sfamare l'Africa, capito?

Cinzia gli sorrise e disse:
– E questi giapponesi naturalmente fanno queste ricerche per gli africani che muoiono, vero? Son pagati dai somali, eh?
– No, – disse Alberto sinceramente stupito, – no, che c'entra... Le fanno perché magari questo riso è più economico e può essere venduto a più persone, ai loro governi... No... certo, sperano anche di guadagnarci...
– Come voi, per esempio, che non volete dare gratis agli africani le medicine contro l'AIDS. Devono pagarsele o morire, no?
– Ma Cinzia... – Alberto scosse la testa e le lanciò un sorriso paterno. – ... Cinzia ascolta, ecco cosa succederà con i farmaci-cocktail contro l'AIDS che siamo stati costretti a fornire gratis agli stati africani per via di una campagna di stampa propagandistica fatta da politicanti ignoranti. Allora, gli schemi di trattamento per questi farmaci sono molto complicati. Per esempio devono essere presi a ore molto precise e non si può saltare neanche una dose perché in quel caso il virus, che non viene debellato ma solo diciamo addormentato dai farmaci, muterebbe all'istante e nascerebbe un nuovo virus mutato resistente al farmaco. Immediatamente. Cinzia, mi dici come faranno gli africani a non saltare una dose se molti di loro *non hanno nemmeno l'orologio?* Ti dico io cosa succederà. Non avendo infrastrutture adeguate per l'educazione e la somministrazione e i test periodici che si devono fare su tutti i pazienti l'efficacia dei farmaci si ridurrà in pochi anni, e verranno esportate nei paesi sviluppati queste mutazioni resistenti ai farmaci attuali e non sapremo come trattarle e la gente ricomincerà a morire anche qui. Ti dico io cosa succederà, poi, in Africa. Nascerà l'esportazione parallela, il mercato nero. I burocrati corrotti riesporteranno in Europa e in America questi farmaci che arrivano in Africa gratis, sarà un disastro, una tragedia, una cazzata, ecco...
– OK, allora facciamoli morire tutti... E se invece nonostante tutto questo un milione di persone, non diecimila o cinquemila, riuscisse a prendere i farmaci in tempo, insomma nel modo giusto, e magari campasse, eh? Un milione di persone... La

verità è che voi della gente ve ne fregate, sviluppate le medicine solo per le malattie più comuni, e tutti quelli con una malattia rara muoiono perché nessuno ha interesse a studiarla...

– Cinzia... la ricerca farmaceutica risponde all'economia di mercato. Deve generare profitti. Questo è l'unico schema di progresso che funziona, dai... Quanti farmaci innovativi sono stati sviluppati nella Russia comunista o a Cuba?

– Che c'entra questo, ora?

– C'entra perché il risvolto sociale non può essere un problema delle compagnie farmaceutiche, via, non possiamo essere noi a prenderci la responsabilità della salute del mondo: questo è un problema dei governi, delle organizzazioni soprannazionali, non nostro... Noi... Investire nella ricerca su una malattia rara significherebbe togliere risorse che potrebbero essere impiegate in maniera più efficiente, cioè se ne salva uno per lasciarne morire tanti. È crudele ma è così. L'economia di mercato è regolata da leggi naturali come la legge di gravità: se si violano queste leggi il sistema crolla. Invece è lo stato, sono gli stati che dovrebbero intervenire e fornire le risorse per investire in campi non redditizi per le imprese. È a questo che per esempio dovrebbe servire la ricerca universitaria.

– Ah...

– E poi, anche sulla tutela dell'ambiente... io credo si debbano rispettare l'ambiente e le regole naturali ma non si può fermare il progresso. Cinzia, l'essere umano è destinato a espandersi fuori dal nostro pianeta. La scienza deve continuare il suo cammino.

Ora Cinzia guardava sorpresa e divertita quell'Alberto così infervorato, preciso, quasi convincente. Non l'aveva mai visto così.

– Ah, la pensi così.

– Sì, io... io sono un convinto e inguaribile sostenitore del progresso scientifico, – disse Alberto, e poi abbassò lo sguardo come se un po' si vergognasse di quello che aveva appena detto.

– E Daikon un giorno andrà nello spazio, vero?

Alberto annuì, sorrise.
– Sì, io ci credo.
Daikon alzò gli occhi dal giornalino Pokemon e disse:
– Cosa? Io nello spazio?
Alberto e Cinzia si guardarono e sorrisero sciogliendo le tensioni di quei discorsi. Alberto si strinse nelle spalle.
– Nulla. Sciocchezze.
E Daikon:
– Ma chi è il mio babbo? Perché non l'ho mai visto? Non può essere morto, perché te sei sempre felice e quando una volta alla televisione ho visto un bambino che chiedeva alla sua mamma dove era il suo babbo e il suo babbo era morto, in quel film, lei si metteva a piangere. Eh, mamma. Chi è il mio babbo vero?
Fino a quel momento la serata era stata fantastica. Alberto era andato a prenderli con la Grand Cherokee e li aveva portati a Sesto Fiorentino nell'edificio del comune dove in una saletta spoglia del seminterrato c'erano trenta persone ad aspettare Cinzia che entrando in quella stanza era diventata una persona *di autorità*, serena e sorridente ma decisa. Quando dei ragazzi erano andati a farle qualche domanda prima della lezione lei aveva detto con fermezza che durante la lezione o dopo ci sarebbe stato uno *spazio apposito* per le domande, non prima. Alberto si era messo da una parte con Daikon che si era portato da casa uno speciale banchino per appoggiarci le carte per giocare ai Pokemon e avevano seguito Cinzia da lì, ogni tanto interrompendosi per ragionare di Pokemon con il bambino:
– Senti Daikon, mi spieghi le Evoluzioni?
– Allora, Albertino, io te le spiego, ma te l'ho detto già mille volte. Raichu è l'Evoluzione di Pikachu. Sono Pokemon Elettro e possono buttare elettricità. Poi c'è Machop, e le sue Evoluzioni sono Machoke e Machamp.
– Aspetta, aspetta un attimo. Cosa sono le Evoluzioni?
– Sono Pokemon più forti.
– E i Pokemon si evolvono in loro? Nelle Evoluzioni? Sono diversi dai Pokemon non evoluti?

– Come, sono diversi?
– Voglio dire, tutti i Pokemon hanno un'Evoluzione?
– No, solo alcuni. Per esempio le Evoluzioni di Charmander sono Charmeleon e Charizard. Capito?
– Ah. Sì, ho capito. Credo di sì.
– E Charizard sputa fuoco perché è un Pokemon Fuoco.
– Allora sono Pokemon cattivi?
– Nooo, non sono cattivi. Sono Pokemon, Alberto. E poi ci sono i Cani Leggendari...
– Chi?
– Te li spiego dopo...
Cinzia aveva esordito così:
– Allora ragazzi, penso di potervi chiamare così perché siamo tutti della stessa età e se c'è qualcuno apparentemente più anziano come quel signore là in fondo, ecco, solo per essere qui dimostra di essere giovane nello spirito, vero Gianfranco? Spendo due parole per presentarvi Gianfranco Scassolini, che viene per la prima volta stasera a uno dei nostri incontri e per me vale tantissimo perché era un cacciatore e si è, per così dire, pentito. Ora qualche cenno storico che l'altra volta non ho avuto il tempo di dare. Essere vegani è una cosa molto diversa dall'ultima moda, come invece molti pensano per esempio sulle riviste femminili perché qualche stupido attore o attrice dice di essere vegano. Tutto nasce nel 1944 quando a Leicester in Inghilterra viene fondata la Vegan Society. Il nome *vegan* (vegano) venne coniato da Donald Watson, che lo spiegò dicendo che il vegano è un vegetariano che ha portato il suo pensiero alle conseguenze logiche. La Vegan Society scrisse un manifesto in base al quale si spiegavano le, chiamiamole così, regole vegane, e cioè: si possono mangiare solo alimenti di origine vegetale, sono esclusi dalla dieta vegana la carne di qualsiasi tipo, il pesce, le uova, il miele, il latte, il burro e il formaggio. Se volete prendere appunti posso parlare più lentamente. Poi fu stabilito di usare per l'abbigliamento solo oggetti che non siano stati fatti con gli animali, cioè che non abbiano origine animale, tipo le scarpe e le cinture di cuoio. L'idea era

che si dovesse eliminare in ogni modo lo sfruttamento degli animali per raggiungere lo scopo di creare una società più umana.

Alberto aveva notato che i ragazzi del pubblico non perdevano una parola di Cinzia, che aveva continuato:

– Oggi l'idea vegana si è molto evoluta. Si pensa che non ci si possa limitare a seguire una dieta alimentare totalmente priva di cose che abbiano origine animale, ma che si debba eliminare dalla propria vita ogni prodotto di origine animale per esempio dall'abbigliamento, dai cosmetici e da qualsiasi tipo di oggetto di uso comune. Non è un vegano chi si limita a osservare la dieta vegana ma, per esempio, va in giro con un giubbotto di pelle o gli occhiali con la montatura di tartaruga o la borsa di coccodrillo. Diventare vegani è un processo molto lungo e va ben oltre l'alimentazione, ben oltre le cose materiali e tangibili, fino a essere una vera e propria scelta di vita. Il vegano *ha compassione* di tutto ciò che vive. Molti diventano attivisti e propugnatori dell'idea vegana, e si impegnano nel volontariato, nella difesa degli animali, della giustizia sociale, della pace e dell'ambiente. Molti adottano bambini e animali. In pratica si diventa vegani per ridurre la sofferenza del mondo, che sia degli uomini o degli animali, e il vero vegano non fa differenza di chi sia la sofferenza. Dopo questi cenni storici di base che erano stati richiesti da varie persone la volta scorsa, continuiamo a spiegare l'idea vegana con particolare riferimento all'alimentazione, visto che nell'altro incontro ci siamo dilungati sulle tecniche di sensibilizzazione dell'opinione pubblica riguardo alla sofferenza animale e a tutti i metodi vegani per…

Qui aveva fatto una breve pausa, un sorrisino furbo, e aveva soffiato:

– … *contrastarla.*

Poi Cinzia era andata avanti brillantemente a spiegare altre cose vegane e dopo un po' l'incontro era finito. Alberto li aveva riportati a casa di Cinzia e lei si era messa a cucinare mentre Alberto era andato nella camera di Daikon per giocarci un po', ma in un incredibile sfoggio di abilità *multita-*

sking il bambino si era messo a giocare al GameBoy tenendolo attaccato all'orecchio e facendosi guidare solo dai suoni del gioco per poter guardare alla televisione *Passaparola*, che seguiva con grande attenzione e indovinava anche qualche risposta. Gerry Scotti era il suo grande idolo, ma Alberto aveva notato che Daikon seguiva con la stessa attenzione anche gli spot che infarcivano il programma, e alcuni li sapeva a memoria. I suoi preferiti erano quelli autoreferenziali di Gerry Scotti che faceva pubblicità al riso Scotti.

– Io una volta gli ho anche scritto una lettera, a Gerry.

– Ah.

– E lui mi ha risposto. Proprio a me, a Daikon. La mia prima lettera che ho ricevuto da qualcuno io l'ho ricevuta da Gerry Scotti.

– È stato carino.

– Come?

– Ho detto che è stato carino... Ma scusa Daikon tu davvero non hai sentito quello che ti ho detto prima? Perché io ti ho detto È stato carino...

– No, non ho sentito bene. Hai detto qualcosa ma non ho capito perché ti mangi sempre le parole.

– Ah, davvero?

– Sì. Lo dice sempre anche la mamma. Comunque ti volevo dire che io e Gerry Scotty siamo amici, me l'ha scritto lui. Secondo te Gerry con quale *letterina* è fidanzato?

– Come fidanzato?

– Secondo me con quella bionda bella, perché lui, Gerry, è un po' come me e anche a me mi piacciono le bionde.

Alberto si era messo a guardare quelle ragazze bellissime giovanissime e immobili che sorridevano sempre, e dopo qualche secondo si era accorto di quanto guardare insieme le ragazzine della televisione e scambiarsi opinioni su quale fosse la più bella fosse una cosa tipica da padre-e-figlio. Gli garbava immensamente che questo figliolino trovatello geniale e forse zingaro al quale lui garbava tantissimo gli fosse seduto accanto su un lettino di legno rivestito di bambù tinto di giallo, appoggiato a lui, calduccino, di ottimo umore, e ogni tanto gli chiedesse qualcosa mentre Cinzia preparava la cena, e si era rilassato così tanto da stendersi sul lettino e chiudere gli occhi e addormentarsi e avrebbe dormito fino alla mattina dopo se a un certo momento Daikon non avesse avvicinato al suo naso la faccia sorridente e urlato:

– A cena!

Alberto si era messo a sedere sul letto sfregandosi la faccia. Cinzia sulla porta lo guardava sorridendo. Daikon aveva guardato lei, poi lui, li aveva presi per mano e scortandoli verso la tavola li aveva informati che anche stasera nessuno aveva vinto il mezzo miliardo. Avevano appena cominciato a mangiare il *pansit* quando Daikon aveva iniziato a fare le sue domande e via e via e via.

Il silenzio era innaturale. Alberto si voltò verso Cinzia come per invitarla a rispondere, a dire qualcosa, ma lei si mordeva le labbra e guardava fuori dalla finestra, così Daikon continuò:

– E poi questo Antonio Boretti mi ha anche detto che gli zingari rapiscono i bambini italiani e li mandano a chiedere l'elemosina ai semafori. È vero, Alberto?

Di nuovo lo stupido colpo di tosse da Woody Allen del cazzo.

– No, non credo. No. No, non è vero.

– Ecco, anche secondo me questa cosa non è vera, e poi anche se è vera io non c'entro nulla, perché se io sono un bambino zingaro, sono un bambino zingaro adottato da un'italiana che poi sei te, mamma, vero?

– ...

– E te non mi hai rapito, vero mamma? Perché una volta l'ho sentito dire all'asilo, che te mi hai rapito...

– Cosa? – esplose Cinzia. – Chi te l'ha detto?

– Una suora, o la mamma di... Ora non mi ricordo...

Cinzia, impallidita e furibonda, si alzò in piedi.

– Chi? Dimmelo chi è stata. Dimmelo. Giuro che le taglio la gola con le mie mani, la faccio sdraiare in terra e poi le taglio la gola come i serbi, – e fece il gesto di tirare la cordicella d'avviamento di un motore marino.

– Cinzia... – cercò di intromettersi Alberto che però fu fermato da uno sguardo gelido di lei. Daikon guardò sua madre per un attimo, poi riabbassò lo sguardo sul giornalino.

– Scherzo, me lo sono inventato. Non me l'ha detto nessuno.

Cinzia rimase in piedi a guardare il suo bambino con un'espressione indecifrabile in cui erano mischiati dolore, rabbia, amore, tutte cose fortissime e insostenibili da provare insieme, che le facevano tremare le labbra e le gambe. Alberto pensò che forse avrebbe dovuto dire qualcosa, parlare, ma non gli venne in mente nulla e rimase zitto. Non toccava a lui. Poi Daikon alzò la testa molto lentamente dal giornalino, guardò sua madre e Alberto con la ragionevolezza di un vecchio carcerato, e disse:

– Però io una volta l'ho sentito dire davvero che forse io sono un bambino zingaro rapito. E anche se io non chiedo l'elemosina ai semafori noi siamo poveri, no? Siamo italiani poveri come gli zingari, io e te, mamma, vero? Ditemi la verità.

– No, – disse Alberto, – questo non è vero.

– No, – disse Cinzia, – noi non siamo poveri, Daikon, e tu non sei un bambino zingaro, e non esistono i bambini zingari, esistono solo i bambini, e nessuno ha rapito nessuno, capito?

Daikon guardò Alberto, poi Cinzia.

– Va bene, mamma.

Cinzia dette l'impressione di mordersi le labbra molto forte.

– Un giorno ti spiegherò tutto.

– OK, mamma, – disse Daikon, – non ti preoccupare.

– Va bene, – disse Alberto dopo qualche secondo, e seguì qualche minuto di conversazione disperata e falsamente effervescente su Milena e sul perché si era voluta rifare le tette. Alberto disse che non ce n'era bisogno e comunque non l'aveva chiesto lui, Cinzia sorrise e gli dette un altro buffetto sul dorso della mano e disse che Sì, l'hai chiesto te di sicuro, chi sennò?, e poi secondo lei Milena faceva bene a voler essere più bella. Daikon ridacchiò e disse che anche secondo lui Milena faceva bene e rise e mimò due tette enormi e fece l'occhiolino ad Alberto che rasserenato dall'andamento della cena e ormai quasi di nuovo a suo agio cominciò a raccontare un articolo sulla fisica quantistica che aveva appena letto su "Scientific American", una cosa che non avrebbe mai fatto se fosse stato da solo con Milena. Lo fece perché pensava che nonostante tutte le sue cose vegane Cinzia fosse una donna speciale, e perché sapeva che Daikon si sarebbe divertito molto al paradosso di Schroedinger del gatto nella scatola che è allo stesso tempo vivo e morto, e Alberto e Daikon si sfidarono a chi faceva meglio le facce del gatto vivo e del gatto morto e insomma risero come matti, e ridere non è poco.

Mentre rideva Alberto si disse che invece del gatto di Schroedinger avrebbe anche potuto raccontare una cazzata qualsiasi e loro avrebbero riso lo stesso, ma ora quando in futuro Daikon sentirà parlare del gatto di Schroedinger da qualche professore – perché Alberto era certo che questo figliolino sarebbe finito a fare la carriera del ricercatore scientifico di quelli che scoprono nuovi quark e unificano le teorie e raffinano l'idea di decoerenza e alla fine portano i parenti in frac a Stoccolma a vederli vincere il Nobel – non strabuzzerà gli occhi come un selvaggio, ma annuirà e sorriderà e racconterà la storia e farà grande impressione e guadagnerà punti nella stima del professore. Tutto questo grazie alla cena di stasera e ad Alberto Ciardi, che chissà dove sarà, quel giorno. Come diceva l'Imperatore-Dio di Dune, è il futuro che plasma il passato. Anche questo disse Alberto, e Cinzia, guardandolo negli occhi:

– Già, l'Imperatore-Dio...

E Daikon:

– Mamma, ora portami a letto.

Cinzia lo prese in braccio e lo avvicinò ad Alberto perché gli desse il bacio della buonanotte. Daikon gli strinse forte il collo, gli schioccò un bacio sulla guancia e venne portato via. Mentre si allontanava in braccio a Cinzia Alberto pensò che per una persona come Daikon, anche se aveva solo cinque anni e non arrivava al metro di altezza, non fosse dignitoso essere portato in braccio in quel modo. Sorrise di quel pensiero, poi chiamò Milena al telefonino.

– Milena, ciao.

– Ciao… senti…

– Milena.

– Scusa, ti posso richiamare…

– Sì.

– Tra un attimo… Ti richiamo tra un attimo…

– OK.

– Scusa. Ciao.

– Ciao.

Si chiese quali fossero i trattamenti ayurvedici del cazzo che Milena stava facendo ora, di notte, e non le rendevano possibile parlare con lui, e perché cazzo teneva acceso il telefonino se non poteva parlare. Sbuffò, si alzò da tavola e andò alla libreria di Cinzia dove assieme a tanti altri libri (*L'insostenibile leggerezza dell'essere, Il nome della rosa, Meno di zero, Anna Karenina, Seta, Le mille luci di New York, Generazione X, Siddartha, Oceano mare, City, Neuromante, Snow Crash, Monna Lisa cyberpunk, La notte che bruciammo Chrome)* c'era anche *L'Imperatore-Dio di Dune*, anzi c'erano tutti e *sei* i libri del ciclo di Dune, e tutti e cinque i libri del ciclo di Ambra di Zelazny. Prese in mano il terzo libro di Ambra, quello che avrebbe iniziato a rileggere domattina, *Il segno dell'Unicorno*, e mentre lo sfogliava Cinzia tornò in salotto.

– Fantastici questi libri di Zelazny, sono i miei preferiti, – le disse Alberto, e lei fece un breve sorriso.

– Sì, sono molto belli... li comprai perché me li avevi consigliati te.

Era vero, glieli aveva consigliati lui mille anni fa. E lei doveva averli comprati subito perché erano la vecchia edizione Libra di fine anni '70/inizio anni '80, la stessa che aveva Alberto, perfettamente conservata.

– È da un po' che non li rileggo, – disse Cinzia avvicinandosi a lui, – perché sono… sono pericolosi… quando comincio il primo poi non posso smettere e devo leggerli tutti e cinque.

– Sì, è vero, non so se te l'ho mai detto, ma dopo questi cinque Zelazny andò avanti e ne scrisse altri cinque, solo che in Italia non sono mai usciti, credo.

– Altri cinque libri? E su chi?

– Su Merlin, il figlio di Corwin. Ti ricordi?

– Merlin?

– Sì, quello delle *Coorti del Caos*.

La faccia di Cinzia si illuminò:

– Il figlio di Corwin e Dara!

È una sensazione fantastica e di grande fratellanza quando si scopre di avere in comune con qualcuno una cosa che praticamente nessun altro conosce, tipo questi oscuri libri americani di fantasy che Milena si era sempre rifiutata di leggere, e così Alberto e Cinzia si sedettero sul divano a rievocare le avventure di quei personaggi che si smaterializzavano e si teletrasportavano con i Trionfi, le carte magiche realizzate dal grande mago Dworkin. Le Cavalcate nell'Ombra! Corwin di Ambra! Benedict, Random, Eric, Brand! E Deirdre, Llewella, Fiona, Flora! Oberon! Il Disegno! Cinzia si ricordava perfettamente anche di Dara, Moire e Lorraine, tre personaggi femminili minori che Alberto ricordava solo di nome, e piuttosto vagamente.

– Tre donne innamorate di Corwin, principe di Ambra, – disse Cinzia sottovoce, e lo guardò negli occhi, molto vicina. Tra loro cadde il silenzio, perché la situazione era un po' imbarazzante. In quel salotto spoglio ma arredato con libri e gusto e minima spesa, bagnati dalla triste luce di una sola lampada che rivelava l'abitudine di Cinzia di accendere la luce proprio solo quando era necessario, Alberto e Cinzia erano seduti accanto, su un divano, e parlavano di loro cose private mentre Milena stava per telefonare. Alberto aveva sempre pensato di piacere un po' a Cinzia perché era la migliore amica di Milena e poi anche per via di indizi tipo – appunto – quei libri di fantascienza che lui aveva prestato invano a Milena perché li leggesse e Cinzia invece se li era subito andati a comprare, i dischi di heavy metal che Alberto registrava su cassetta a Milena e lei non li sentiva mai e Cinzia si faceva dare quelle stesse cassette, certi sguardi insistiti e un'attenzione assoluta a tutto quello che diceva Alberto, tutte cose che da ragazzini vogliono dire tantissimo. Poi Cinzia era scappata e una volta tornata non aveva più dato altri segnali, almeno fino a stasera, perché stasera di segnali ne aveva dati e ne stava dando, chiari e inequivocabili. Erano soli in casa. Il bambino dormiva. C'era silenzio. Lei si era un po' rimessa in ordine prima di tornare in salotto. Non si era truccata perché non si truccava mai, ma qualcosa di femminile doveva essersi fatta, rapidissimamente, davanti allo specchio di camera sua, per lui, perché ora era più carina. Le loro spalle si toccarono. Poi Cinzia si alzò, andò allo stereo, inserì un CD e iniziò *Comes a Time* di Neil Young nella versione live con i Crazy Horse, e anche quello era un disco che le aveva fatto scoprire Alberto, più di quindici anni prima. Mentre Cinzia tornava verso il divano guardandolo negli occhi Alberto si disse che si stava sbagliando, non c'era verso, Cinzia non aveva detto o fatto nulla di speciale, l'aveva solo invitato a cena, era lui che era sotto stress post-traumatico e stava equivocando. Si disse che non era quel marito che alla prima occasione ci provava con la migliore amica della moglie, quelle erano cose che succedevano nei film, non nella vita. Nella vita ci si innamora delle persone e gli si rimane fedeli e le amiche delle mogli sono semplicemente amiche delle mogli che diventano amiche dei mariti per una semplice proprietà transitiva e quando non è così è un disastro, si litiga e si divorzia e i bambini soffrono e così via. Poi Cinzia si avvicinò e Alberto la baciò, o lei lo baciò. Alberto sentì una bocca calda e una lingua calda e lenta che gli si muoveva piano in bocca, lei gli carezzò i capelli e cominciarono a spogliarsi, lei che spogliava lui e lui che spogliava lei, con il fiato d'improvviso affannato, e in un attimo rimasero nudi e Alberto la penetrò sul divano nell'attimo di silenzio tra la fine di *Comes a Time* e l'inizio di *After the Gold Rush*, e iniziarono a muoversi insieme e fu una cosa molto bella per tutti e due fare l'amore dentro quella canzone commovente, accompagnati da Neil Young, un pianoforte, un'armonica e il clamore di una folla americana di tanti anni prima, fu un abbraccio ininterrotto, un bacio ininterrotto finché Alberto non venne dentro di lei e non provò nemmeno a ritrarsi e lei accolse dentro di sé tutto quello che Alberto le stava dando, più o meno a metà della canzone successiva, che era *My My Hey Hey*.

Poi, mentre erano ancora abbracciati a cercare di capire come dovevano comportarsi, Daikon cominciò a urlare e il telefonino di Alberto squillò. Cinzia si mise addosso la maglietta di Alberto e si fiondò in camera. Alberto si infilò i boxer prima di rispondere all'Iridium, ed era Milena, che però sentì gli urli di Daikon e cominciò subito a urlare anche lei.

– Che succede? Alberto che succede!

– Milena… aspetta…

Alberto si alzò barcollando e si diresse verso la camera col telefonino all'orecchio mentre diceva a Milena che era tutto a posto e non c'era da preoccuparsi. Quando si affacciò in camera del bambino vide nel raggio di luce che veniva dal corridoio Daikon in piedi sul letto che urlava terrorizzato, a occhi aperti. Cinzia lo abbracciava alla vita, con le gambe nude lungo le quali da un momento all'altro poteva iniziare a scorrere di tutto, pensò terrorizzato Alberto, e il bambino era rigido come un'asse di legno, urlava e sembrava guardare Alberto come se fosse lui a terrorizzarlo.

– AAAAHHHH! Aiuto!

E Milena:

– Alberto! Che succede!

– AAAAHHHH! Mamma! Aiuto! Chi sono quelli, io ho paura, AAAAHHH, – fece Daikon, indicando Alberto col dito.

– Non aver paura amore non c'è nulla, non c'è nulla, non ti preoccupare non c'è nulla non c'è nulla, – diceva Cinzia seduta sul letto abbracciandolo poco sopra i fianchi come le vecchie madri dei quadri antichi che abbracciano in ginocchio i figli presi da qualche intenzione eroica della quale moriranno.

E Milena nel telefonino:
– Alberto, dove sei! Alberto!
Impietrito, appoggiato alla parete della camera di Daikon, in mutande, con le ultime gocce di sperma che si affacciavano e gli macchiavano i boxer con le facce dei personaggi Disney che si era messo quella mattina, improvvisamente sudato fradicio e muto di fronte a Daikon e Cinzia abbracciati a sembrare quell'inquadratura dell'*Esorcista* con Regan in ginocchio sul letto eppure protesa verso il cielo, il pugno alzato, una luce forte dietro che la fa ancora più terribile, ad Alberto sembrava di essere sprofondato in uno dei sogni ricorrenti che faceva da bambino in cui non riusciva mai a fare o dire qualcosa e per lo sforzo di fare e dire questo qualcosa finiva sempre per svegliarsi sudato e confuso. Sentì di essere del tutto impotente e invece di rigettare questa consapevolezza per lui orribile e inaccettabile, la vera nemesi della sua vita di fattivo ordinatore, Alberto si abbandonò a quella situazione nuova in cui non poteva fare altro che contemplare il mondo invece di porsi il problema di agire su di esso, cambiarlo, organizzarlo, sistemarlo come aveva sempre cercato di fare in vita sua, e lasciò che Milena lo chiamasse con tono sempre più preoccupato per altre cinque o sei volte mentre lui guardava immobile Cinzia che a forza di sussurrare Nonènullanonènullanonènulla credeva di calmare Daikon che urlava come un ossesso, trasfigurato, zuppo di sudore, i capelli attaccati alla fronte, terrorizzato *da lui*. Li aveva visti scopare e aveva reagito così? Aveva dei danni neurologici per via di qualche trauma che aveva avuto da neonato? Cosa aveva? Sembrava più disperato che terrorizzato, sembrava una persona ragionevole messa improvvisamente di fronte all'orrore, Daikon, e si disperava piangendo dando tutto se stesso al pianto, senza difese, come un vecchio, e indicava Alberto.
Milena, nel telefonino:
– Alberto! Rispondimi o chiamo la polizia!
Come se in qualche modo avesse sentito la sorprendente dichiarazione di Milena, Cinzia si voltò verso Alberto, annuì, sorrise e mentre carezzava Daikon gli diceva Nonènulla,

nonènulla gli fece cenno che poteva andare, non c'erano problemi. Alberto fece docile tre passi laterali lungo la parete, guardò ancora Daikon che lo fissava e urlava AIUTOOO!! AAAHH!, trasalì di nuovo e con una specie di giravolta tornò in salotto.

– Milena, non c'è problema, – disse subito Alberto, – Daikon ha avuto un incubo e si è svegliato un po' impaurito. Io sono stato a cena qui con loro e stavo proprio per andare via quando ti ho chiamato e te per qualche ragione non potevi parlare e allora ho aspettato che mi richiamassi e poi Daikon si è messo a urlare come un pazzo.

– Ah, meno male, mi ero presa paura.

– Anch'io.

– Mamma mia, sento la tua voce e poi quegli urli. Ho pensato a un incidente, un rapimento...

– Invece no.

– Meno male.

– Oh, meno male davvero. Senti, ma te come stai? E le tette? Come sono? Non mi hai ancora raccontato nulla...

Alberto sentì contemporaneamente un alito di vento fresco che entrava dalla finestra e la familiarità della voce di Milena. Inspirò, si sentì improvvisamente meglio.

– Mi fanno male. Non le posso neanche toccare dal male che mi fanno.

– Ah. E... te le senti tue o... Insomma te le senti tue o qualcosa di bionico tipo protesi?

– Come? Scusa, non è colpa tua, è che si sente male, c'è poco campo...

– Dicevo... Milena... te le senti tue codeste tette o ti pare di avere addosso un qualcosa di bionico tipo protesi?

– No, me le sento mie, solo che sono dure...

– E i dottori te le toccavano?

– Ma certo, scusa... certo che me le toccavano... ma per ragioni mediche... devono sentire se va tutto bene...

– E te le toccano anche lì alla beauty-farm?

– No... una massaggiatrice specializzata... Solo lei, ma che domande mi fai, sei geloso?

– Certo che sono geloso, ovviamente sono geloso… non vorrei che poi queste tette siccome non sono tue di nascita diventassero una specie di giocattolo e... e poi tutti si sentono in diritto di potertele toccare…

– Ma dai… non fare lo scemo…

In quel momento il tono di voce di Milena si intenerì ed ebbe come una torsione perché Marco l'aveva abbracciata da dietro e con la massima delicatezza le aveva messo le mani sotto alla maglietta e per la prima volta si era spinto a sfiorarle le tette nuove, inguainate nel reggiseno a fascia. Milena si accorse che Marco stava allargando al massimo la portata delle dita per vedere se riusciva a tenerle tutte in mano, e non ci riusciva. Rabbrividì, chiuse gli occhi.

– Perché non potevi rispondere, prima, scusa?

– Perché era entrata un'infermiera nella stanza…

– Ci sono delle infermiere?

– Sì, fanno un po' di scena… perché ci tengono a dieta macrobiotica… e… ci fanno gli idromassaggi speciali… forti… e i fanghi… e allora ogni tanto ci misurano la pressione… per darci l'idea che sono gente seria…

Marco iniziò a sfiorarle i capezzoli sopra il reggiseno, poi a cerchiarglieli lievissimamente con i polpastrelli.

– Ah.

– Fanno… fanno un po'… di scena.

– Ho capito.

– E… Alberto… e te… come stai?

– Io sto bene. Oggi sono stato a leggere, più che altro. Sto rileggendo i cinque libri di Ambra. E ieri sono stato a fare una girata per Firenze e... poi a mangiare a Forte dei Marmi.

– Bravo… e… ti… ti sei divertito?

– Mah. Insomma. Non faccio nulla dalla mattina alla sera. Dalla MediFuture non mi è arrivata neanche un'e-mail. Mi avranno già sostituito con un ragazzino affamato.

Marco si inginocchiò davanti a lei, si insinuò sotto la sua maglietta, le abbassò lentissimamente il reggiseno e iniziò a leccarle i capezzoli.

– No, macché sei te il… ragazzino… affamato… sei ancora te…
– Mah, speriamo…
– Scusa, ma…
Milena si sforzava di concentrarsi per non far capire quanto era eccitata, e si attaccò alla logica, al ricordo.
– … te l'hanno detto, no?
– Cosa?
– Che non… che non chiameranno...
– Sì, ma…
Marco uscì da sotto la sua maglietta, la prese per le spalle e la adagiò delicatissimamente sul muretto della terrazza mentre lei sillabava muta un no sorridente.
– Devi solo stare tranquillo… – disse mentre Marco le sfilava le mutandine, si tirava giù i pantaloni e glielo metteva lentissimamente dentro senza che lei facesse una minima resistenza, anzi chiudeva gli occhi – amore… ti amo…
– Anch'io ti amo… ah, ho visto una cosa strana, ma ti vorrei scrivere, ce l'hai con te l'iBook, vero? Certo che ce l'hai, mi hai mandato un messaggio… senti, sono un po' confuso… stasera ti scrivo qualcosa.
Milena capì solo qualche parola. Era esattamente così che le piaceva fare l'amore, piano.
– Ma stai bene?
Non riuscì a non sorridere. Era in una situazione insostenibile, ma non riusciva a smettere di fare nessuna delle due cose.
– Sì… credo di sì… Sì, sto bene… .
Cinzia torna in salotto.
– Aspetta, ti passo Cinzia, – disse Alberto, e le passò il telefonino. Milena cercò di salutarlo al volo e dirgli che ora doveva andare a dormire ma Cinzia cominciò a investirla di domande ayurvediche proprio mentre Marco aumentava il ritmo e Milena sentì montare l'onda dell'orgasmo e staccò il telefonino e lo lasciò cadere a terra e chiuse gli occhi e trattenne il respiro e lei e Marco vennero insieme sotto le stelle del Chiantishire.

Cinzia rimase con il telefono muto in mano e finse di salutare Milena mentre guardava Alberto che si rivestiva lentamente e si affacciava alla camera di Daikon che dormiva sereno. Non era successo nulla. Alberto si avvicinò al bambino e lo carezzò, mentre pensava che aveva detto a Milena che l'amava, e che era vero. Non si vergognava di averglielo detto perché era *vero*. La amava e non voleva che nessuno le toccasse le tette, neanche per ragioni mediche. Quando tornò in salotto Cinzia gli porse il telefonino e per non dir nulla di quella strana interruzione inventò che Milena le aveva detto di essere stanchissima e stava praticamente per addormentarsi al telefono. Alberto prese il telefonino e guardò Cinzia. Sembrava più forte ora, determinata, totalmente in controllo della situazione. Doveva dire qualcosa, ma cosa? Scusarsi? Farla ridere? Farle i complimenti?

– Cinzia...

– No. Zitto. Non dire nulla. Non dire nulla. Buonanotte, – e gli dette un bacino sulla guancia. Alberto fece un sorriso da automa, si infilò la camicia nei pantaloni, aprì la porta e uscì dall'appartamento di Cinzia senza dire nulla davvero. Scese le scale invece di prendere l'ascensore, e uscì dal portone del condominio.

La notte aveva un suono fantastico. I rumori delle macchine, dei motorini, delle persiane sbattute risuonavano cristallini, staccati uno dall'altro come se si dovesse e potesse riconoscerli a uno a uno e il mondo stasera fosse un suo gigantesco, personale test dell'udito. Mentre girava in macchina per i viali di Firenze coi finestrini abbassati, a quaranta all'ora, Alberto si immaginò Milena finalmente addormentata con le tette che le dolevano, stremata dal dolore e dalle cure improbabili che le facevano, bucherellata ovunque dagli aghini dell'agopuntura, lo stomaco bombardato da verdure cotte al vapore e palline di zucchero spolverate di oscure e inefficaci essenze omeopatiche, l'intestino assalito dalla magnesia, la pelle indurita dai fanghi maleodoranti, la mente confusa dalle cazzate e dallo spirito di patate tipico dei dietologi; Milena che è una donna bellissima e meravigliosa e tutto questo lo faceva per lui perché forse un giorno aveva sparato una delle gaffe del cazzo che sparava sempre quando era soprappensiero e lei si era sentita sminuita, meno bella, meno giovane, con le tette troppo piccole, e zitta zitta aveva organizzato questa settimana per diventare più bella, per piacere di più a lui che non se la meritava e nonostante tutte le cazzate e i soldi e gli onori e i viaggi in Concorde in fondo non era che un ragioniere certi giorni e un commesso viaggiatore del cazzo certi altri, e guadagnava di gran lunga troppi soldi per quello che faceva e soprattutto per i suoi bisogni e i suoi desideri che in quel momento gli parevano essere pochi e mediocri. Non aveva più sogni, non aveva progetti. Era finito, un impiegato del cazzo.

Passò un battito di cuore e cominciò a piangere. In pochi secondi arrivò a singhiozzare, le spalle gli sussultavano, il torace gli si alzava e si abbassava con forza, lacrimoni da bambino gli rigavano le guance e più si sfregava gli occhi per asciugarli, più ne cascavano. Singhiozzava e intanto guidava per Firenze e le macchine gli suonavano il clacson perché si vede che andava troppo piano o stava troppo a sinistra o tutte e due le cose, e i rumori distinti e cristallini che aveva sentito quando era uscito da casa di Cinzia – Cinzia che dopo quindici anni che si conoscevano aveva appena *trombato* venendole dentro – ora si confondevano diventando una cacofonia schoemberghiana che lo assordava e stava per farlo uscire di strada, ma lui tenne duro e continuò a guidare sempre sullo stesso percorso, dalla Fortezza da Basso fino ai Lungarni avanti e indietro, avanti e indietro, perché sperava che tutto finisse da sé e perché se non era così aveva un bel problema, davvero.

XVII.
La Buca dell'Orafo

Quel giorno alla palestra Marco era andato diretto da lei, le aveva preso la mano e le aveva chiesto se voleva andare a mangiare qualcosa con lui. Milena aveva detto:

– Dove? Qui?

– Macché qui, vieni, – aveva detto lui, e si era avviato verso l'uscita della palestra. Milena l'aveva seguito pur sapendo che era un errore perché così gli avrebbe concesso subito quel vantaggio dell'iniziativa che non aveva mai dato a nessun uomo in vita sua, e strinse anche le labbra in un impeto di irritazione che non riuscì però nemmeno a rallentarla mentre zampettava sulle punte delle New Balance per raggiungere Marco e uscire dalla palestra insieme a lui in una giornata splendida e profumata che in tutta Firenze faceva uscir di casa i vecchi ad annusare l'aria.

Lei si aspettava che salissero in macchina e aveva anche tirato fuori le chiavi della Volvo dalla borsa-secchiello di Vuitton, ma Marco aveva continuato a camminare senza aprire bocca due passi avanti a lei lungo Borgo Ognissanti finché la situazione non era diventata ridicola e Milena aveva detto:

– Senti, se vuoi andarci da solo, in codesto ristorante...

Marco si era voltato a guardarla, aveva sorriso per un attimo e l'aveva aspettata, solo che appena lei fu al suo fianco e più vicina di quanto gli fosse mai stata, lui sentì uno strano imbarazzo e ricominciò a camminare allo stesso passo di prima e Milena dovette accelerare per riuscire a stargli accanto mentre sfilavano davanti a vetrine di antiquari, arredatori, librai.

– Ci siamo quasi, – disse a un certo punto Marco senza guardarla, – è un vecchio ristorante fiorentino, anzi una vecchia osteria. Ti piace la carne?
– No, insomma, non tanto, – disse Milena, e lui:
– Ah. Bene.
Camminarono per altri cinquanta metri e poi svoltarono in un vicolo che le sembrava di conoscere perché c'era stata una volta con Cinzia da ragazzina a comprarsi un bracciale d'argento con i turchesi da un artigiano marocchino che poi era sparito. A un certo punto della strada c'erano delle scalette di pietra che scendevano, e sopra le scalette un'insegna di plastica anni '70 con le lettere che dicevano BUCA DELL'ORAFO. A Marco venne in mente di fermarsi per dire a questa strana ragazza decisa che erano arrivati, magari per aiutarla a scendere quegli scalini ripidi e lerci o dirle qualche vana cosa descrittiva sulla Buca, ma poi decise di no, non rallentò nemmeno sugli scalini, si piegò solo quanto bastava per non battere la testa nell'entrare e si infilò dritto nella Buca seguito da Milena. L'osteria era piccola e fumosa, piena di turisti. Non c'erano tavoli liberi, ma un enorme cameriere calvo in maglietta nera abbracciò Marco e fece segno di spostarsi a due giapponesi seduti in un angolo che sollevarono da sé il loro tavolo tra mille sorrisi così creando il posto preciso per un nuovo tavolino lungo e stretto che comparve all'improvviso portato da un altro cameriere corpulento e molto somigliante all'altro che strinse forte la mano di Marco e gli fece l'occhiolino indicando Milena.
– Complimenti per la signorina, – disse il gigante tornando in cucina. Marco indicò a Milena immobile il tavolo appena portato al quale potevano sedersi solo uno accanto all'altra sulla panca di legno che correva lungo le pareti, e così dopo qualche manovra contorsionistica Milena e Marco si trovarono seduti vicini come due bambini a scuola, in mano un menù molto limitato scritto sulla carta gialla da fritto, le gambe che si toccavano. Milena fece un sorriso imbarazzato quando guardò gli altri tavoli e vide che tutti guardavano loro.

– Bene, – disse allora Marco mentre un altro cameriere più magro e dalla faccia cattiva si materializzava al loro tavolo, lo salutava con un breve sorriso, posava davanti a loro due grandi fogli di carta gialla uguali a quelli del menù ma senza scritte, due tozzi triangoli di mortadella alti tre dita e una brocca di vino rosso sfuso con la quale riempì due bicchieri bassi e spessi che poteva aver portato solo infilandoci le dita dentro.
– Vi darei la minestra di pane e un po' di bistecca, eh?
Marco disse di sì e si voltò a guardare Milena, che non se la sentì di spiegare che era diventata quasi vegana, non mangiava carne da anni e a pranzo più di un'insalata non prendeva mai, e dopo la palestra le si chiudeva sempre lo stomaco e doveva aspettare ore prima di mettere in bocca qualcosa. Le sue cose le parevano improvvisamente poco importanti, marginali. Lì e in quel momento non aveva neanche voglia di averne, di opinioni e gusti e idee. Nella Buca la sua vita le parve d'improvviso una serie inutile e infinita di raffinatezze da principessa sul pisello, una cosuccia leggera e impossibile da difendere di fronte alla forza sovrumana dell'attrazione che provava per Marco, di quella trattoria e di quei camerieri che la fissavano con grande rispetto e aspettavano con pazienza che decidesse di ordinare anche lei la minestra di pane e la bistecca, ma si capiva bene che se fosse entrata alla Buca dell'Orafo senza Marco il tavolo non ci sarebbe stato e lei sarebbe stata accompagnata all'uscita da una pacca sul culo e una risataccia; e poi c'era lo spessore parmigianesco dei pezzi di quella mortadella che da anni lei sconsigliava tutti dal comprare perché Cinzia le aveva detto che era fatta con tutti gli scarti di macellazione possibili e immaginabili e però ora le sembrava così buona che le faceva venire l'acquolina in bocca come quando era bambina, c'erano il fumo e il rumore e la totale mancanza d'aerazione e insomma tutta un'incredibile insalubrità. Inspirò a fondo quell'aria fumosa che in un'altra situazione non avrebbe mai accettato di inspirare, si disse che era veramente scema, strinse i denti e rispose che andavano bene anche per lei minestra di pane e bistecca, e mentre il cameriere si voltava disse alla sua schiena:

– Ah, e patate fritte, per favore.

Voltandosi appena, il cameriere ripeté:

– Patate fritte, – e sparì in cucina.

– Sono tutti fratelli, e giocano tutti al calcio in costume. Nei Verdi, – disse Marco, e alzò il bicchiere di vino guardandola senza dir nulla. Milena, che di alcolico beveva solo la Bailey's ghiacciata davanti alla televisione una volta alla settimana, sollevò anche lei il bicchiere e toccò quello di Marco con il suo e ci fu un tintinnio un po' sordo per via dello spessore dei gotti, ma poi tutti e due bevvero tutto il vino e posati i bicchieri lui la guardò negli occhi da pochi centimetri con una mossa vecchio stile che un po' si vergognò di fare ma ebbe il suo risultato perché Milena, pur riconoscendo lo stereotipo clarkgablesco, fu colta di sorpresa dal vedersi Marco così vicino e si immobilizzò dall'emozione e lui la baciò sulla bocca, lentamente, con labbra così morbide da sembrarle femminili; lei rispose al bacio aprendo la bocca e fu un bacio vero, lungo, da occhi chiusi, e alla fine del bacio a Milena venne di appoggiargli la testa sulla spalla in un gesto che non faceva da tantissimi anni e le attrasse gran sorrisi e inchini da parte dei giapponesi.

XVIII.
1978

Nel settembre del 1978, dopo le vacanze e subito prima dell'inizio della scuola, avviarono a ritrovarsi ogni pomeriggio in Piazza Papini a Firenze proprio sotto la statua del Papini più di cento tra ragazzi e ragazze che incarnavano sfacciatamente il sogno fitzgeraldiano di gioventù, fortuna, ricchezza e bellezza: i ragazzi erano allegri e vocianti, coi capelli corti, i Levi's, i Camperos e le Vespe bianche con la sella lunga nera; le ragazze portavano tutte i capelli sciolti e i piumini senza maniche Moncler rossi e le gonne corte e qualcuna più azzardata il giubbotto di jeans e gli stivali da cowboy. A guardarli ridere e scherzare e splendere, re e regine dei loro quattordici-diciott'anni, parevano del tutto inconsapevoli della loro fortuna e convinti che la vita, molto semplicemente, fosse *così*.

La loro stessa esistenza scatenava gli odi degli automobilisti di passaggio (seduti noncuranti sulle loro Vespe, Ciao, Bravo e qualche raro, milanese Zundapp i papiniani occupavano più di mezza piazza) e gli appetiti di certe signore *passées* e di qualche occasionale, elegantissimo finocchio del nascente mondo della moda fiorentina, che sfilavano accanto ai ragazzi e li guardavano languidamente a uno a uno rimpiangendo tutta la loro incolmabile distanza da quell'età e favoleggiando (le signore *passées*) che i loro figli potessero essere come quei ragazzi invece dei comunistelli o secchioni o parrocchiane che erano, o fremendo (le signore *passées* e anche i finocchi della moda) al pensiero insostenibile della *qualità* delle prestazioni sessuali di quei ragazzini.

In questo loro orbitare erano notate/i, derise/i e salutate/i con la manina dalle ragazze di Piazza Papini, le uniche ad accorgersi di tutto quel fervore mentre i ragazzi ragionavano di Fiorentina e Juve e carburatori e attrici americane, e a loro volta concupite dai gagà, i ragazzi smessi dai trenta in su tutti vestiti bene e pettinati che le occhieggiavano girando intorno alla compagnia come squali-toro sulle loro Mercedes o Porsche o BMW scure, fissati con odio dai ragazzi di Piazza Papini che intuivano le mire di questi gagà ma non si fidavano a imbarcarsi in pericolosi testa a testa con gente che rendeva loro almeno quindici anni di esperienza e sviluppo muscolare. Soffrirono in silenzio finché non approdò in Piazza Papini Sergio Perrone, un diciottenne alto poco più di un metro e settanta, suscettibile e cattivo e veloce come una vipera, che divenne subito il capo quando, dopo aver atterrato con due rapidi ganci il precedente maschio alfa (il Luconi Gianluca) e averci subito fatto la pace chiamandolo camerata e inorgogliendolo infinitamente, aveva cominciato a raccontare certe storie esaltanti di grandi risse con i compagni, a Roma, dove i suoi rigidissimi genitori lo avevano tenuto in collegio fino a una settimana prima e dove si era assolutamente rifiutato di tornare *nell'interesse della famiglia* per certi conti lì rimasti in sospeso con troppe persone, sia camerati sia compagni.

Perrone, che alla visita militare aveva chiesto di entrare nei parà e di partire prima possibile, raccontò ai ragazzini ricchi di Piazza Papini tutto quello che stava succedendo a Roma e Milano tra rossi e neri: le spranghe, le catene, i caschi integrali, gli agguati sottocasa, i colpi di pistola, e ne galvanizzò un bel gruppo che poi si incaricò di diffondere entusiasticamente il verbo anche ai più tranquilli e marginali frequentatori della piazza tipo i futuri avvocatini e commercialistini gobbi con gli occhiali, e così sul piedistallo della statua del Papini avviarono ad apparire scritte tipo CONTRO IL SISTEMA LA GIOVENTÙ SI SCAGLIA, BOIA CHI MOLLA È IL GRIDO DI BATTAGLIA, e in poche settimane Piazza Papini diventò una piazza *fascista,* il cui primo atto ufficiale fu la cacciata dei gagà.

Guidati da un Perrone quel giorno particolarmente aggressivo per certi suoi problemi politico-sentimentali che non avrebbe mai rivelato neanche sotto tortura e riguardavano comunque una ragazzina coi capelli biondi e una passione per Bob Dylan e Crosby, Stills, Nash & Young che si rifiutava anche solo di parlare con lui da quando una sera, dopo la terza volta di seguito che sentivano *Mr. Tambourine Man* nella cameretta di lei, Perrone le aveva detto di non sopportare più tutte quelle lagne e quelle chitarre acustiche e quelle maledette *armoniche a bocca* perché lui era fascista; insomma guidati da Perrone un pomeriggio di settembre verso le sette una trentina di ragazzi di Piazza Papini aveva cominciato a fermare a uno a uno i gagà mentre passavano sulle loro macchinone e ad accerchiarle mostrando le loro sessanta mani armate di chiavi pronte a rigarle orrendamente, poi Perrone si era avvicinato al finestrino e aveva spiegato molto gentilmente a gagà dopo gagà che era meglio se non passava più di lì, che era molto meglio per lui se faceva un'altra strada perché a Firenze ce n'erano tante, di strade e di *signorine*. Naturalmente nessuno dei gagà aveva il coraggio di scendere dalla macchina a misurarsi con quell'imbattibile branco di licaoni, e così scappavano tutti balbettando e perdevano punti davanti alle ragazzine di Piazza Papini che invece sulle Porsche di qualcuno di quei gagà ci sarebbero anche salite, e alcune di quelle che ci erano già salite da quel pomeriggio di furore perroniano si organizzarono per incontrarsi in un altro posto con il loro gagà, al buio, e farsi riportare poco lontano dalla piazza una volta fatto quello che si doveva fare, così da poter tornare a piedi dalle amiche senza ingenerare sospetti che si ingeneravano comunque, e di queste cose si parlava per ore e ore e insomma tutti si divertivano un mondo a stare in Piazza Papini nonostante gli occasionali rapidissimi passaggi di qualche Citroen 2CV piena di ragazzi più o meno della loro età ma *barbuti* che urlavano qualcosa che cominciava con EL PUEBLO e di cui non si riusciva mai a capire il seguito perché erano già scappati, e nonostante il vigile svogliato e certamente comunista che veniva in piazza un giorno sì e un giorno no a multare motorini ed esaminare marmitte e carburatori a caccia di qualsiasi segno di *truccamento* senza riuscire a mandar via quei ragazzi e quelle ragazze da sotto gli occhi luciferini della statua del Papini che dominava una piazzetta splendida, disegnata col rigore del passato e cinta da palazzi molto belli nel gusto austero di quella sobria architettura fiorentina fineottocentesca che sembra fatta apposta per ospitare non tanto case private ma sedi di compagnie d'assicurazione, immobiliari, banche e uffici di finanziarie e fiduciarie dal nome invariabilmente terminante in "fin", le casseforti degli antichi e storicamente statici patrimoni dell'alta borghesia/nobiltà fiorentina, quegli stessi patrimoni che in futuro i ragazzi di Piazza Papini si sarebbero occupati di movimentare distribuendoli con liberalità in giro per il mondo.

Le occasionali visite di polizia/carabinieri non preoccupavano nessuno. I ragazzi sapevano bene che, a parte controllare pensosamente i loro giovani documenti ancora non spiegazzati, i poliziotti/carabinieri non gli avrebbero fatto nulla. Ogni tanto chiamavano da parte Perrone e qualcun altro dei più grandi, li arringavano per una decina di minuti gesticolando mentre i ragazzi si guardavano le scarpe con le mani in tasca e poi se ne andavano via sgommando senza apparentemente notare i muri e le Vespe e il piedistallo e i piedi della statua del Papini ornati dai simboli di Ordine Nuovo e del Fronte della Gioventù. L'unico vero terrore di Piazza Papini era uno di quarant'anni della DIGOS coi baffi e le scarpe e le mani grosse che ogni tanto arrivava su un'Alfetta bianca, caricava Perrone e il Luconi e dopo una mezz'oretta li riportava in piazza scarmigliati, di pessimo umore e del tutto indisponibili a parlare di cos'era successo.

In un freddo pomeriggio di un corto ottobre senza ora legale un ragazzino di dodici anni forse tredici, alto, magro, l'espressione infinitamente decisa e le spalle innaturalmente larghe, Converse bianche di tela ai piedi, Levi's lavati a pietra, cintura di cuoio con le monete, giubbotto di jeans scolorito senza maniche della Lee sopra una maglia marrone di lana vecchia forse di sua madre, forse di lambswool, capelli lunghi fino alle spalle e la decisione di farli crescere per sempre, cammina a passi lunghi sugli ampi marciapiedi di Via Masaccio, una larga strada della Firenze residenziale che finisce – o inizia – davanti a una stranissima chiesa disegnata sghemba da qualche grande architetto. Il sole è già tramontato, fa freddo.

I passanti non lo guardano nemmeno o forse evitano di guardarlo. Lui invece li guarda bene tutti in faccia e ogni tanto sputa per terra. Gira un angolo ed è in Piazza Papini. Si ferma a guardare la grande compagnia di ragazzi e ragazze e Vespe e motorini, inspira forte e parte a passi lunghi verso il gruppo dei più grandi che orbitano intorno a una KTM da cross senza faro, seduti su una galassia di linde Vespe bianche e blu. Quando è a una decina di passi l'intero gruppo si volta verso di lui, perché una ragazzina coi capelli biondi – la più bella, Anna Maria Bruschi, che va a scuola con lui ed è proprio in classe con lui pur avendo un anno di più per aver saltato un anno per via di un mai spiegato lungo viaggio all'estero per seguire il padre che lei descrive alle amiche come "una specie di stupido alto ufficiale NATO", e che è poi la ragazzina con la passione per Bob Dylan e Crosby, Stills, Nash & Young che non parla più con Perrone perché è fascista e pur rappresentando inconsapevolmente il progressismo in Piazza Papini è inamovibile dalla compagnia per ovvi motivi – lo ha salutato e gli ha sorriso perché a lei che in Piazza Papini garba a tutti ma non si è mai messa con nessuno quel ragazzino più piccolo che passa le ore di lezione e le ricreazioni a giocare a figurine e parlare dei supereroi con quell'altro ragazzino mulatto e non parla mai con nessun altro e picchia quelli più grossi un po' le garba, un po' tanto, e anche a lui garba moltissimo lei, Anna Maria, che sta tre file di banchi davanti a lui e ha il diario pieno di scritte MARCO PANCANI fatte con il pennarello rosa.

E anche se questa cosa gli toglie il vantaggio della sorpresa, il ragazzino con il giubbotto di jeans non riesce a non farle almeno un sorriso sfuggente e sorpreso e rischiosissimo, così che quando si ferma davanti al gruppo tutti lo guardano e c'è come una pausa. Ci sono almeno una dozzina di ragazzi sui sedici-diciotto anni seduti sulle Vespe. Lo guardano e lui guarda loro, senza paura.

– Teste di cazzo figli di puttana bastardi fascisti di merda, – dice velocemente, poi si volta e comincia a scappare e passa qualche secondo prima che quattro o cinque dei grandi di Piazza Papini decidano di seguire il loro capo Sergio Perrone scattato come una scheggia dietro il ragazzino con il giubbotto di jeans che corre nel corridoio apertogli davanti dai passanti che si scansano chi appiattendosi ai muri chi alle macchine parcheggiate sui marciapiedi, e per qualche secondo pensa questo pensiero canino che è veramente fantastico correre così forte e non ha nessuna paura finché non comincia a sentire il rumore delle falcate di Perrone e allora cerca di accelerare ma si accorge che non ce la fa a correre più veloce di così, il respiro gli si accorcia e inizia ad aver paura di non farcela, poi quando gira un angolo si trova davanti una vecchia grassissima vestita di nero con dei sacchetti gonfi del supermercato in mano e non la può evitare e protende il gomito per proteggersi la faccia ma la vecchia è molto più bassa del suo gomito e in pratica gli sbatte con la faccia sul petto e cade all'indietro e lui le cade addosso piantandole un ginocchio sul seno o sulla pancia, comunque una cosa morbida e cedevole, e allora spinge e in qualche modo si ritrova di nuovo in piedi, e quando si volta indietro vede Perrone che gira l'angolo e si trova davanti la donna senza fiato sdraiata a terra che per l'adrenalina del momento o per qualche problema neurologico ha contratto gli addominali e le sue gambe sono rigide e innaturalmente alzate da terra a novanta gradi, ed è su quelle gambe alzate e grasse e nude se non per dei calzinacci neri di lana da uomo che inciampa Perrone in piena velocità, e cade bestemmiando mentre imprime alla donna sdraiata un movimento rotatorio e lei gira di quasi centottanta gradi sul marciapiede spargendo ovunque insalata ricciolina, radicchio rosso, Vim Clorex, carta igienica, cotolette di maiale incellofanate, acciughe da friggere, due mele e due pere, dadi per il brodo, una confezione di prugne secche, un sacchetto di concime per piante da appartamento che si rompe irrorando il marciapiede di palline marroncine di merdina secca di qualche animale, un tubetto di dentifricio Colgate, un pacchetto di Sanagola alla menta e una tazza di coccio con un disegno a fiori e finalmente ritrova il fiato per urlare dal dolore dell'improvviso pestaggio che questi diavoli invisibili le stanno amministrando per qualche incomprensibile ragione.

E il ragazzino con il giubbotto di jeans ora fa una cosa strana e rischiosissima che avrebbe dovuto insospettire anche un Perrone ansimante e sbucciato dalla caduta, perché non riparte subito di corsa, ma con un incredibile sangue freddo aspetta qualche secondo che Perrone faccia per rialzarsi e si rimette a correre solo quando lui è quasi in piedi, e ora ha un vantaggio di cinque metri e Perrone ringhia e centuplica le forze pur di afferrarlo e i due non si fanno distrarre dal nuovo terribile urlo della vecchia che a questo punto dev'essere stata travolta e calpestata anche dagli altri inseguitori papiniani perché ora è diventata una faccenda personale tra loro due e se la ricorderanno per tutta la vita, soprattutto Perrone, perché quel ragazzino che ormai ha preso – se allunga la mano può quasi toccare quei capelli lunghi del cazzo – più che girare l'ultimo angolo lo taglia in tuffo e cade addosso a una fila di Vespe piene di adesivi anglofoni e specchietti *mod* gettandone a terra una decina per via dell'effetto-domino e rimanendoci sdraiato sopra, e allora Perrone rallenta la corsa e sta per avventarsi sul ragazzino ansimante ma stranamente calmo steso su quelle Vespe chiassose, sta per prenderlo per il bavero del suo giubbotto di jeans del cazzo e spaccargli il naso quando vede un sorriso inspiegabile illuminare il volto del ragazzino e nello stesso tempo sente un urlo gutturale. Alza gli occhi e vede trenta Golden Boys schierati a falange davanti a lui. Il Barionda, loro capo indiscusso, è al sommo della falange. È stato lui a urlare. Perrone si guarda intorno incredulo e solo in quel momento si accorge con orrore di avere *sconfinato*, di essere finito in Viale Gagarin, in territorio Golden, di essere praticamente *davanti al bar* dei Golden Boys, in un viale dove evitava di passare anche in Vespa con cappello e sciarpa, anche in macchina con i suoi genitori. Intanto il ragazzino col giubbotto di jeans è stato aiutato a rialzarsi da tre giovani Golden e allontanato di qualche passo dalla scena. Arrivano di corsa gli altri quattro papiniani e quando vedono l'esercito Golden si fermano e istintivamente si avvicinano a Perrone che li guarda e fa un sorriso amaro al pensiero dell'aiuto che gli potranno dare, pochi e sfiatati e uno già con il naso sanguinante per via di una testata data più o meno volontariamente alla vecchia della quale se ci fosse perfetto silenzio davanti al Golden Bar si sentirebbero ancora i lamenti e le maledizioni.

Così Perrone guarda negli occhi il Barionda, già arruolato a soli diciotto anni nella squadra dei Bianchi del calcio in costume, e dice con voce ferma:

– Bella forza, cento contro cinque.

I cinque di Piazza Papini sono Sergio Perrone, Enrico Diddi, Lorenzo Meucci, Gianluca Luconi e Federico Guarducci, quest'ultimo già sanguinante per la testata alla vecchia.

I Golden sono il Barionda, il Gerry, Biancospino, Dentone, Sante Monticciolo, il Fabbro, il Baro, il Carta Vetrata, il Grazzini, Tacabanda, Mazinga Zeta, Pagano e molti altri.

– Cazzi vostri, – gli dice qualche innominato Golden minore dietro le prime file, che partono in avanti. Cominciano a volare i cazzotti e i fascisti si difendono bene, soprattutto Perrone che riesce a spaccare il naso al Barionda e stendere con un gancio corto il Carta Vetrata prima di soccombere al numero soverchiante dei Golden. Dopo due minuti di rissa veloce e cattiva, professionale, i fascisti rimangono a terra tutti e cinque, pesti come l'uva e sanguinanti. Il traffico si ferma, qualcuno scende dalle macchine e una donna urla di chiamare la polizia, e al solo udire quella parola magica i Golden scappano sulle Vespe *mod* in un rombo assordante composto di tanti piccoli rombi e una gran nuvola di fumo per via dell'ingolfamento dei motori dovuto alla caduta collettiva delle Vespe.

Mentre l'ultima Vespa Golden gira l'angolo del Viale Gagarin e sparisce, arriva un altro ragazzo di Piazza Papini. È un ragazzino giovane ed esile sui quattordici anni, con quella lunghezza di capelli che confina col taglio a zero ma non è un vero e proprio taglio a zero e invece di incattivire chi lo porta in realtà lo intenerisce perché ricorda più che altro le *rape* che si fanno d'estate ai bambini. Il ragazzino esile è arrivato tardi anche perché è partito quasi trenta secondi dopo Perrone e non proprio di gran carriera, e per strada si è attardato a prestare soccorso a una povera donna sanguinante e vestita di nero che aveva avuto un qualche problema ed era stesa a terra circondata da una quantità incredibile di verdura e detersivi e carne mentre un cane randagio le annusava le scarpe; quando lui le aveva preso la mano e le aveva chiesto come stava la donna aveva cominciato a urlare e bestemmiare e allora lui s'era offeso e l'aveva lasciata lì e aveva continuato a camminare verso il bar dei Golden Boys dove aveva già capito che Perrone sarebbe andato a farsi intrappolare. Il ragazzino esile coi capelli corti è appena più grande del ragazzino Golden col giubbotto di jeans, fascista più per il bisogno assoluto di essere diverso dagli altri – a scuola compagni e professori e bidelli eran tutti comunisti – che per convinzione, e porta dei Camperos invecchiati ad acqua e sole sotto a uno sventurato paio di pantaloni di flanella che odia e però per varie ragioni legate alla sua famiglia quel pomeriggio non aveva potuto non mettere insieme agli stivali, in un accozzamento che gli era costato una serie di brucianti prese per il culo in Piazza Papini. Appena svolta l'angolo che lo immette sul Viale Gagarin vede i suoi idoli-camerati a terra pesti e un gruppo di persone adulte sorprese e imbarazzate a dieci metri di distanza in una specie di lasco cordone, e dentro il cordone il ragazzino Golden di prima, solo, che dice Bastardi ai papiniani caduti e se qualcuno risponde o anche solo mugola gli tira un calcio in faccia o uno di quei cazzotti dall'alto in basso che spaccano la pelle. Il ragazzino esile rimane impietrito come gli adulti, che per qualche ragione non trovano il coraggio di intervenire e rimangono a guardare il giovane Golden che sembra divertirsi un mondo a infierire sui ragazzi a terra e saltella tra loro come una divinità maligna aliena del Lovecraft che il ragazzino esile legge avidamente alternandolo alle saghe di Conan e di Elric di Melnibonè, e in quel pomeriggio evidentemente epifanico per i giovani fascisti fiorentini, sotto la luce giallastra dei lampioni e delle macchine ferme in fila, investito da una folata pungente di vento freddo rotolato giù dagli Appennini, Alberto Ciardi capisce di essere *geneticamente* diverso da quel ragazzino/guerriero Golden, di non avere neanche un decimo del suo coraggio, quello sì degno del giovane Conan, di dover assolutamente *fare altro* nella vita, diventare bravo in qualcosa di particolare, specializzarsi, perché non potrà mai vincere nessun tipo di competizione anche lontanamente *fisica* (sport, fiche, cazzotti) contro questo terribile giovane Golden che è quasi suo coetaneo e vive nella sua stessa città e si ritroverà davanti ogni volta che intenderà alzare la testa e farsi valere in qualche modo, a Firenze, in quelli che si avviano a diventare gli anni '80 della sua giovinezza.

Quando sente una sirena lontana il ragazzino Golden alza la testa dal massacro per capire la provenienza del suono e vede il ragazzino fascista, lo guarda negli occhi e anche se dal suo giubbotto di montone e dai pantaloni di flanella lo riconosce ovviamente nemico, per qualche ragione gli scocca invece un inspiegabile sorriso *da amico* e il ragazzino fascista si immobilizza davanti a quella smorfia che si prolunga e sembra irradiare lo strano sentimento che fa sì che a quell'età i duri/forti/cattivi vogliano vanamente farsi considerare intelligenti dagli intelligenti tanto quanto gli intelligenti/deboli/vigliacchi vogliano vanamente farsi considerare duri dai duri, e si sente investito e travolto dall'invisibile ma irresistibile forza di quel sorriso e di quel sentimento di *comunità con qualcuno diverso da te* che lui non vuole avere con nessuno, tantomeno con quel bastardo che sta massacrando i suoi idoli, con nessuno, neanche con i suoi genitori e la donna che sposerà, perché nella vita si nasce e si muore soli e si è soli comunque, questo è certo, e allora Alberto Ciardi scuote la testa, si volta e scappa zoccolando con i Camperos verso le sirene, cosa questa che il giovane Pancani non avrebbe mai avuto il coraggio di fare, e non lo vede prolungare un po' troppo il suo sorriso, immobilizzarsi e all'improvviso avviare a traballare sulle gambe come se stesse per cadere, venire sorretto e portato via a braccia da due altri Golden apparsi accanto a lui, non lo sente cominciare a bestemmiare sottovoce il Dio che lo fa cascare di sonno dopo ogni cazzottata. Non si vedranno mai più nelle loro vite, forse.

XIX.
Milena

Per via del vino e della sua totale disabitudine a berlo durante la notte Milena cominciò a svenire e risvegliarsi, o addormentarsi e risvegliarsi, e pur non avendo vere e proprie allucinazioni, fluttuò in un dormiveglia lowriano popolato di strani sogni: in uno c'era Michael Jordan che schiacciava a canestro per lei, nudo, in un titanico palazzetto dello sport illuminato e vuoto, e mentre schiacciava il cristallo del tabellone esplodeva in mille pezzettini multicolori che le cadevano addosso ma non le facevano paura perché Milena sapeva che erano fatti di zucchero; in un altro lei giaceva intubata in un letto d'ospedale e Baglioni le sussurrava nell'orecchio *Stairway to Heaven* sbagliando qualche parola ogni tanto; poi c'era lo squalo bianco che la portava in giro per gli oceani sulla sua groppa ruvida e lei diventava una star in ogni porto che toccava e le navi la seguivano suonando le sirene per farle festa e i rimorchiatori sparavano quei loro altissimi fiotti d'acqua che sono come fontane nel mare e lei e lo squalo superavano in mare aperto tutti gli stupidi navigatori solitari a vela che la salutavano anche loro e lei però non rispondeva perché non li aveva mai sopportati, quegli imbecilli che vanno sempre a cacciarsi nelle tempeste perfette e disalberano e poi tutte le navi nella zona devono andarli a cercare sennò affogano.

Poi Milena sussulta, si sveglia di colpo lucidissima e scopre che riesce a mettersi in piedi, e allora esce di corsa dalla casa e nel cielo del Chiantishire ci sono miliardi di stelle che le vengono incontro come in un titanico *screensaver* e lei cade sull'erba senza nessuna eleganza e nessun suono, cade a terra e basta, terrorizzata, su un fianco, sull'erba bagnata, e rimane ferma lì finché non torna Michael Jordan che la guarda e scuote la testa e prima di svanire le fa una smorfia da negro superiore, forse è un sorriso e forse no, forse è un sogno forse no, ma le volta le spalle e si allontana *palleggiando* lentamente, nudo, un pallone a spicchi bianchi rossi e blu, e svanisce nel bosco dei cinghiali.

E poi c'è l'ultimo sogno, il più terribile, quello dopo il quale non ce ne sono altri e lei si addormenta o perde conoscenza o tutti e due, e nel sogno Milena ha in collo Felice e scende le scale di una casa che lei e Alberto avevano affittato qualche estate fa a Vittoria Apuana quando erano meno ricchi, lo bacia a pernacchia sul collo, lo mordicchia sulle cosce, gli fa il solletico sotto i piedini e lui urletta forte, lei gli prepara nel biberon un po' di latte con l'Ovomaltina, un cucchiaino di miele e cinque biscotti e lui lo beve lentamente tutto, ciucciando piano piano, in collo a lei, poi Milena lo porta in giardino e gli fa fare il ruttino, lo mette orizzontale per farlo riaddormentare e comincia a camminare a piedi nudi sull'erba di quel piccolo giardino trascurato, lo culla e gli canticchia qualche canzoncina tipo *La gatta*, e dopo un po' lui dorme e poi, con una sensazione come di scollamento e di lentezza e di inevitabilità Milena si vede allontanarsi da se stessa come si dice succeda a chi sta per morire, e il suo sguardo sembra accelerare esponenzialmente come gli UFO, e lei sale verso il cielo e dopo qualche secondo è già più in alto dei pini e delle nuvole, e poi non si vede più, Milena davvero non la vede più quella donnina scarmigliata e scalza in camicia da notte che cammina nel giardino di quella casa al mare, con un bambino gigante in collo, e canticchia.

XX.
L'Uomo-di-Night

Le labbra strette per la concentrazione, Alberto T teneva la mano sinistra appoggiata al volante e con la destra faceva il gesto di afferrare qualcosa, come se le parole giuste gli passassero davanti come pesci e lui le volesse prendere ma fosse difficile, proprio come prendere i pesci con le mani.

– ... che... che...

I due Alberti avevano fatto insieme medie e liceo, sempre compagni di banco nonostante le loro famiglie si ignorassero risolutamente, e si erano iscritti insieme all'università di Pisa, Alberto C a Ingegneria e Alberto T a Informatica, Alberto C per vocazione e Alberto T soprattutto per evitare il militare. Vivevano insieme in una cameretta che affittavano da una vecchia signora lontana cugina del padre di Alberto C, e subito Alberto T scoprì di avere un grande talento per l'informatica. Al contrario di Alberto C, che aveva sofferto l'impatto con l'università e passava le giornate a frequentare e studiare, Alberto T frequentava occasionalmente e studiava di rado – almeno Alberto C non lo vedeva mai studiare – e nonostante questo prese dei voti fantastici in tutti gli esami del primo anno: trenta, ventotto, ventinove, gli sporcò il libretto solo un ventisette a Porte Logiche. Quando il venerdì pomeriggio tornavano a Firenze Alberto C raccontava a tutti che il suo amico era un grande, che aveva trovato la sua strada e l'avevano mal giudicato tutti, amici e professori, perché nonostante il liceo finito zoppicando stava avendo un grande successo in una facoltà difficile come Informatica, a Pisa, e senza ammazzarsi di studio; anzi aveva anche trovato il tempo di formare una squadra di calcetto con dei ragazzi non-universitari e addirittura vincere un torneo provinciale notturno UISP. A tutte queste lodi Alberto T si stringeva nelle spalle, si schermiva e raccomandava Informatica ai maturandi incerti che andavano in processione a chiedergli com'era la facoltà e se era il caso che loro ci andassero pur avendo vocazioni e interessi diversi: La differenza tra Informatica e le cazzate che vuoi fare te tipo Filosofia e Lettere e Scienze Politiche è che uscito da Informatica trovi lavoro subito perché ti vengono a cercare loro, le aziende; se invece ti segni a Filosofia quando esci non ti cerca nessuno e vai direttamente all'Ufficio di Collocamento e con la laurea ti ci puoi pulire il culo, e anzi non è buona neanche per pulirsi perché è carta dura, e ad accartocciarla le vengono gli spigoli. E dopo averli fatti barcollare dava loro il colpo finale facendosi serio: Ragazzi, ragazzi, nella vita bisogna fare cose utili, non sognare le cazzate! A luglio si salutarono perché mentre Alberto T andava a fare i bagni a Lido di Camaiore con i suoi genitori, Alberto C passò l'estate a Londra in un college vicino a Wimbledon a perfezionare l'inglese. A settembre quando Alberto C tornò a Pisa trovò un altro compagno di camera, un siciliano entusiasta di Taormina di nome Antonio Lo Turco, iscritto a Chimica. Alberto T era sparito. La signora non l'aveva più sentito e aveva affittato la camera al siciliano, i suoi compagni di corso non avevano notizie, a casa sua a Firenze non rispondeva nessuno. Furono i suoi compagni di calcetto – certi ceffi – a dire sghignazzando ad Alberto C che in realtà Alberto T non aveva fatto neanche un esame, le cinque firme sul libretto gliele avevano fatte loro e i voti li avevano decisi nello spogliatoio per alzata di mano. A settembre Alberto T era partito per il militare e ora era a fare il CAR a Brindisi. Aveva anche mandato loro una cartolina con un panorama di tetti e un campanile svettante. Dietro aveva scritto solo la data, una bestemmia fantasiosa (DIO DIABOLICO) e la firma. Alberto C non ebbe il coraggio di chiamarlo o scrivergli, e non lo vide per quattro anni, poi lui apparve in aula il giorno in cui Alberto C discuteva la tesi, disse che si era sposato e di lì a poco avrebbe avuto un bambino, e Alberto C non ebbe il cuore di chiedergli nulla di Informatica a Pisa. Ancora oggi che sono ritornati amici Alberto C non sa nulla di quei giorni dell'amico, come li passava, se era contento o disperato, come li ricordava.

– ... che... non lo so spiegare... ma che rende la vita degna di essere vissuta, ecco. Le fiche e solo le fiche rendono la vita degna di essere vissuta... e ricordati quello che ti dice Alberto, le fiche che paghi sono quelle che ti costano meno, alla fine. In tutti i sensi.

Quel giorno Alberto C si era svegliato tardi e di malagrazia e si era avventurato in una nuova inconcludente passeggiata per Firenze tormentato da un mal di testa sordo e azzannato dai sensi di colpa per quello che era successo con Cinzia. Rincasato di pessimo umore aveva passato a casa il resto della mattinata a leggere *Il segno dell'Unicorno* pur di arrivare all'ora di pranzo e mangiare qualcosa (un'insalata mista) per poter prendere due Aulin. Dopo pranzo era andato a letto e si era svegliato alle cinque, a tre lunghissime ore dalla cena che era l'unico *appuntamento* della sua giornata. Scacciò la disperazione rimettendosi a leggere e finalmente terminò *Il segno dell'Unicorno*, e arrivò così alle sei quando chiamò Milena, due volte, per delle telefonatine tiepide che cancellarono sì il litigio ma li lasciarono inquieti e tristi a chiedersi che cazzo stava succedendo. Fece una lunga doccia, si asciugò più lentamente possibile e arrivò alle sette, quando avviò a leggere *La mano di Oberon*, il cui inizio è:

Uno sfolgorio abbacinante d'intuizione, intenso quanto quello strano sole...

Era là... Rivelato in quella luce, qualcosa che io avevo visto soltanto brillare di luce propria nell'oscurità, fino ad allora: il Disegno, il grande Disegno d'Ambra, tracciato su una spianata ovale di pietra, sotto-sopra uno strano cielo-mare.

La filippina lo chiamò per la cena quando aveva già messo giù il libro e stava riflettendo su una delle decine di circonvoluzioni della trama. Mangiò un filetto ai ferri e decise di berci insieme un po' del cabernet del Brancaleoni, quello strano personaggio che viveva da solo in mezzo al Chiantishire e affittava agli americani le case coloniche della sua proprietà. A ogni bicchiere, resuscitati dalla stessa sostanza che aveva contribuito a crearli, i ricordi dell'Anastasia si fecero più chiari e divertenti: Ermanno con le maniche della giacca tirate su, il cameriere che sembrava il più sfavato dei Corleone, la strafica bulgara... aveva riso molto l'altra sera, con loro e di loro. Erano *balocchi* e l'avrebbero divertito finché pagava. Non erano pericolosi. Era come andare al cinema, si paga, ci si diverte e si torna a casa.

Quando guardò la bottiglia si sorprese di quanto ne aveva bevuta – quasi tre quarti – si versò il resto del vino e lo bevve tutto d'un sorso, così scolando da solo la prima bottiglia della sua vita. Leggere era un po' faticoso con tutto quell'alcol in corpo, e la televisione deludente come sempre, quindi arrancò fino al mobile delle cassette, cercò quella di *Fandango* e la infilò nel videoregistratore. Si guardò tutto il film bevendo bicchierate della Bailey's ghiaccia di Milena, in preda a un languore nuovo per i suoi quindici-diciott'anni nella Piazza Papini degli anni '80, che ricordava come momenti di grande libertà e felicità, senza Milena, solo lui e Alberto T in Vespa di notte a scrivere sui muri con le bombolette DESTRA ESTREMA, LOTTA AL SISTEMA e FASCIO LITTORIO, COMPAGNO ALL'OBITORIO, il rumore della pallina di ferro che sbatteva dentro la bomboletta e la volta che Alberto T sbagliò e si spruzzò la faccia di nero e la vernice gli andò via solo dopo giorni, le ragazze grulle e meravigliose della Capannina di FdM, la musica grulla e meravigliosa di quegli anni fantastici e del tutto incomprensibili sia per chi non li ha vissuti sia per chi li ha vissuti dalla parte sbagliata, *Moonlight Shadow, Ai No Corrida, Going Back to My Roots, Africa...*

Finito il film aveva richiamato Milena e avevano parlato di nulla, sussurrato, tutti e due ubriachi, tutti e due che si sforzavano di non farlo capire e tutti e due che invece lo avevano capito subito e non avevano però né la forza né la voglia di preoccuparsi dell'altro perché non era il momento di preoccuparsi per qualcosa e tutto andava bene. Era stata una telefonata molto bella, che aveva finito per rassomigliare molto a quelle lunghe languide telefonate inconcludenti che si facevano da fidanzati. A un certo punto Milena gli aveva chiesto se l'amava ancora e Alberto aveva risposto Sì, certo, perché me lo chiedi? E lei Così, non lo so, per sentirmelo dire una volta tanto, e poi l'aveva salutato e aveva riattaccato lasciandolo lì, con il telefono in una mano e il bicchiere mezzo pieno di Bailey's, a sbattere gli occhi. Poi verso mezzanotte Alberto si era sentito completamente vuoto e completamente ubriaco e aveva chiamato Alberto T che era già in autostrada per andare a Montecatini ma era tornato indietro a prenderlo tutto contento di non doverci andare da solo, quella sera lì, all'Anastasia, e mentre sfrecciavano sulla Firenze-Mare Alberto T gli aveva spiegato che per un uomo che ha capito cosa gli piace nella vita il night è il posto migliore dove andare, ma bisogna stare attenti perché al night si possono fare molti errori e molto gravi, e il tipico errore iniziale sta nel farsi ammaliare dalla bellezza e dalla disponibilità e dalla comprensione delle Fiche-di-Night dimenticando che tutte queste qualità esistono solo perché e finché l'Uomo-di-Night paga ogni mezz'ora cinquantamila lire per i loro *messicani* o tè caldi o camomille, e che gli errori successivi, a dire di Alberto T *esponenzialmente* più gravi, nascono dal cominciare a dirsi che si dovrebbe comunque offrire da bere all'ipotetica ragazza non-di-Night che si incontrasse in qualche locale *normale,* così minimizzando a se stessi sia l'importo della spesa al night sia il fatto stesso di *essere* in un night, dove le ragazze non scelgono con chi stare ma sono scelte e non possono rifiutarsi di *stare in compagnia* con chiunque lo chieda al cameriere. L'errore successivo è quello di avviare a considerare in qualche modo legata a sé la Fica-di-Night con cui si è stati in compagnia due o tre volte, e vedere gli altri Uomini-di-Night come rivali che grazie ai loro soldi possono insidiare quella ragazzina simpatica, fica, spiritosa e infinitamente triste che la sera prima gli ha raccontato in un italiano perfetto della sua povera mamma malata nella cittadina vicino a Mosca o siberiana o kazaka. L'Uomo-di-Night avvia a sentirsi sfidato, a dirsi che un po' di soldi ce li ha anche lui e non ce ne vogliono poi tanti per evitare una cosa insopportabile come vedere *la sua ra-*

gazza parlare con un vecchio bavoso che le carezza le cosce senza che nessuno – non la ragazza, non lui, non il cameriere, non il padrone del locale – possa protestare.

– Perché al night, – disse Alberto T, – la ricchezza di una persona non si misura come nella vita reale, cioè con simboli materiali tipo la Mercedes, la casa al mare e la moglie. Al night contano i soldi che si è disposti a spendere lì in quel momento, le bottiglie di Dom Perignon o Krug da mezzo milione che si è pronti a far stappare dai camerieri per tenersi accanto e allegra la ragazza invece di lasciarla andare da qualcun altro, capito?

Alberto C si era già pentito di aver chiamato il suo amico e averlo fatto tornare indietro a prenderlo. Aveva un vago senso di nausea ed era stanco morto, e poi al night *c'era già stato una volta*, perché ci tornava?

– Il night forgia il carattere dell'uomo, – disse Alberto T, e continuò a raccontare che spesso si viene sfidati da altri uomini meno ricchi ma infinitamente più motivati a spendere gran parte del loro stipendio spesso misero per tenersi accanto le loro Tatiane o Helene o Olghe, gente che in quel momento non pensa ai debiti che dovranno andare a fare, alle umiliazioni davanti ai funzionari di banca e in famiglia, alla miseria del ricordo dello sperpero che comincerà già ad assalirli la mattina dopo. No, in quel momento, mentre ordinano al cameriere Krug o Dom Perignon quasi sempre sbagliando la dizione, sono accesi dal Sacro Fuoco dell'Amore.

Forse era come gli zombi di Romero, quei morti viventi che tornavano al supermercato da non-morti perché ci andavano sempre da vivi...

– E tutto questo... balletto, – disse Alberto T, – è poi complicato dalla possibilità che ha qualsiasi altro Uomo-di-Night di portare fuori a cena la ragazza, la *tua* ragazza, e poi in qualsiasi altro posto (naturalmente a ragazza consenziente, non è che la può legare e imbavagliare), finché paga al night una somma pari all'importo delle consumazioni che la ragazza consumerebbe se fosse sempre occupata fino all'orario di chiusura del night, dove tra l'altro non è obbligatorio riportarla a fine serata. È in quel momento che l'Uomo-di-Night deve sopportare la prova più difficile perché essendo orgoglioso (tutti gli Uomini-di-Night sono orgogliosi al night, indipendentemente se lo sono o no nella vita) non vuole chiederle nulla e dunque non sa dove andrà a cena e cosa farà dopo, la *sua* ragazza, a meno di appostarsi sotto casa di lei e seguirla quando sale nella macchina in genere appena lavata di un altro Uomo-di-Night che viene a prenderla, capito Alberto? Succedono davvero queste cose.

... uno di quei mostri vestiti casual che mangiavano carne umana e se mordevano qualcuno lo facevano diventare come loro...

– E allora l'Uomo-di-Night si umilia a seguirla e spiarla da lontano mentre lei entra con quest'altro Uomo-di-Night in un ristorante di pesce e poi in qualche locale a bere o a ballare, e la tragedia vera c'è quando l'altro Uomo-di-Night la riporta a casa e magari sale da lei o la porta a casa sua... sua dell'altro, capito? E l'Uomo-di-Night a questo punto pensa che tutto questo succede solo perché non ha voluto spendere un po' di soldi e portarla a cena fuori lui, la *sua* ragazza, e si rode chiuso in macchina perché non saprà mai cosa sta succedendo poiché la Fica-di-Night, sia chiaro, non è una puttana, e anche se può accadere che vada con qualcuno che le piace, di certo non va con tutti...

... e si immaginò la scena di uno zombi che entra all'Anastasia e va da Ermanno e Ermanno gli stringe la mano e gli dice che ci ha una polacchina che è un fiore e lo zombi gli strappa il naso con un morso...

– Così quando il pomeriggio seguente l'Uomo-di-Night la chiama sul telefonino non ha mai il coraggio di chiederle subito dove è stata e cosa ha fatto la sera prima, e trova la forza di chiederglielo solo molte ore dopo, quando sono insieme al night e lui ha la ragazza *in consumazione* e la può vedere in faccia e quando lei mente e lui glielo rinfaccia, ecco, in quel momento preciso l'Uomo-di-Night è perso due volte perché prima di tutto rivela di averla seguita per tutta la notte e dunque di essere totalmente a rimorchio, e poi... poi cade preda del meccanismo infernale per via del quale la ragazza gli dice che ha inventato una bugia perché non voleva farlo soffrire ma non ci ha fatto nulla con quell'altro, naturalmente, e anche se è salita a casa di lui o lui a casa di lei e si sono lasciati dopo un'ora questo non vuol dire nulla perché, lo giura su Dio e su sua madre malata, hanno solo Bevuto Qualcosa e Parlato. Capito? È un meccanismo infernale, davvero... E anche se in quel momento l'Uomo-di-Night potrebbe ancora salvarsi grazie alla Gelosia e all'Orgoglio e lasciare seduta stante la ragazza e il night e non tornarci mai più, ecco, non lo fa. Non lo può fare perché mentre aspettava in macchina ha già accettato il principio che la *sua* ragazza possa anche uscire con altri uomini perché tanto *a lei piace lui* e gli altri le fanno schifo, e per lei dover andare a cena e a bere qualcosa e sentire la musica con questi altri uomini orribili non è che un altro gradino della scala della sopportazione che è la sua vita infelice di Fica-di-Night. Però a questo punto l'Uomo-di-Night comincia anche lui a portare a cena fuori la *sua* Ragazza-di-Night, un po' perché gli fa piacere e un po' per non farla uscire con altri, e sono serate fantastiche perché lei è sempre molto contenta di non dover passare un'altra serata chiusa nel night e di poter passare una serata con *il suo ragazzo* in qualche bel ristorante sul mare e poi di andare a ballare in una discoteca divertente dove l'Uomo-di-Night perde definitivamente la testa perché la Fica-di-Night che è già bella o almeno carina di suo sa benissimo come si fa a truccarsi e vestirsi, e siccome nella vita non ha altro da fare che curarsi si cura molto, va in palestra, si fa le lampade e soprattutto *balla benissimo*; e quando una bella donna è felice, lo sai anche te, brilla di gioia e bellezza e attira gli sguardi degli altri uomini, cosa che fa impazzire di Gioia e Gelosia e Orgoglio l'Uomo-di-Night, e quando dopo la discoteca lui sale da lei o lei da lui e fanno l'amore l'Uomo-di-Night non pensa mai che la stessa cosa potrebbe essere successa quando al posto suo c'era quell'altro, e ha invece la sensazione di aver compiuto una grande impresa, di Aver Conquistato Una Donna Molto Bella Che Fuori Dal Night Non Gli Sarebbe Mai Toccata e così scatta definitivamente la trappola, capito? La trappola... la tagliola del compiacimento di se stesso perché... qui sta il diavolo... è *vero* che l'Uomo-di Night ha conquistato una donna molto bella che fuori dal night non gli sarebbe mai toccata, e ne è felice, ma comincia anche a pensare a quanto sarebbe bello poterla vedere più spesso, questa donna molto bella e innamorata di lui che lavora nel night solo per via del destino e della miseria della Santa Madre Russia...

La Mercedes sfila leggera verso Montecatini, la vernice blu metallizzata scintilla del riflesso delle luci dell'immenso distributore sulla curva del Serravalle, la luce gelida dei fari allo xenon innervosisce gli altri automobilisti e ricorda sempre ad Alberto C quella scena di *Incontri ravvicinati* in cui Richard Dreyfuss è fermo nel suo camioncino di notte su una strada di campagna e mentre consulta una carta stradale si vedono i fari di una macchina che gli si avvicinano da dietro e lui gli fa cenno di passare con la mano e la macchina passa e il guidatore lo manda in culo, e subito dopo si avvicinano altre due luci, sempre da dietro, più ravvicinate di quelle di prima, e lui le vede nello specchietto e fa cenno di passare e le due luci *si alzano*.

Dentro la macchina Alberto T è impegnato a raccontare nel miglior modo possibile al suo migliore amico le cose che sono la sua vita, mentre Alberto C deve difendersi dall'assalto di una falange di visioni e pensieri e ricordi che non lo assalivano da anni e ora per qualche ragione erano tornati tutti insieme: Milena con il naso sanguinante; la Delta Integrale rossa che si abbatteva sulla loro Audi; il loro bambino che avevano già deciso di chiamare Felice e quella sera avevano perso all'ospedale in circostanze impossibili da ricordare; le cinture di sicurezza che Milena non poteva mettersi per via della pancia di quattro mesi e l'airbag del passeggero che a quei tempi non era offerto nemmeno come optional; i vetri rotti in tutto l'abitacolo e dentro il suo occhio sinistro; l'odore acre del gas del suo airbag che aveva stupidamente protetto lui invece di Milena; le pillole che ogni giorno da quella sera Milena aveva cominciato a prendere maniacalmente per non rischiare mai più di rimanere incinta; la ninna nanna che gli cantava sua madre da bambino e il

CD con le più belle ninnananne del mondo che aveva comprato proprio il giorno dell'incidente per fare il primo regalo al suo bambino mai nato e ora teneva nascosto sotto la ruota di scorta della Grand Cherokee perché non aveva mai avuto il coraggio né di farlo vedere a Milena né di riprenderlo in mano per buttarlo via; il dolore sordo da bestie che li aveva storditi e lasciati senza nemmeno le lacrime per piangere una perdita avvenuta prima che potessero rendersene conto e fare qualcosa per impedirla, perché questo gli pareva essere il senso della sua vita, almeno provare a lottare contro le cose, il caos senza Dio, l'oscena disorganizzazione del mondo, il bastardo destino cieco e sordo e inanimato.

– Guarda, – aveva detto Alberto T interrompendo misericordiosamente i pensieri di Alberto C, – il night è regolato dalla domanda e dall'offerta. Bisognerebbe studiarlo all'università... – e si era subito zittito perché di università non avevano mai più parlato da quel loro ultimo giorno da ragazzini, in un luglio pisano di tanti anni fa, – ... perché a questo punto l'Uomo-di-Night si mette a fare un po' di conti e si dice che non gli conviene più che la *sua* ragazza continui a *lavorare* al night. Prima di tutto perché ormai crede di essersi innamorato e una fica così se la perde non la ritrova, e poi non gli conviene finanziariamente perché anche se i padroni dei night vengono incontro ai clienti abituali e gli abbassano un po' – poco – la tariffa delle consumazioni e delle serate fuori, ogni volta che porta la ragazza a cena e a ballare gli partono comunque quasi cinquecentomila lire più il costo della cena e della discoteca, e per parlarci e sorvegliarla un po' deve comunque andare al night ogni tanto, prenderla in consumazione e spendere cinquantamila lire ogni mezz'ora. Quindi dopo un po' l'Uomo-di-Night butta il cappello per aria e fa la vera cazzata di proporre alla ragazza di smetterla con il night e andare a stare in un qualche appartamento in affitto, ovviamente mantenuta da lui.

E quello della Delta Integrale al processo patteggia e non va in galera neanche un giorno...

– È in questo momento che si rivela la *natura interiore* della Fica-di-Night e quello che realmente voleva ottenere dall'Uomo-di-Night, perché oltre a un fisso mensile piuttosto basso lei guadagna una percentuale su ogni consumazione e cena offertale dai suoi *clienti*, e se è bella e/o ci sa fare alla fine del mese sono dei bei soldi, tutti suoi, e se va via dal night deve rinunciarci dando l'addio anche alla sua indipendenza finanziaria che era poi una delle ragioni per cui aveva abbandonato la mamma morente, la sua casa e la sua terra per venire in Italia, ed è una scelta difficile, perché anche se la Fica-di-Night passa la vita a non fare praticamente nulla ed essere corteggiata e vezzeggiata e desiderata e appare *potentissima,* in realtà è *debolissima* e mai felice, un po' perché di solito è venuta in Italia a cercare un lavoro artistico – devi sapere che in ogni night le ragazze sono chiamate *artiste,* e quasi tutte sanno ballare e cantare – e non pensava di finire a fare la Fica-di-Night, un po' perché impara subito dall'evidenza e dai racconti delle colleghe che gli Uomini-di-Night sono esseri spregevoli che senza dirlo mai le credono tutte puttane e cominciano subito a carezzarle le cosce ancor prima di presentarsi e sono untuosi, falsi, bastardi, cattivi e non le rispettano mai e anche se all'inizio sembrano sempre innamorati in realtà vogliono solo portarle a letto e dopo averle portate a letto un po' di volte si stancano di loro e le mollano e non le vogliono più vedere e non le portano più a mangiare l'aragosta nei ristoranti del Forte e a rinnovarsi il guardaroba nei negozi più belli di Firenze...

La ninna nanna ora si è installata nel cervello di Alberto C e avvia a tormentarlo, delicata e tagliente come una *katana*.

Ninna nanna mamma
tienimi con te
nel tuo letto grande
solo per un po'
una ninna nanna
io ti canterò
e se ti addormenti
mi addormenterò...

– … e siccome è triste non avere più queste cose quando le si sono provate e si è capito che sono uno dei massimi traguardi a cui aspirare, la Fica-di Night entra sempre in crisi quando le viene prospettato l'abbandono del night, ma comunque diciamo che alla fine la Fica-di-Night sceglie in genere di fidarsi e abbandona il night dandosi anima e corpo all'Uomo-di-Night che la piazza in un appartamento che rivela subito la sua vera disponibilità finanziaria. A questo punto lei non deve fare altro che stare a disposizione bella e allegra in questo appartamento in attesa di una chiamata dell'Uomo-di-Night che pur essendo quasi sempre sposato o fidanzato le ha già promesso di divorziare o lasciare la sua fidanzata per sposarsi o mettersi con lei…

Ninna nanna mamma
insalata non ce n'è
sette le scodelle
sulla tavola del re…

Ninna nanna mamma
ce n'è una anche per te
dentro cosa c'è
solo un chicco di caffè…

Alberto T si ferma al casello e paga il pedaggio in contanti ignorando la corsia Telepass nonostante abbia lo scatolotto attaccato al vetro subito dietro lo specchietto, e allo sguardo interrogativo di Alberto C risponde che è meglio non lasciare tracce perché cosa gli racconta a quell'impicciona rompicazzo di sua moglie, a chi vendeva camicie all'una di notte, a Montecatini? Mentre ripartono dal casello un'aria dolce invade l'abitacolo e Alberto C chiude gli occhi.

– … e comunque a questo punto il rapporto si rovescia, cioè l'Uomo-di-Night si libera dalla tagliola e ci finisce dentro la Fica-di-Night, perché gli Uomini-di-Night si stancano presto delle Fiche-di-Night-levate-dal-night, che cominciano subito ad avere pretese, a rompere i coglioni con richieste di…

diciamo così... legittimazione, e soprattutto a costare molto più di quanto costavano quando stavano al night...

Quando sarò grande
comprerò per te
tante cose belle
come fai per me...

Chiudi gli occhi e sogna
quello che non hai
i tuoi sogni dopo
mi racconterai.

– ... ci sono l'affitto dell'appartamento, i vestiti e i regalini e i fine-settimana clandestini e la macchina o almeno il motorino, e così dopo un po' in genere la Fica-di-Night-levata-dal-night viene scaricata e, o torna al suo night di prima con la coda tra le gambe a chiedere di essere ripresa e subisce tutte le immancabili cattiverie delle colleghe e degli altri Uomini-di-Night, o cerca lavoro in un altro night magari in un'altra città dove ricominciare tutto da capo. Poi succede anche che sboccino degli amori veri al night, e dei matrimoni, e che nascano dei figlioli e tutto vada bene, ma in genere non è così. I matrimoni al night vengono sgretolati, tutti, e tutto ciò che nasce al loro posto è... *effimero*... – ancora gesticola alla ricerca della parola giusta, Alberto T, – e *miserabile*... .

Sembrava una conclusione, ma dopo qualche secondo Alberto T aveva aggiunto:

– Però alla fine è ganzo, andare al night, c'è poco da fare. È divertente. Bisogna saperci andare, tutto qui. Per questo ti ho raccontato tutte queste cose. Mai, dico mai innamorarsi di una Fica-di-Night. È meglio per te e meglio per loro. Trombale ma non ti innamorare. Ricordatelo sempre, Alberto.

Posteggiò la sua Mercedes tra altre Mercedes, nell'ampio parcheggio sterrato dell'Anastasia.

XXI. Gli albanesi

Quando Milena e Marco uscirono dalla Buca dell'Orafo era il primo pomeriggio di una giornata formidabile, e la luce invadeva Firenze. Era quasi caldo. Milena si sentiva la pancia piena di quella carne mezzo cruda e di quelle patate fritte che non mangiava insieme da quando era bambina e tornava a casa affamata dalle lezioni di tennis. Il vino le aveva arrossato la faccia. Inspirò e pensò confusamente che una cosa così non l'aveva mai fatta, ma alla fine non era successo nulla di grave. Sì, c'era stato un bacio, aveva appoggiato la testa sulla spalla di lui, era andata a pranzo con lui ed erano tutte cose che non andavano bene, ma non erano nulla in confronto a quello che poteva succedere e per fortuna non era successo. Pur con la mente confusa dal vino, pur sapendo che avrebbe barcollato di sicuro su quelle maledette pietre sconnesse, proprio per via dell'euforia regalatale dal vino sfuso Milena si sentiva perfettamente e falsamente in controllo di se stessa e pensava che era arrivato il momento di salutarsi, scambiarsi i numeri di telefonino e tornare ognuno a casa sua perché come primo appuntamento poteva bastare, e poi non doveva andare a lavorare, Marco, alle tre? Non vanno tutti a lavorare gli uomini dopo pranzo?

Un taxi passò scarrocciando nella stradina, e il passeggero salutò Milena con la mano. Strinse le labbra perché ora qualcuno l'aveva vista con Marco. Si voltò e stese la mano per salutare il passeggero del taxi, chiunque fosse, ma poi ci ripensò e gli parve una cosa stupida e trasformò il gesto nel portarsi la mano di taglio sulla fronte a proteggersi la vista dal sole. Era Marco che doveva salutare, forse lasciare, ma

Marco le dava le spalle, la faccia rivolta verso il sole come i bambini piccoli. In quella posizione ridicola, in mezzo alla strada, accaldata e sorridente, Milena si accorse però che non ce la faceva a salutare Marco – e poi *come* doveva salutarlo, una stretta di mano gli pareva ridicola, un bacio sulla guancia riduttivo, doveva forse baciarlo sulla bocca in mezzo alla strada? E se sì come faceva a salutarlo e andare via, poi, non erano cose contraddittorie? – Perché se proprio doveva finire così allora questa cosa non doveva neanche incominciare, e insomma ormai aveva bevuto il vino a pranzo e mangiato la bistecca e le patatine fritte e si era fatta abbracciare e sbaciucchiare in quell'osteria e si era fatta vedere in giro con un altro da quell'idiota invisibile dentro il taxi e insomma non poteva lasciarlo così. Ritirò la mano e si tirò indietro i capelli, a occhi chiusi. Si disse che non voleva essere lei a prendere decisioni, qualcosa sarebbe successo, e poi sentì Marco che l'abbracciava e la baciava, e il fatto di essere in mezzo alla strada a baciarsi con uno sconosciuto le fece tremare le gambe e abbandonarsi ancora di più. Fu un bacio che durò minuti, almeno così le parve, e quando lui si staccò da lei Milena rimase ancora qualche secondo con gli occhi chiusi e la bocca socchiusa. Quando li riaprì Marco la guardava e sorrideva. Disse:

– Ce l'hai la macchina?

– Sì, – rispose subito lei.

– Perché avrei bisogno che mi accompagnassi in un posto…

– Va bene, – disse Milena, – andiamo. Dammi il braccio, però, sennò casco per terra.

E partirono verso il Garage Europa, due ragazzi innamorati agli occhi di tutti quelli che li videro perché parlavano di cose da nulla e ridevano e sembravano divertirsi un mondo. Milena fece aspettare Marco fuori dal Garage Europa perché lì la conoscevano, fece manovra con grande fatica e quando accapò all'uscita si fermò, tirò il freno a mano, scese dalla macchina e disse a Marco di guidare lui perché lei aveva bevuto troppo. Non era la prima volta che una donna voleva che Marco usasse liberamente la sua macchina o la sua casa o la sua piscina, ma lui aveva sempre capito che lo facevano per impressionarlo, per fargli notare quanto sarebbe stato divertente per lui stare insieme a loro in tutta quella ricchezza (mai avuto spasimanti povere, Marco), e gli era sempre parsa una cosa misera, come se volessero comprarlo, ma con Milena era diverso perché mentre Marco guidava lei aveva cominciato a guardare le persone e le cose e a fare commenti, allegra come una bambina, totalmente dimentica anche di averla una macchina, che nel suo caso era una Volvo famigliare che comprata da persone senza figli e senza cani racconta la volontà inequivocabile di averne e tanti, di figli e cani.

Quando Marco fermò la Volvo davanti a un orribile casermone vicino al carcere di Sollicciano Milena si voltò a guardarlo con un improvviso timore, come se fosse stata a lungo soprappensiero e solo in quel momento si fosse resa conto di dov'era. *Non c'è nulla di male a essere poveri*, si disse Milena, che in vita sua non era mai stata nelle periferie di Firenze e considerava un orribile casermone anche il palazzo popolare ma dignitoso dove stavano in affitto Cinzia e Daikon. Decise che non l'avrebbe dimostrato questo snobismo da principessa sul pisello, così sorrise e chiese a Marco:

– È questa casa tua?

Marco si mise a ridere.

– Macché, io sto in Borgo Allegri. Ci stanno degli amici che devo salutare. Aspettami in macchina, torno tra cinque minuti.

– No, – disse lei, prendendogli la mano destra, – aspetta. Io... io me ne andrò se mi lasci qui, lo so... Finché sono vicina a te io... Insomma... sto con te ma se te ne vai e mi lasci sola io comincerò a dirmi che sto facendo una cazzata enorme a essere qui in questo posto e allora me ne andrò e non ci rivedremo mai più...

Marco la guardava con un'espressione neutra. Non poteva portarla dagli albanesi.

– Ti prego. Fammi venire con te.

Non poteva portarla dagli albanesi, era una cazzata, ma sapeva anche che lei aveva ragione. Sarebbe andata via se l'avesse lasciata sola in mezzo alla strada, a Sollicciano, ad aspettarlo. Scosse la testa, si morse il labbro inferiore e disse:

– OK, vieni.

Scesero dalla macchina contemporaneamente, si avvicinarono al quadrante dei campanelli, Marco suonò al pulsante RANGALI e quasi subito si sentì una voce distorta che chiedeva bruscamente Chi è? Marco rispose Marco, e il portone si aprì con un antico suono meccanico che fece trasalire Milena. Mentre si stringevano nella minuscola cabina dell'ascensore Marco le disse di non aprire bocca e non fare niente qualsiasi cosa succedesse. Le chiese se aveva capito e Milena annuì impaurita e pensò che forse per la prima volta in vita sua stava correndo un rischio *fisico*. Marco la guardò impallidire visibilmente e si morse le labbra di nuovo. Non l'aveva mai fatto di portare una donna sul lavoro e soprattutto non avrebbe mai dovuto portare lei, ma ormai erano arrivati. La cabina dell'ascensore si fermò, le porte si aprirono e Marco e Milena sbucarono su un pianerottolo col pavimento a piastrelle come si usava negli anni '70. Marco si avvicinò a una porta blindata socchiusa, bussò, qualcuno disse Avanti, ed entrarono nell'appartamento.

Tre stanze coi muri verniciati da poco ma già sporcati da tante impronte rovesciate di suole di scarpe a carrarmato, come se qualcuno avesse d'abitudine appoggiarsi al muro con la schiena, piegare il ginocchio all'indietro e appoggiare la suola della scarpa sul muro. Nessun arredamento se non un letto sfatto di cui si vedeva un angolo, nella stanza più lontana. Davanti a loro una stretta cucina con un tavolo di formica a cui sedevano due uomini robusti e spettinati. L'altra stanza, per lo meno da quello che poteva vedere Milena, sembrava vuota. Non c'era televisione. Marco entrò in cucina e strinse gravemente la mano a tutti e due gli uomini, senza dire nulla. C'era una sedia vuota ma non si sedette. Milena gli rimase accanto. Uno dei due – il più vecchio, sulla trentina, la barba appena fatta, capelli castani, una maglietta bianca con il collo a V, i jeans, gli anfibi, gli occhi molto chiari, un po' somigliante a Nedved ma infinitamente più cattivo – disse:

– *Alòra?*

E Marco:

– Un'altra settimana, ragazzi.

– Col cazzo, – disse l'altro albanese, scuro di occhi e capelli, irsuto, con una maglietta nera stretta, dei pantaloni anch'essi neri, una cintura di pelle chiara e mocassini chiari. Marco lo guardò per un attimo senza rispondere, senza paura e senza aggressività, poi posò lo stesso sguardo *lento* su Nedved e disse ancora, sbagliando e sapendo di sbagliare:

– Solo un'altra settimana.

Stava andando tutto male, non si prega la gente, mai, si perde il rispetto e non si ottiene nulla lo stesso. Era lei che lo faceva sbagliare, si preoccupava di lei, solo di lei. Nessuno disse nulla per trenta secondi, poi Nedved indicò con un cenno del mento Milena e disse:

– Lascia lei a noi una settimana.

Milena si voltò verso Marco, che fece un sorriso troppo stirato per essere convincente. Scosse la testa.

– Non ci siamo capiti, ragazzi.

Il secondo albanese si alzò, si avvicinò a Milena e la guardò da capo a piedi mentre lei fissava assurdamente fuori dalla finestra un altro palazzo e una finestra aperta su un'altra cucina e dentro la cucina un ragazzo coi capelli lunghi che cucinava e cantava una canzone che le pareva *Mille giorni di te e di me*. Era rigida come un'asse di legno, infinitamente terrorizzata e pentita e incapace di accettare quello che stava succedendo. Marco non guardò nemmeno il secondo albanese e continuò a fissare Nedved, che disse:

– Batte per noi una *setimana*, poi tu porti soldi, poi lei torna da te, OK?

Cioè una puttana, pensò Milena, questi credono che sono una *puttana*. Marco guarda Nedved e capisce che ora è un casino perché Nedved ha proposto una cosa ragionevole, il modo più semplice per rientrare in parte dei soldi che Marco gli deve, e di sicuro pensa anche che Marco abbia portato lì Milena proprio per offrirgliela perché non ha i soldi e ora stia facendo il difficile per trattare meglio sul *valore* di Milena. Certo non può immaginare, Nedved, che Milena e Marco sono due *innamorati.*

– No. Sono venuto per dirvi che tra una settimana avrete i soldi, e ve l'ho detto, – dice Marco, e fa per voltarsi e andarsene. Poi si ferma, si volta di nuovo verso Nedved e dice, senza ragione:

– Lei non è una puttana, capito? – E gli viene in mente Matt Johnson a Tijuana nel *Mercoledì da leoni*, e gli avvenimenti accelerano mentre dentro Marco invece tutto rallenta e lui torna nel luogo segreto dentro di sé in cui è sempre in controllo di ogni situazione e gli altri si muovono come fossero sott'acqua. C'è lo stesso quasi-silenzio, la stessa pace.

L'albanese nero prende per un braccio Milena, la tira a sé, urla:

– *Putana* rimane con noi.

Milena cade in ginocchio per via dello strattone e non vede il destro fulmineo di Marco che si abbatte con un rumore schioccante sulla tempia sinistra dell'albanese scuro e lo fa crollare a terra senza una parola, accanto a lei. Quando alza gli occhi vede Marco cogliere Nedved nell'atto di alzarsi dal tavolo, afferrarlo per i capelli e sbattergli la faccia sul piano del tavolo tante volte, ringhiando come un cane inferocito, il volto contratto in una smorfia terribile mentre i rumori che fa la faccia di Nedved sul tavolo cambiano a ogni colpo e diventano sempre più *umidi.* Marco si ferma solo quando il rumore diventa uguale a quello che fanno i calamari quando il pescivendolo li sbatte sul marmo per tagliarli, poi si dirige verso l'albanese scuro che è ancora a terra a sbattere le gambe in preda alle convulsioni e gli tira un calcio fortissimo in faccia e la testa dell'albanese scatta di lato e si ferma.

Poi nella stanza cala il silenzio che però dura solo qualche secondo prima di essere rotto dalla voce del ragazzo del palazzo davanti:

... per sempre,
per tutto quanto il tempo
in questo addio
io m'innamorerò di te...

Sul piano del tavolo si allarga lentissima una pozza di sangue scuro intorno alla testa riversa di Nedved. Nell'aria si alza un puzzo organico tipo quello dei mattatoi. Marco guarda Milena in ginocchio tra i due albanesi moribondi, la vede scossa ma calma, quasi serena. Non ha mai urlato, ha capito che c'era una minaccia e ora non c'è più, e questa è la cosa importante e non è il caso di lasciarsi andare a un attacco isterico del cazzo. Si avvicina a lei, la prende per un braccio e la rialza.

– OK. Ora andiamo. Subito, prima che mi venga da addormentarmi, – dice Marco, ed escono dall'appartamento sottobraccio, chiudono la porta, scendono le scale, salgono in macchina, partono senza dire una parola. Guida Milena.

XXII.
Love Is in the Air

I due Alberti entrarono all'Anastasia mentre iniziava *Love Is in the Air*, accolti come re. Ermanno gli venne incontro con un gran sorriso informandoli di vederli tutti e due "assolutamente trombanti", le ragazze nel gazebo-harem si voltarono a guardarli e sembravano tutte belle, i camerieri gli volteggiavano intorno con le movenze dei velociraptor di Spielberg portando gin tonic e *messicani* in giro per il locale già mezzo pieno. Fredo Corleone apparve subito accanto ad Alberto C a stringergli la mano con calore come si fa con un vecchio amico e informarlo che Veronique era libera... E questo mi creda, dottor Ciardi, non accade molto spesso. La voleva subito? Ermanno non gli dette il tempo di rispondere e appoggiando un braccio sulle spalle di tutti e due li guidò a un grande tavolo al centro del locale, proprio davanti alla pista. Dottor Ciardi? Alberto si chiese chi gliel'avesse detto a Fredo come si chiamava. Lui, l'altra sera? Ermanno si sedette appoggiandosi allo schienale del divanetto rosso con un'aria di infinito compiacimento e sembrò davvero rilassarsi mentre il polyviscosa del suo vestito finto-Armani splendeva cangiante sotto le luci colorate. Per un attimo sembrò senza difese, il vecchio maligno e vestito male che era, ma poi si riscosse come punto dallo spillone *voodoo* infilato in una bambolina simile a lui in mano a qualche donna che aveva trattato male, e disse ad Alberto T:

– Stasera tu mi sembri tutto Tony Truante!

Pur ubriaco, Alberto C si ricordò subito di quando una volta ai tempi di Pisa aveva dato del "tonitruante"ad Alberto T durante una discussione da universitari su chi fosse meglio tra la Apple e la Microsoft, ma non sapeva che da quella notte Alberto T si era innamorato del suono di "tonitruante" e aveva cominciato a usarlo anche lui scagliandolo addosso a quelle persone che se non sanno il significato delle parole fingono di saperlo, come Ermanno, che poche sere prima, per un'assonanza davvero maligna, aveva scambiato il "tonitruante" scagliato da Alberto T entrando all'Anastasia (Ermanno, credimi, stasera mi sento davvero tonitruante) con "Tony Musante", l'attore americano al quale Alberto T in effetti assomigliava parecchio.

Così quando Alberto C si intromise dicendo che, no, stasera Alberto T somigliava a Michael Douglas, non a Tony Truante, Ermanno scosse la testa, agitò un dito e disse:

– No, macché Michael Douglas. Stasera sembra Tony Truante, ve lo dico io. Tony Truante, guarda il neo, guarda i capelli...

Poi, a vedere i due Alberti che quasi si davano le spalle per non guardarsi e scoppiare a ridergli in faccia, sorpreso, Ermanno aggiunse:

– Poi, certo, ci importa una sega a noi di Tony Truante! Franco, portami un bel Krug a questo tavolo di amici...

Dopo qualche secondo un altro cameriere portò una bottiglia di Krug che venne aperta da Ermanno e generosamente servita a tutti e tre e poi rimessa in un secchiello di finto argento a centro tavolo. *Love Is in the Air* venne interrotta senza riguardi per una violenta *house* e le ragazze si avviarono a ballare in una lenta svogliata processione che faceva venire in mente l'avanzare di una mandria. L'ultima della fila era Veronique, che ad Alberto C parve la più lenta e svogliata e bella di tutte, splendente di quella bellezza forte e volgare che nelle donne gli era sempre piaciuta tantissimo ma per vari motivi non era mai riuscito a stringere tra le mani. Quando si voltò verso l'amico per confessargli questa cosa che non aveva mai detto a nessuno lo vide ingobbito a urlare nel telefonino, in russo. Fredo Corleone tornò al tavolo, servì di nuovo del Krug a tutti e disse ad Alberto che non era per sembrare insistente ma quando Veronique va in pista non ci rimane mai più di qualche minuto perché la occupano sempre.

– Io gliela vado a prendere, poi mi ringrazierà, – disse, e andò verso la pista, le disse qualcosa in un orecchio, lei guardò Alberto C e seguì Fredo che stava già tornando verso il tavolo. Ora che la vedeva meglio mentre camminava, Alberto C pensò che Veronique non era tanto bella, i suoi lineamenti erano troppo forti e troppo accentuati dal trucco, i pantaloni attillati e lucidi troppo attillati e troppo lucidi, gli occhi azzurri troppo azzurri e troppo marcati dall'ombretto azzurro; anche la maglietta-body le faceva risaltare troppo i capezzoli ed era troppo bianco elettrico per non esser stata messa apposta per far risaltare ancora di più la sua abbronzatura esagerata e vagamente giallognola da lampada UVA di scarsa qualità. Solo i suoi capelli erano molto belli, selvaggi e neri come quelli dei cimmeriani, e l'idea che ci fosse la possibilità di poterla trombare in un futuro ragionevolmente vicino, questa strana donna infinitamente diversa da lui, gli dette un fremito nuovo e lo fece deglutire e versarsi furiosamente dell'altro Krug. Veronique gli si sedette accanto, gli dette due bacini sulle guance salutandolo con un gracchiante Ciao Alberto, e gli appoggiò subito la mano sul ginocchio destro. Contemporaneamente a lei apparve al tavolo una bottiglia di Dom Perignon, perché con una nuova generosa mescita nel flûte di Veronique era già finita quella del Krug, e Fredo avviò subito a versare il Dom ad Alberto C, Ermanno, Alberto T e Veronique che doveva aver finito il Krug in un'unica sorsata da camelide perché già protendeva sorridendo un flûte vuoto, e da quel momento in poi Alberto C cominciò a bere sul serio e a raccontare a Veronique di Daikon e di Cinzia e di Milena, del CEO coreano-americano e di Bogotà e dei cocktail mutanti trifase, e il tempo passò scandito dalle bottiglie che arrivavano rapide e roride, tenute in braccio come bambine da Fredo Corleone.

A un certo momento, all'ennesimo stacco violento tra *Mille giorni di te e di me* e *Another One Bites the Dust* Alberto C si guardò intorno e non vide più né Ermanno né Alberto T, e quando si voltò di nuovo verso Veronique lei gli stava raccontando la sua infanzia sfortunata in una cittadina di campagna vicino a Sofia e di certe sue brevi e tristi vacanze estive di ragazzina su un lago dal nome impronunciabile. Poi lei gli si fece molto vicina, a pochi centimetri dalla sua faccia, e gli dette un lieve bacio sulla bocca.

– Mi piaci molto, Alberto, – disse, – non sei come gli altri. Voglio fare l'amore con te. Stasera.

Lui le fece un sorriso da tonno e non disse nulla.

– Andiamo a casa mia, – gli disse ancora Veronique, si alzò senza aspettar risposta e scomparve dietro un séparé. Fredo passò davanti al tavolo e quando Alberto C improvvisamente solo gli chiese dov'era il suo amico, rispose:

– È nel privé, venga con me dottor Ciardi, la accompagno, – e lo scortò a un altro divanino rosso in un'altra stanza, più appartata e scura. Alberto T era seduto con Irina, a litigare in russo. Gesticolava e sembrava non gli venissero le parole, come aveva fatto prima in macchina e faceva anche a scuola quando lo interrogavano e non era preparato. Alberto C sentì di essere completamente ubriaco, allora batté sulla spalla dell'amico e gli disse:

– Io forse… forse ho una situazione… qui… Alberto…

Alberto T si alzò di scatto, scurissimo in volto.

– Come? Non ho capito un cazzo, Alberto... bisogna che tu scandisca un po' meglio le parole perché… OK, scusa, scusami… sono… ho un problema, qui, insomma… hai bisogno… ti ci vuole la macchina, ho capito bene? Ecco... – Gli porse le chiavi della Mercedes. – ... torna dopo a prendermi, ciao. – E si rimise a sedere e a parlare animatamente in russo con la simil-Dellera, che aveva la faccia celata dal fumo della sigaretta che teneva in mano a consumarsi. Alberto sbatté gli occhi finché il fumo si diradò e la faccia della ragazza tornò visibile, poi chiese alla schiena del suo amico:

– Ma come faccio a tornare a prenderti?

Lui si voltò di nuovo.

– Programma il satellitare, no? Siamo in Via Umberto Eco. Ciao, ora vai e fatti fare un pompino, è la specialità della casa. – E si voltò definitivamente. Alberto C annuì, vide Ermanno in piedi a parlare con un ragazzotto tozzo con i capelli ricci raccolti in una coda così lucida da sembrare oleata e andò da lui cercando di non barcollare. Gli chiese quant'era anche per il suo amico, Ermanno rispose: Sarebbe due e mezzo ma per te è due e tre, sogghignò, fece un cenno con la testa a indicare la direzione in cui era andata Veronique, disse che Alberto era proprio un ragazzo fortunato e si mise a cantare quella orribile canzone di Jovanotti. Il ragazzotto tozzo guardò fisso Alberto C mentre dava la sua Amex oro a Ermanno che la smistò a Fredo con un distratto cenno del polso, poi gli si avvicinò e gli disse sorridendo, in un accento fiorentino molto marcato:

– O che l'è il dottor Ciardi, lei? O che mi riconosce?

Alberto C lo guardò, strinse gli occhi, tirò su col naso.

– No... io... non l'ho mai vista...

– Ma come no, – fece il ragazzotto, – son Sante il Monticciolo, ho affittato l'appartamento all'amica della sua signora, son anche stato a casa sua una volta, per firmare il contratto, la 'un si ricorda?

Ad Alberto balenò in mente qualcuno che era venuto a cercare Cinzia quando stava da loro, per farle firmare qualcosa di oscuro, ma quello non era Sante, era il tecnico che gli aveva montato la parabola, il Mannelli, Alberto però lo scambiò per lui e gli porse la mano.

– Sì, mi ricordo... come sta?

– Bene, – disse Sante, stringendola nella morsa delle sue dita, – la volevo solo salutare, e dirle che se l'avesse bisogno di altro io sono a disposizione, ecco, di case ne conosco tante, ci ho tanti contatti, e la porti i miei saluti alla signora Milena, perché guardi, la mi creda, io di persone ne vedo tante, ma una donna di classe e bella come la signora Milena non l'ho mai conosciuta...

E mentre Alberto veniva investito da un'ondata di disgusto infinito al solo sentir nominare Milena e continuava a stringere come un automa la mano di Sante Monticciolo senza capire chi fosse, Fredo tornò con la carta per fargli firmare lo scontrino da due e tre. Veronique apparve al fianco di Alberto e gli appoggiò la testa sulla spalla suscitando prima lo sguardo ferino di Sante e poi un suo rapido sorriso d'intesa. Alberto abbassò gli occhi, firmò in silenzio la ricevuta e quando rialzò lo sguardo si accorse che quei quattro sconosciuti guardavano tutti lui nel silenzio assoluto che sembrava essere improvvisamente caduto per via dell'ennesimo mix sbagliato dal dj, e sentì che doveva dire qualcosa ma quando prese il fiato per dirla quella cosa che ancora non sapeva quale fosse ma di certo gli sarebbe venuta in mente tra qualche decimo di secondo, quando *si rimise a se stesso* come aveva sempre fatto fin da bambino, Alberto si accorse per la prima volta in vita sua di avere la testa completamente vuota. Mentre sul suo volto ubriaco iniziava ad allargarsi un sorriso involontario di puro terrore e abbandono il silenzio fu finalmente strappato dal suono lieve di due bacchette da batteria che sbattevano tra di loro, iniziò *One* e Alberto scosse la testa, voltò le spalle ai tre uomini e fece per uscire con Veronique sottobraccio quando in uno dei tanti angoli riparati dell'Anastasia, seduto su un divanetto dietro al gazebo, gli parve di riconoscere qualcuno che però non poteva essere. Si avvicinò al divanetto seminascosto e vide proprio Ivo Barrocciai, il grande industriale tessile pratese che aveva impiegato suo padre come ragioniere per quarant'anni e il giorno del suo funerale aveva abbracciato Alberto e gli aveva offerto il suo aiuto "per qualsiasi cosa, a qualsiasi ora del giorno e della notte, sempre e comunque"; il Cavalier Barrocciai che aveva fatto i miliardi inventando la finta pelliccia negli anni '60 quando fatturare non era apparentemente obbligo e ovunque nel mondo riusciva a fermare i taxi con il suo fischio alla pecoraia; che a più di cinquant'anni si era sposato un'americana di trenta di Paterson, New Jersey, da cui aveva disastrosamente divorziato due anni dopo per via della sua irrefrenabile passione per le donne e specialmente per le *entraineuses* che gli parevano donne quintessenziali; che durante la terza tappa Abetone-Arezzo del Giro d'Italia del 1959, l'unico che aveva corso prima di essere rispedito dal padre *a fare le pezze*, fu maglia rosa virtuale da Pistoia fino a 5 km dall'arrivo, poi vinse la tappa Benedetti che non aveva tirato neanche un metro, secondo Cestari, terzo Nencini e la maglia rosa andò a Gaul che poi vinse il Giro, Anquetil secondo; che una volta aveva comprato in America una Cherokee Chief per andarci in giro per i boschi della sua tenuta nel Chianti ma quando gliela scaricarono dal camion e vide che era *celestina* e *non metallizzata* e aveva delle strisce nere lungo le fiancate, lui che era un leggendario *connoisseur* di macchine sportive e ne aveva una collezione piccola ma superlativa (una Mercedes 190 bianca con le portiere ad ala di gabbiano, una Lamborghini Miura grigio argento, una Ferrari Daytona ovviamente rossa, una Jaguar E verde e una Fiat 130 blu appartenuta all'Avvocato) e in vita sua aveva comprato solo macchine nere o blu, impallidì e si vergognò come un ladro di aver anche solo pensato di comprare una macchina *di quel colore*, maledisse per giorni il suo agente americano (un ebreo quasi sordo ma molto capace che nulla gli aveva detto dell'orribile colore della macchina e si difese adducendo a difesa il suo essere, appunto, quasi sordo) e decise che con tutto il casino che aveva fatto per portare quella macchina fino a Prato ora non poteva far vedere a tutti che non gli piaceva perché c'era il rischio concreto di passare da bischero e così un sabato pomeriggio aveva suonato per la prima e unica volta al campanello del padre di Alberto, era salito al quarto piano e gli aveva detto che aveva sbagliato a comprare quel suppostone celeste ed era venuto lì per chiedere al suo unico uomo di fiducia nonché – sperava – amico di fargli il grande favore di cominciare a dire in ditta che si era innamorato di quella macchina e voleva provare a chiedere al Cavaliere se gliela vendeva, lui avrebbe fatto finta per qualche giorno – Diciamo due o tre – di resistere e poi gliela avrebbe ufficialmente venduta a un prezzo di favore, consegnandogliela in una specie di cerimonia scherzosa nel piazzale della fabbrica davanti a tutti gli operai anche se naturalmente non doveva dargli nulla né per la macchina né per le volture del passaggio di proprietà né per il bollo né per l'assicurazione perché avrebbe pensato lui a tutto, ma quando vide nicchiare il babbo di Alberto, un omino minuto, calvo e stizzosamente montanelliano che si chiamava Aldo, Aldo Ciardi, il Cavalier Barrocciai aggiunse che avrebbe pagato anche tutta la benzina che quel mostro maledetto avrebbe consumato vita natural durante e proprio mentre il babbo di Alberto stava per arrendersi perché comunque al Cavaliere non si poteva dire di no, il Barrocciai arrochì la voce e proclamò che se poi a Aldo riusciva di venderla poteva anche tenersi quello che gli davano, lui non voleva nulla, bastava che gliela togliesse di mezzo, per favore, e allora il babbo di Alberto disse di sì e fecero la cerimonia di consegna delle chiavi nel piazzale della fabbrica e il babbo di Alberto ci andò al lavoro qualche giorno e una volta, un sabato, ci portò la moglie e Alberto a Viareggio ma poi, terrorizzato dal consumo anche se la benzina l'avrebbe pagata il Cavaliere, resosi conto dell'assoluta impossibilità anche per lui dell'andare in giro per il mondo su quel bisonte celeste, constatata l'assoluta impossibilità di venderlo o persino darlo in permuta per comprare una qualsiasi altra macchina, il babbo di Alberto tenne ferma in garage per anni la Cherokee Chief, andando una volta alla settimana ad accendergli il motore per qualche minuto e una volta al mese a farci un breve giretto, di regola la domenica mattina, insieme ad Alberto che nel frattempo si era perdutamente innamorato di quel bisonte imprigionato che segnava solo 198 miglia percorse e quando prese la maturità con 60/60 chiese e ottenne di poterci andare in giro per tutto agosto per tutta l'Europa con il suo amico Alberto T, subito prima dell'ictus che a metà settembre colpì il Cavaliere in compagnia di una Natascia Rostova in un appartamentino di Montecatini che non si sapeva possedesse e subito prima che il padre di Alberto, spaventato a morte dall'idea di dover pagare lui per anni bollo e assicurazione di quel mostro invendibile visto che il Cavaliere faticava a riprendersi dall'ictus, si sbarazzasse della Cherokee Chief celeste praticamente regalandola al capo-tessitura di origine apulo-irpina della Barrocciai Tessuti, un vigoroso giovanotto comunista di nome Carmine Schiavo che prontamente la mise a gas e la usò con gran soddisfazione per molti anni, alla cubana, fin quando alla fine degli anni '90 non la rottamò per ottenere lo sconto del primo governo della storia a lui favorevole e comprarsi una Multipla, e l'origine e la ragione vera e mai confessata dell'amore di Alberto per la sua Grand Cherokee verde stava nella lontana parentela che aveva con quella vecchia, immane Cherokee Chief celeste della sua giovinezza con la quale aveva infestato le strade spagnole in quella sua unica estate di divertimento, a diciotto anni; il Cavalier Barrocciai che era sterile e senza parenti perché figlio unico di genitori figli unici e aveva designato Alberto suo successore in azienda quando era ancora alle medie perché si piccava di saper riconoscere il valore delle persone prima ancora che lo dimostrassero e appena si riprese dall'ictus volle subito parlare ad Alberto e gli disse di non fare Economia e Commercio all'università perché la ditta da dargli lui non ce l'aveva più e tra qualche giorno avrebbe chiuso *ogni cosa* ed era contento di una cosa sola, che il padre di Alberto non fosse vissuto abbastanza per vedere questo *sfacelo,* ed era meglio se Alberto faceva la facoltà che gli piaceva di più, anche Economia e Commercio se era quella in cui credeva, che decidesse lui della sua vita, insomma, e poi avviò a piangere nel letto d'ospedale, solo come un cane.

Così quando Alberto barcollò con Veronique sottobraccio fin quasi davanti al divanetto del Cavalier Barrocciai, che tra il fallimento a effetto domino di tutte le sue ditte per via delle tante mordaci crisi che avevano colpito Prato negli anni '90 e il divorzio sanguinoso dall'americana di Paterson, New Jersey, si diceva avesse perso quasi tutto – via la collezione di macchine d'epoca, via la casa al Piazzale Michelangelo, via il motoscafo Riva Acquarama di legno ormeggiato da anni a Viareggio e quasi mai usato, via i Morandi e i Soffici e i Viani e i Rosai e i Campigli comprati in pochi anni alle aste dei fratelli Farsetti perché garbavano a sua moglie – e a vederlo di spalle un po' stravaccato su quel divanino rosso, la camicia azzurra di cotone Oxford spiegazzata sulla schiena, la forfora caduta dai pochi capelli stenti che gli rimanevano sulla nuca, la testa vicinissima alla scollatura di una ragazzina russa con il caschetto che fumava impettita guardando dritta davanti a sé, due misere coppette di spumante sul tavolo, Alberto decise di fermarsi e non salutarlo, non farsi vedere, non costringerlo a farsi riconoscere, e si era già voltato a fatica con Veronique sottobraccio per andarsene dall'Anastasia quando si sentì chiamare:

– Alberto!

Era il Cavaliere che in qualche modo aveva *sentito* la presenza del suo figlioccio e ora gli veniva incontro e lo abbracciava, e anche se un po' ingrassato e molto invecchiato era sempre lui, gli erano rimasti gli occhi taglienti e il sorriso infantile, quella vaga somiglianza con Jack Warden, il modo inimitabile di imporre la propria presenza in qualsiasi ambiente fosse, e pareva ancora circonfuso di quell'aura di bambinesca fiducia nel presente e nel futuro che circondava tanti di quella generazione di imprenditori cresciuta e prosperata mentre il PIL dell'Italia s'impennava ogni anno del 5%.

– Alberto! Alberto! – continuò a chiamarlo il Barrocciai mentre lo stringeva tra le braccia; poi di colpo lo staccò da sé tenendolo per i bicipiti con le sue mani forti, lo guardò negli occhi e sembrò compiacersi di lui.

– Io avevo provato a chiamarla, Cavaliere, – riuscì a dire Alberto, ma il Barrocciai scosse la testa, sorrise, disse:

– No, no, ora sto fuori Prato.

Continuò a guardarlo per qualche secondo prima di stringerlo ancora al petto e sembrò sul punto di dire qualcos'altro, forse qualcosa di bello perché gli occhi gli si illuminarono e li socchiuse come a volerla rivedere comunque, quella cosa che non aveva voluto dire. Gli sistemò il colletto della camicia e lo abbracciò di nuovo.

– Non bere, Alberto, – gli sussurrò in un orecchio mentre lo teneva stretto tra le braccia, – se vuoi andare con le puttane, vacci, ma non bere. Dai retta a un bischero.

E poi, dopo qualche secondo:

– Non bere per divertimento, è la peggior cosa di tutte. Bevi solo se sei disperato, se... e allora bevi tanto, più che puoi, ma non bere per divertirti. Capito? È la peggior cosa.

Poi sciolse l'abbraccio, si voltò e tornò al divanetto, dove pensava di essere alla fine di una lunga trattativa per portare la ragazzina russa con il caschetto nel suo miniappartamento di Quarrata, alla chiusura dell'Anastasia, perché l'ottimismo il Barrocciai non l'aveva perso e ancora sperava che gli sarebbe successo qualcosa di bello nella vita, anche perché non era riuscita a portargli via proprio tutto, quella donna che non avrebbe mai dovuto sposare anche per via del fatto che veniva dalla città in cui avevano imprigionato Rubin Carter, l'eroe innocente della *Hurricane* di Bob Dylan che erano la canzone e il cantante preferiti dal Barrocciai che però non l'aveva mai detto a nessuno per paura di passare da comunista, lui che venerava Montanelli e gli aveva scritto un telegramma dopo la gambizzazione nel quale, come ad Alberto, aveva offerto il suo aiuto "per qualsiasi cosa, a qualsiasi ora del giorno e della notte, sempre e comunque", quella donna bellissima e cattiva che malediceva ogni mattina appena sveglio sperando servisse a farla sentir male e schiattare nella piscina olimpionica dell'enorme casa di Palm Beach che aveva comprato con i *suoi* soldi; non gli aveva portato via proprio tutto perché nella cassetta di sicurezza della filiale UBS di un paesino svizzero vicino a Zurigo era ancora nascosto l'unico quadro che gli fosse mai davvero garbato, quello che aveva comprato una notte degli anni '60 a Londra insieme a Rita, una ragazza napoletana bellissima figlia di emigranti che il giorno dopo andava in sposa a un ereditiere americano di certe ferriere, imbelle ed emofiliaco e geneticamente becco, e pagato duemila sterline in contanti dopo una notte di furiose libagioni prima in un famoso ristorante di Soho e poi nel lercio studio dell'artista, un inglesino buco che l'aveva barcagliato per tutta la serata e come ultimo tentativo di strapparlo dalle braccia di Rita infinitamente ubriaca e bella che insisteva per far l'amore proprio lì nello studio dell'artista aveva anche proposto di regalargliela, quella telina di 36x36 cm con la faccia di un papa urlante, ma il Barrocciai aveva detto no, che a lui garbavano le donne e non garbavano i regali, e così aveva messo i soldi in mano all'inglesino che li aveva subito fatti sparire con una mossa da rapace, preso sottobraccio da una parte il quadro e dall'altra Rita ed erano usciti dallo studio nella luce livida di quella che era ormai una mattina londinese e si erano abbracciati per un'eternità, in mezzo ai turisti e ai bambini e alla gente in giacca e cravatta che andava a lavorare, lui e Rita, che staccatasi a fatica e in lacrime dall'abbraccio aveva preso un taxi per il Dorchester e il suo matrimonio e da quella volta non l'aveva mai più vista.

In macchina Alberto continuava a vedere tutto doppio, i semafori, le case, le altre macchine, e fu solo per qualche miracolo e perché a Montecatini alle quattro di notte non ci sono in giro che poche coppie effimere e sfuggenti come lui e Veronique che non fece un incidente; poi lei lo confondeva continuando a cambiare stazione radio e così sentirono solo note isolate, pubblicità, gemiti e fruscii finché a un certo punto, proprio mentre Alberto parcheggiava davanti a una palazzina popolare color ocra, lei trovò una stazione che si sentiva benissimo e trasmetteva il finale di *Figli delle stelle*. La musica invase l'abitacolo cristallina e Alberto chiuse gli occhi perché erano anni e anni che non sentiva quella canzone, da quella notte a Panarea quando *Figli delle stelle* era partita improvvisamente e misteriosamente ad altissimo volume, e lui e Milena si erano svegliati ed erano usciti sulla terrazza della loro camera appollaiata sulla montagna e avevano visto la luna piena che illuminava di blu tutta Panarea e il mare e c'erano le stelle e tutto era così bello che Milena disse che le *faceva male*, e intorno a loro si erano svegliate anche altre coppie ed erano tutti giovani, tutti belli, tutti uguali a loro, fermi e zitti e abbracciati a sentire quella canzone, e quando finì tutti applaudirono e Alberto e Milena tornarono a letto e fecero l'amore e Milena rimase incinta proprio quella sera.

Quando alla fine della canzone Alberto aprì gli occhi li sentì inumiditi di lacrime, e disse a Veronique:

– Senti... io non posso salire da te...

Lei lo fissò stupita senza dire nulla mentre lui cominciava a piangere senza sussulti, composto, guardava fuori dal finestrino e le lacrime gli cadevano giù dalle guance e si diceva che ormai piangeva tutti i giorni ed era una cosa idiota, stava facendo una cosa idiota e non c'era ragione di piangere perché Milena sarebbe tornata tra qualche giorno, non l'aveva persa, non era morta, era sua moglie e tra poco sarebbe tornata.

– Non vuoi scoparmi? – chiese Veronique sprofondata nel sedile in pelle chiara della Mercedes e già un po' struccata, spettinata, sorpresa, formidabile.

– No, – disse Alberto asciugandosi le lacrime con la manica della camicia come i bambini e i cowboy, – scusa. Non voglio, cioè non posso. Scusa.

Veronique lo guardò per una ventina di secondi, poi disse:

– Sei una persona incredibile. Non ho mai incontrato uno come te.

Alberto annuì e tirò su col naso. Ci fu un'altra pausa.

– Non vuoi nemmeno che ti faccia un pompino?... Cazzo non riesco a credere di aver detto una cosa così, – disse Veronique, e si mise a ridere trascinando nella risata anche Alberto. – Ieri un cretino mi ha regalato una Classe A perché ricominci a rispondergli al telefono, e ora sono qui a chiederti se ti fai fare un pompino... Roba da matti... la vita è incredibile.

La risata si consumò pian piano, ma prima che si spengesse Veronique gli scompigliò i capelli e scese dalla macchina, passò davanti al cofano e si appoggiò con i gomiti al finestrino di Alberto. Era una ragazzina sfiorita, da vicino si vedeva bene, e sotto il trucco si intuivano i lineamenti di quando era bambina e stava mille volte meglio di ora, e ad Alberto balenarono in mente immagini di lei che correva incontro a suo padre in un pomeriggio grigio come si immaginava fossero i pomeriggi bulgari, un abbraccio, la richiesta di qualcosa tipo un gelato o qualche dolce, e si commosse e pianse qualche lacrima anche per lei, che lo guardò, gli dette un bacio leggero su una guancia rigata di lacrime e disse:

– Allora buonanotte...

Fece un ultimo sorriso incerto ed entrò nel palazzo senza voltarsi indietro mentre Alberto pian piano smetteva di piangere e avviava a inspirare ed espirare forte ricordandosi del concetto di iperventilazione. Dopo un minuto in cui gli sembrò di avere le idee un po' più chiare provò a programmare il navigatore satellitare per VIA UMBERTO ECO, MONTECATINI (PT), ma senza successo perché si vede che il computer non conosceva o la via o Eco. Mentre stava per disperarsi fu affiancato da una volante della polizia e prima che gli dicessero qualcosa o peggio ancora lo illuminassero con il loro maledetto faro sul tetto della macchina, chiese lui al poliziotto alla guida – scandendo con attenzione le parole – se per favore poteva dirgli dov'era l'Anastasia. I due poliziotti – giovani, barba di un paio di giorni, capelli cortissimi – sulle prime sogghignarono ma poi gli dettero delle indicazioni molto precise.

– Se vuole l'accompagniamo noi, – disse anche il guidatore, e l'altro si mise a ridere. Poi partirono sgommando e uno di loro gli urlò:

– Puttaniere!

Alberto partì molto lentamente a finestrini aperti e raggiunse quasi subito l'Anastasia seguendo le indicazioni dei poliziotti, confusamente orgoglioso di essere in sostanza rimasto fedele a Milena. Alberto T era in piedi nel mezzo del parcheggio vuoto a parlare con Ermanno, e gli fece segno di non scendere dalla macchina. Continuarono a parlare per qualche minuto, sembravano zio e nipote a consultarsi su qualche faccenda di famiglia, o padre e figlio. In quel momento Alberto C sentì l'appiccicosità della certezza che li avrebbe visti ancora tante volte in futuro, quei due, e per via di una sua *debolezza*, della sua incapacità di resistere a una tentazione, come i maledetti drogati. Si vide intrappolato in una routine come i criceti che corrono dentro la ruota della loro gabbia senza fermarsi mai e senza arrivare da nessuna parte, senza più progredire. Arrivato. Nel lavoro e nella vita. Prigioniero di Firenze e di Montecatini e del suo confuso, incerto *volere la fica*, se poi era davvero quello che voleva. Ermanno e Alberto T si salutarono gravemente e Alberto T si infilò in macchina dalla parte del passeggero, scuro in volto.

– Guida te, – disse, e poi dopo cinque minuti, mentre Alberto C passava per sbaglio dalla corsia Telepass, – è incinta, quell'imbecille, eppure gliel'avevo detto di stare attenta, a quella troia…

Alberto C chiuse gli occhi mentre viaggiavano in autostrada e li riaprì solo dieci secondi dopo per accorgersi che la macchina era filata dritta come su un binario e il suo amico si stava mordendo le unghie.

– Io. Non. Voglio. Sapere. Nulla. Di. Questa. Storia, – disse Alberto C guardando dritto davanti a sé, ma vedeva il sangue in terra, Milena seduta su un water di un bagno d'ospedale che lo guardava e piangeva e urlava e gli chiedeva aiuto e lui non poteva fare nulla se non urlare che venisse qualcuno, e poi si sentì un rumore strano e indescrivibile venire da Milena e lei abbassò gli occhi tra le sue gambe e svenne e in quel momento arrivò un'infermiera con degli zoccoli bianchi traforati che si lanciò verso Milena e la prese prima che cadesse a terra ma non riuscì a tenerla e cadde anche lei e allora lui si lanciò per andare a tirare su Milena svenuta e l'infermiera e guardò nella tazza del water…

– Io non voglio vederti mai più, – disse Alberto C ad Alberto T, che non si mosse, non lo guardò, non disse nulla per il resto del viaggio. Non si salutarono nemmeno quando Alberto C fermò la Mercedes davanti a casa sua e albeggiava di già. A casa Alberto C accese la televisione e guardò dieci minuti di uno strano film su RaiTre sull'addestramento degli astronauti americani negli anni '60 e prima di andare a letto mandò tre e-mail a Milena. La prima:

Cara M,

Visto che mi hai sempre detto che non ti dico mai nulla del mio lavoro, ti racconto del nuovo farmaco che stiamo spingendo in tutto il mondo. È un nuovo prodotto per il trattamento della sclerosi multipla (MS).

La MS è una malattia devastante dalle origini sconosciute.

Le statistiche dicono che colpisce le donne in proporzione 3 a 1 rispetto agli uomini.

Ha una prevalenza maggiore per le popolazioni che vivono al di sopra del 37esimo parallelo (il fenomeno è speculare per l'emisfero australe) e la prevalenza varia da 50-70 casi per 100.000 abitanti in paesi tipo Italia e Spagna a 70, 120 o addirittura 180 casi per 100.000 abitanti in Svezia.

Non importa dove sei nato, se nei primi 15 anni di vita ti sposti nei paesi nordici, il rischio aumenta. Non si sa perché ma il fattore latitudine influenza in maniera determinante.

Riguardo alle cause si suppone sia una malattia autoimmune; in pratica il sistema immunitario identifica come estranea la MIELINA che è il rivestimento dell'AXONE.

L'AXONE è il filo conduttore dell'elettricità cerebrale da un neurone all'altro. La MIELINA è la guaina isolante dell'AXONE.

Il sistema immunitario, distruggendo la MIELINA provoca l'interruzione della connessione.

Lo sviluppo della malattia prevede un continuo aumentare della disabilità di una persona finché non riesce più a camminare, a parlare, a respirare.

I primi attacchi si verificano tra i 20 e i 40 anni e mediamente in 10 si muore.

Questa nuova medicina è una proteina (Interferone beta 1A) che agisce sul sistema immunitario rallentando l'azione distruttiva sulla MIELINA.

Purtroppo non è una cura, ma permette di rallentare la progressione e di vivere meglio e più a lungo. Costo di un trattamento, circa $ 15,000 all'anno.

Stiamo lanciando questo prodotto in tutto il Sudamerica, e devo spiegare il piano di lancio e le varie strategie. Dopo toccherà al nuovo antimalarico. Noioso, eh?

Ho voglia di riabbracciarti. Chiamami quando vuoi all'Iridium, non lo spengo mai.

Ciao,

Alberto

La seconda:

Su una rivista straniera, credo "Fortune", ho trovato questa pubblicità della Harley-Davidson.
È un po' una cazzata, ma è anche ganza, mi sembra.
L'ho tradotta e te la mando. Dimmi che ne pensi.
Ciao,

Alberto

P.S.
Torna prestissimo.

Se potessi rivivere la mia vita, cercherei di fare più errori.
Mi rilasserei.
Vorrei essere più stupido.
Sarebbero poche le cose che prenderei sul serio.
Mi butterei di più.
Viaggerei di più.
Scalerei montagne, nuoterei nei fiumi
e guarderei più tramonti.
Mangerei più gelato e meno fagioli.
Avrei più problemi reali e meno problemi immaginari.
Vedi, io sono una di quelle persone che vivono una vita
pulita, sana e sensata, ora dopo ora, giorno dopo giorno.
Ho avuto anch'io i miei momenti belli,
e se potessi ricominciare, ne avrei ancora di più.
Anzi, cercherei di fare solo quello.
Vivere momenti belli, uno dopo l'altro.
Se potessi rivivere la mia vita, mi toglierei le scarpe
all'inizio della primavera e non le rimetterei
fino all'autunno.
Farei più forche a scuola.
Più girotondi.
Coglierei più margherite.

HARLEY-DAVIDSON
Motorcycles

La terza:

Oggi ho pensato che la lingua spagnola è veramente goffa e ridicola: dicono cose come "corazon", "carretera", "autopista", "ladrones".

Non ti fanno ridere? A me sì.

Ti volevo anche dire che quando sono in Sudamerica mi compro sempre una cosa superdolce che si chiama "dulce de leche" ed è una specie di marmellata al sapore della caramella mou (una delizia per i bambini). Tutte le sere me ne faccio almeno tre cucchiai prima di andare a letto.

Ciao, e a prestissimo,

Alberto

Alle 8:03 Alberto si svegliò nella camera invasa dalla luce perché non aveva chiuso le finestre. Si alzò in piedi e vomitò sul pavimento accanto al letto, dalla parte di Milena. Come un automa andò all'armadio e tirò fuori un pigiama inglese di seta a righe bianche e blu che gli aveva regalato Milena e non si era mai messo. Si spogliò lentamente, debolissimo e ubriaco, e in qualche modo riuscì a metterselo. Barcollò fino in salotto e si lasciò cadere sul divano. Fuori c'erano i rumori del traffico, degli autobus, dei motorini. Era giorno. Accese la televisione e su RaiTre c'era ancora il film di prima sugli astronauti, chiuse gli occhi e si addormentò per qualche minuto ma si risvegliò subito per correre in bagno dove si vomitò un po' addosso e un po' nella doccia. Aprì l'acqua, aspettò che facesse scorrere via tutto il vomito ed entrò dentro la doccia mettendosi in ginocchio sotto il getto tiepido che in qualche modo aveva miscelato perfettamente. Dopo qualche minuto iniziò a rilassarsi, il pigiama gli si incollò addosso ed era una sensazione piacevole. Sentì lo stimolo di cacare, e pensò che per ragioni di equilibrio forse era meglio se la faceva lì. Fece appena in tempo a togliersi i pantaloni del pigiama e a rappallarli in un angolo della doccia e sparò un fiotto liquido e puzzolentissimo che appestò tutta la stanza e non voleva saperne di andar via dallo scarico. Gli venne l'ansia di aver preso qualche intossicazione alimentare, cominciò a respirare affannosamente e ad ansimare. Provò a dirsi che ormai era tutto finito e per calmarsi si mise a sedere sul pavimento della doccia ormai pulito e si rannicchiò tutto e fece finta di essere un animale della foresta sorpreso da un temporale, come faceva quand'era bambino. Funzionò, perché dopo un po' provò a lavarsi con il bagnoschiuma di Milena e si fece anche lo shampoo. Quando uscì dalla doccia Alberto si tolse la giacca del pigiama diventata pesantissima e gocciolante, e la buttò sul pavimento. Dovette asciugarsi con l'asciugamano del lavandino perché l'accappatoio non c'era, dovevano averlo messo in qualche posto sbagliato i maledetti filippini. In camera trovò la pozza di vomito di prima. Non poteva lasciare lì quello schifo, allora si inginocchiò e provò a togliere il vomito con l'asciugamano che aveva usato per i capelli. L'odore insostenibile e alcolico gli fece tornare i conati; per non vomitare ancora dovette alzarsi in piedi e guardare il soffitto e sforzarsi così tanto che gli vennero le lacrime agli occhi. Piegandosi sulle gambe riuscì a riprendere in mano l'asciugamano inzuppato di vomito che aveva lasciato cadere, tornò in bagno e decise che non ce la faceva a strizzarlo. Lo mise sotto il getto d'acqua del bidè, che però era troppo forte e rimbalzò sull'asciugamano e gli schizzò gli stinchi. In piedi, chiuse gli occhi e cercò di respirare regolarmente. Gli sembrava di stare un po' meglio. Forse era passata. Respirava liberamente. Forse poteva anche rimettersi a letto, ma decise che per quello era meglio aspettare ancora un po'. Era stato quello champagne maledetto, forse erano bottiglie andate a male. Andò all'armadio, lo aprì e vide una vecchia maglietta Lacoste di Milena e i pantaloni di una tuta grigia. Se li mise addosso e si compiacque ancora una volta che lui e sua moglie avessero la stessa taglia e potessero scambiarsi i jeans e le magliette. Inspirò ed espirò regolarmente. Era passata. Tornò in camera e finì di pulire il vomito con l'asciugamano, lo portò in bagno e lo rimise sotto il getto d'acqua del bidè. Era stata veramente dura, non gli era mai successo di stare così male, certo non aveva mai bevuto così tanto. Aveva preso una sbornia, ecco cos'era successo, la prima della sua vita. Poi all'improvviso arrivò un conato fortissimo che lo piegò in due, si inginocchiò e vomitò nella doccia e sui pantaloni della tuta grigia. A occhi chiusi armeggiò con le manopole dell'acqua, che in qualche modo gli scrosciò sulla testa perfettamente tiepida, e rimase lì, con gli addominali che si contraevano invano perché ormai non aveva più nulla da vomitare, a pensare che forse poteva anche provare ad addormentarsi nella doccia, sotto l'acqua, e magari sognare che non era successo nulla, che tutto andava bene e c'era una spiegazione per tutto quello che gli era successo dalla Colombia in poi, una spiegazione razionale, una che poteva credere. Per favore.

XXIII.
Blue Oyster Cult

Milena si svegliò per via di un gigantesco aereo militare (una *fortezza volante*?) passato lentissimo e bassissimo sopra le colline della Selva a lacerare il suo dormiveglia. Non fu un risveglio di soprassalto: nessuno scossone, nessun brivido, i suoi pensieri subito chiari mentre il corpo era ancora addormentato e i neuroni avviavano lentamente e quasi percettibilmente a mettersi in comunicazione tra loro. Non c'era cosa al mondo che Milena si godesse così; era una cosa sua intima e incomprensibile agli altri questo lieve, lento accendersi. Si stirò, e mentre cercava di mantenere la posizione di massimo allungamento per qualche secondo fu colpita da due distinte, attese fitte di dolore alle tette – prima alla destra, poi alla sinistra, curiosamente distanziate di qualche secondo. Il dolore defluì lento e mentre le punte dei suoi alluci toccavano il freddo del ghirigoro di ferro battuto in fondo al letto falso-antico pensò che se solo avessero smesso di dolerle avrebbe anche cominciato a sentirle più sue, perché a guardarle parevano molto belle e quasi naturali: non erano quelle bocce antiche tipo Pamela Anderson (tondeggianti e molto distanziate tra loro e grosse e quasi-dure e quasi-immobili) che aveva temuto di ritrovarsi, sembravano più il risultato di qualche magica microchirurgia giapponese, con migliaia di microsacche di silicone che si disponevano automaticamente a supporto della tetta naturale inguainandola e ingrandendola senza farle cambiare forma. Comunque fosse le stavano benissimo e nonostante il dolore feroce che non se ne andava e la costringeva a prendere ogni giorno quei maledetti Aulin, ormai era quasi contenta di essere andata a Milano a rifarsele. Se non altro erano una novità che sbarcava nella sua vita, la prima dai tempi del suo matrimonio e prima ancora dalla sera in cui aveva detto ai suoi genitori che non avrebbe mai più giocato a tennis e loro si erano messi a piangere. Chissà cosa le sarebbe successo a invecchiare, se da vecchia sarebbe diventata un mostro rugoso con due tette da ragazzina o se sarebbero invecchiate anche loro in qualche imprevedibile modo siliconico. Inspirò a fondo e si stirò di nuovo, e stavolta i suoi muscoli si allungarono così tanto che le punte dei piedi superarono il ferro battuto del letto. Le piaceva molto che il suo corpo fosse *di lunghezza variabile*. Quando l'aveva detto a Marco lui aveva sorriso e aveva detto che era come Mr. Fantastic. Ai tempi in cui giocava a tennis faceva sempre il giochino di misurarsi la mattina (1,71) e scommettere con se stessa quanto sarebbe stata più bassa la sera, dopo che le corse e i salti degli allenamenti avrebbero ridotto i suoi spazi intervertebrali. Il suo record era di 3 centimetri. Certe sere si presentava a cena che era alta solo 1,68 e sua madre doveva accorgersene in qualche modo, perché era più affettuosa con lei e la chiamava sempre "la mia bambina".

Dall'angolazione della luce e dalla temperatura dell'aria stimò che fosse la una e mezzo, e si sbagliava di poco. Erano le due meno venti. Aveva sempre avuto quest'abilità di sapere l'ora, fin da piccina. I suoi genitori dicevano che regolavano gli orologi sull'ora di Milena; i suoi genitori che non le venivano mai in mente ora le apparvero davanti agli occhi, felici e sorridenti e ancora innamorati l'uno dell'altra mentre prendevano un aperitivo al Caffè Principe di Forte dei Marmi, d'estate; Milena era bambina e loro ridevano di una barzelletta che lei gli aveva appena raccontato: "Due mosche si posano su una cacca. La prima mosca dice Vuoi sentire una barzelletta?, e la seconda Dopo, ora sto mangiando."

Ormai sveglia si alzò lentamente dal letto, si sedette al tavolino di legno finto-vecchio e mentre si godeva a occhi chiusi per qualche minuto la luce vermeeriana che la intiepidiva – la bocca semiaperta, le labbra infantilmente imbronciate, le gambe nude perché aveva dormito con la sola maglietta nera dei Nirvana di Marco – Milena decise che *era finita* ancor prima di riaprire gli occhi sul muro stuccato di fresco, accendere il computer, scaricare la posta elettronica e leggere le vagellanti e-mail di Alberto: la velocissima, fulgida imitazione di vita che aveva vissuto in quei giorni era *finita,* e lei voleva tornare subito a casa. Il bacio fuori dalla Buca dell'Orafo, la passeggiata abbracciati per le stradine di Pienza come due tedeschi in viaggio di nozze, la scopata in terrazza mentre era al telefono con Alberto, le risposte argute da cortigiana con cui aveva sbilanciato le domande *grossiées* del Brancaleoni, il continuo bambinesco prendersi per mano e il fatto che fosse sempre lei a cercare la mano di Marco, l'avergli chiesto di incularla quando mai si era fatta inculare da Alberto e il perdono istantaneo del dolore imperdonabile che aveva sentito sia quando lui gliel'aveva messo dentro sia quando l'aveva tolto, quell'inutile e alla fine ginnico scopare sempre tre o quattro volte per notte come se dopo la prima rimanesse qualcosa da scoprire, tutta la sequenza del suo ridicolo innamoramento da fotoromanzo le appariva ormai come una lunga serie di fotografie scattate con mano malferma, sfocate e vacue come i paesaggi dei quadri di Richter.

Si alzò in piedi quasi allegra di avere finalmente qualcosa d'importante e urgente da fare, e mentre spengeva l'iBook e raggomitolava i fili pugnalata da fitte continue di dolore che per ora non voleva placare, mentre raccoglieva lentamente la sua roba e la infilava appallottolata nel borsone nero di Prada dimostrando che sono sempre i borghesi i migliori bohémien perché sanno fin dall'inizio che quella loro nuova condizione sarà dolcissima e transitoria, un po' come un viaggio in un paese povero e lontano, Milena continuò a dirsi che non aveva fatto niente di male. Aveva tradito suo marito, sì, ma nessuno lo avrebbe mai saputo e nessuno ne avrebbe sofferto fuorché lei, che sarebbe tornata a casa e avrebbe retto tenendo tutto dentro di sé come la Madame Olenska dell'*Età dell'innocenza*; non sarebbe andata a piagnucolare in giro a farsi consolare da Cinzia e anzi si ripromise di pensare molto bene a cosa raccontarle; non avrebbe pencolato per casa in preda alla malinconia; non si sarebbe messa a scrivere lettere d'amore o altre cazzate – non avrebbe cambiato comportamento, insomma. Avrebbe cercato di non soffrire, ma se avesse sofferto l'avrebbe fatto con stile e non se ne sarebbe mai accorto nessuno. Si disse che aveva avuto una *storia di sesso* come succede prima o poi a tutte le donne e che aveva fatto una cosa normale, finalmente, invece di stare tutta la vita rinchiusa in casa davanti alla televisione o in palestra – anormale semmai era stato in tutti questi anni aver fatto l'amore solo con suo marito, e anche nella scelta dell'amante era andata a cercare lo stereotipo più elementare: un uomo più forte e più cattivo, più *uomo* di suo marito. In pratica si era fatta il bagnino. Scosse la testa e sorrise perché era una cosa che diceva sempre sua madre, *farsi il bagnino*.

Finì di riempire la borsa col respiro mozzato dal dolore alle tette, si infilò un paio di jeans e le New Balance, giudicò di aver sofferto abbastanza e prese due bustine di Aulin. Mentre attraversava i saloni della Casa dello Spino tirandosi dietro come una hostess la sua valigina con le ruote cigolanti le sembrò in qualche modo giusto e naturale lasciare Marco proprio come era crollata davanti a lui, all'improvviso e di schianto, e si disse che doveva esserci una ragione se la loro storia era stata così veloce e lei non soffriva punto a scappar via da un uomo che fino alla notte prima le sembrava di amare e forse le aveva salvato la vita guastando irreparabilmente la sua, una ragione profonda e *generazionale*, perché sua madre una cosa così non l'avrebbe mai fatta – avrebbe resistito all'impulso del momento aggrappandosi all'orgoglio che una donna doveva avere, si sarebbe detta che prima di prendere qualsiasi iniziativa avrebbe dovuto almeno conoscerlo meglio, sentire come parlava, e con una scusa avrebbe fatto in modo di rivederlo qualche giorno dopo, magari per un caffè, e mentre l'aveva davanti l'avrebbe però solo guardato senza ascoltarlo mentre rispondeva alle sue domande vaghe, e si sarebbe innamorata di lui solo perché era bello e sembrava interessarsi a lei, e si sarebbe messa con lui e ci avrebbe fatto l'amore per mesi incontrandolo di soppiatto in posti diversi, agli inizi anche in macchina, usando mille sotterfugi, mentendo tutti giorni al marito e alla figlia, intrisa di sensi di colpa e di una sofferenza che pur mordendola a sangue avrebbe ritenuto necessaria e inscindibile dalle cose che *davano un senso alla vita*, come l'amore, e quando poi lo avrebbe lasciato tra mille ricadute non avrebbe mai smesso di soffrire, convinta che quella sofferenza fosse il segno che qualcosa aveva fatto davvero per provare a scardinare la sua vita rinchiusa nel matrimonio, perché a vivere tranquilli son buoni tutti ed è a provare a vivere davvero che viene la paura – e Milena invece era molto orgogliosa di non soffrire e non si era mai sentita rinchiusa nel suo matrimonio e si giudicava comunque mille volte meglio di sua madre che era cresciuta a forza di film francesi piagnucolosi e *fumava* e secondo lei aveva sempre piegato le sue passioni mediocri alla vigliacca necessità di nasconderle.

Quando uscì dalla Casa dello Spino questi pensieri svanirono privi d'importanza davanti allo spettacolo di una bellissima giornata di sole e vento e poche nuvole bianche che si rincorrevano nel cielo del Chiantishire, la sua Volvo bianca sullo sfondo di una collina di un verde perfetto, un piccolo castello azzurrino per la lontananza, tre cavalli Appaloosa a pascolare liberi negli sconfinati campi del Brancaleoni. Milena inspirò a pieni polmoni, espirò lentamente e decise che non era il momento di mettersi a pensare al perché delle cose.

Trovò Marco a spaccare la legna a torso nudo poco più lontano, al limitare del bosco, e gli si avvicinò a piccoli passi senza chiamarlo perché voleva guardarlo bene un'ultima volta mentre alzava e abbassava l'accetta e i muscoli gli apparivano sotto la pelle della schiena e scomparivano subito senza far capire dove potessero nascondersi. Per un attimo le si avvizzì il cuore al pensiero di quella bellezza inutile che non avrebbe mai più stretto tra le braccia, al ricordo delle cose che Marco le aveva raccontato in quei giorni tipo che aveva pianto quando era morto Kurt Cobain, che sul serio credeva di essere una specie di giustiziere e in vita sua non aveva mai tollerato le ingiustizie, che quando nessuno lo vedeva una volta aveva davvero *aiutato una vecchietta ad attraversare la strada*, che di lavoro faceva il recupero crediti ma aveva appena perso il suo miglior cliente e quindi avrebbe dovuto pensare a qualcos'altro, che il suo unico amico era morto in Vespa a diciotto anni e si chiamava Aurelio Querci e ogni tanto lo sognava ancora, che non aveva mai picchiato nessuno che non lo meritasse e che certa gente capisce solo i cazzotti, che il suo solo idolo era Wolverine il supereroe mutante canadese con gli artigli di adamantio degli X Men, che lui l'amava, forse. E mentre Marco si voltava lentamente verso di lei sicuro e sorridente e del tutto impreparato a quello che stava per succedere Milena dovette sforzarsi per ricacciare indietro le lacrime che – stupide e svenevoli – le si affollavano agli occhi. Strinse le labbra, lo guardò negli occhi e gli disse:

– Io devo andare, ora, Marco. Devo tornare a casa. Mi dispiace.

Senza aspettar risposta gli porse con le mani tremanti la busta con i quaranta milioni della collana che non si era comprata. Disse che forse con quei soldi poteva rimettere a posto le cose con gli albanesi, se erano ancora vivi, o con i loro capi; quando lui non allungò la mano per prenderli lei lo pregò di tenerli lo stesso perché anche se non volevano dire nulla, ecco, invece erano comunque qualcosa perché intanto gli sarebbero serviti per pagare il conto della casa al Brancaleoni, e poi... poi gli potevano servire per altre cose. Un battito di cuore e Milena ebbe un sussulto e abbassò lo sguardo e iniziò a piangere nel suo modo composto, con i lineamenti immobili e le lacrime che le gocciolavano giù spinte dall'uragano che le montava dentro. Quando lui le chiese con una voce flebile se poteva telefonarle e se si sarebbero visti di nuovo Milena alzò gli occhi a guardarlo e balbettò prima Sì, poi No, poi Sì, poi Non lo so, e senza smettere di piangere si alzò in punta di piedi e gli dette un unico, ultimo bacio sulla bocca, poi si voltò e cominciò a camminare verso la Volvo, salì in macchina, accese il motore e se ne andò via dallo Spino alle quattro e quaranta asciugandosi le lacrime con le maniche della maglietta dei Nirvana che le era rimasta addosso, giù per la strada bianca, anche troppo veloce.

La strada dalla Selva all'uscita Valdarno dell'A1 era intasata da una carovana di camper di tedeschi in vacanza con le targhe irte di consonanti e le biciclette legate sul tetto, e Milena dovette seguirla per chilometri prima di poterla superare su un rettilineo dove tutte le macchine che incrociava le lampeggiavano per segnalarle la presenza della polizia, che solo per miracolo non la fermò visto che i poliziotti e i carabinieri e la guardia di finanza la fermavano sempre e si dilungavano a fare i loro stupidi controlli pur di poter parlare un po' con lei e a volte facevano anche delle domandine oblique per vedere se lei era una di quelle donne che si fanno impressionare dalle uniformi e se riuscivano a farsi dare il numero di telefonino.

Anche in autostrada Milena dovette andar piano per via del traffico e dei cantieri e dei maledetti camion che si superavano senza mai mettere la freccia, così fece attenzione alla musica e alle parole delle canzoni, e a sentire *Sacrifice* di Sinead O'Connor si sentì improvvisamente così perduta e sola e disperata che si mise a piangere di nuovo e dovette fermarsi sulla corsia d'emergenza con i camion che passavano accanto alla Volvo e la facevano oscillare sulle sospensioni come una scialuppa in alto mare. La vista annebbiata dalle lacrime, il telefonino muto e inutile stretto in mano, ogni difesa ormai abbattuta, Milena provò a dirsi che tutto questo sarebbe passato e lei avrebbe smesso di sentirsi così in colpa per aver lasciato Marco in quel modo terribile e per esserci andata e per aver tradito suo marito e per avergli mentito; che era un momento di merda ma sarebbe passato e tra poco sarebbe tornata a essere la Milena senza pensieri e quasi-felice che era prima, e poi, di colpo, *si vide*, sdraiata sul grande divano di pelle chiara davanti allo schermo al plasma, sola, muta, di notte, il telecomando in mano per cambiare canale in attesa di quella canzone commovente di Patti Smith che sentiva ogni sera prima di addormentarsi, già in pigiama perché una volta su tre crollava sul divano e si svegliava all'alba per via del sole che entrava dalla grande vetrata e zoppicava fino in camera dove finiva di dormire avvolta nel fresco delle lenzuola che d'inverno diventava freddo e le faceva battere i denti, sola, senza lamentarsi mai perché lei poteva reggere tutto e c'era tanta gente che stava peggio, convinta che per come era fatta lei la sua vita non potesse essere meglio di così, e poi Alberto sabato sarebbe tornato e sarebbero andati a cena fuori e avrebbero parlato di quello che gli era successo in quella settimana, chi aveva incontrato, cosa aveva detto e fatto, sola comunque; e per la prima volta ebbe pena di sé e della sua vita, e si disse che invece di tornare a casa sarebbe scappata via, ora, subito, non sapeva dove ma da qualche parte sarebbe andata, a cercare di capire se la sua storia con Marco era stata una crescita o una caduta di grazia, se aveva appena cominciato a viverla o a rovinarsela, la vita: in una città dove ci fosse il mare e potesse vederlo e toccarlo e sentirne l'odore ogni mattina, o forse a Villa Cielo Alto davvero, a fare l'idromassaggio per ore e lunghe passeggiate da sola nel parco secolare e digiunare per un giorno e mezzo, a cercarsi dentro di sé perché da qualche parte doveva per forza essere la Milena che voleva diventare.

Pianse a lungo, dieci minuti, quindici, poi anche questi pensieri si intiepidirono, si smussarono e finalmente defluirono, e Milena si ritrovò a fissare il cruscotto della Volvo, calma e rasserenata da tutto quel piangere. C'erano dei problemi ma li avrebbe affrontati, si disse, non sapeva come ma in qualche modo avrebbe fatto. Si soffiò il naso e le venne da ridere ripensando ad Alberto che le diceva sempre che più che soffiarsi il naso, lei *barriva*. Si accorse di aver fame e si rallegrò, perché come tutte le persone che hanno fatto sport agonistico da bambini Milena aveva sempre considerato la fame una forza positiva: una semplice, non-complicata richiesta di energia da parte del suo corpo, uno stimolo antico che non provava dai tempi in cui tornava a cena a casa dopo gli allenamenti e divorava in pochi bocconi la fettina di carne sempre troppo cotta che sua madre si ostinava a farle mangiare prima della pasta al pomodoro. Sorrise tra sé al ricordo della ragazzina cocciuta e fissata col *serve-and-volley* che era stata, alla sua idea che era meglio perdere una partita con una pallettara piuttosto che snaturare il suo gioco perché anche Connors e Sampras e Martina Navratilova avevano detto la stessa cosa, da ragazzini, e cioè che *nessuno poteva obbligarli a fare una cosa che non volevano fare.*

Accese il motore e partì. Dopo pochi chilometri trovò un autogrill e si fermò per sciacquarsi la faccia e mangiare un panino con il pomodoro e la mozzarella e l'origano veramente buonissimo, perfettamente riscaldato, con l'origano che spiccava e rendeva il panino una fantastica, odorosa *cosa mediterranea*; insieme bevve una Coca-Cola fredda e frizzante in bottiglia e ripartì quasi allegra dall'autogrill, a finestrino aperto, con Renato Zero che cantava *I migliori anni della nostra vita.* Mentre superava in curva un camion di mucche pensò che sarebbe stato ganzo carezzare quella lunga coda spelacchiata marrone che sventolava tra le sbarre della fiancata del camion. Si voltò per vedere a che mucca apparteneva, se era pezzata o no, se aveva le corna o no, se era grossa o no, e non si accorse della fila ferma davanti a lei e coperta dalla curva fin quando guardò di nuovo avanti e si trovò a pochi metri da una Mercedes nera ferma in corsia di sorpasso con le quattro frecce disperatamente accese, lanciata a centoventi all'ora, e mentre si attaccava al freno e sentiva i mille sobbalzi dell'ABS e il tempo sembrava allungarsi disse No, un'altra volta no, e si abbatté con una spaventosa quantità di moto sulla Mercedes ferma. Ci fu un rumore fortissimo, la sensazione di un movimento in avanti arrestatosi di colpo, un silenzio assurdo, poi Milena vide qualcosa di bianco e floscio sul volante squarciato e sentì un odore acre di qualche gas. C'erano vetri ovunque, il cassettino porta-oggetti si era aperto e aveva vomitato sul sedile del passeggero i suoi guanti, i fazzoletti di carta e i documenti della macchina, il Telepass si era staccato dal parabrezza e le era atterrato in grembo, e Milena riuscì solo a pensare che ora forse la Volvo sarebbe esplosa come nei film quando arrivò qualcosa di laterale e spaventosamente veloce che sembrò scaraventarla lontano, fuori dalla macchina, farla *volare via*, e anche quando le mancò il fiato per un urto contro qualcosa di molto duro non provò nessun dolore, vedeva solo qualcosa di grigio e sfocato e sentiva gli orecchi ronzarle come quando un rumore forte e continuo cessa d'improvviso, e poi si ritrovò nell'appartamento di Novoli dove si erano rifugiati lei e Marco dopo gli albanesi, proprio dentro al ricordo, nudi e abbracciati nella camera matrimoniale dei suoi genitori, stesi sul vecchio letto da una piazza e mezzo con la testiera d'ottone brunito, i comodini ingombri di foto incorniciate di un uomo sorridente con i capelli tirati indietro e una donna dimessa con un bambino attaccato alle gonne, e fecero l'amore molto lentamente, molto dolcemente, su quel letto dove Marco dormiva da quando erano mancati i suoi genitori e per rispetto a loro non ci aveva mai portato nessuna donna, e fu una cosa bellissima e molto naturale, senza posizioni strane, solo un uomo e una donna che si amavano e facevano l' amore a lungo e piano piano, nella notte, baciandosi a quarti d'ora interi, e poi Milena gli disse che aveva trovato un posto dove nasconderlo, ad Ambra, e lei lo avrebbe raggiunto tra qualche giorno perché prima doveva fare una cosa a Milano, lui le domandò Cosa?, e lei disse Devo rifarmi le tette, e quando Marco le sorrise e non le chiese perché e disse solo che era un'idea ganza lei sentì qualcosa dentro che non aveva mai sentito per un uomo, si sciolse e si mise a piangere, nuda tra le sue braccia, in una casa che non conosceva, e gli disse tra i singhiozzi che il suo più grande terrore era quello di invecchiare e non essere più bella perché anche se la bellezza le aveva rovinato la vita, ormai almeno bella doveva essere o non sarebbe stata proprio niente, un pezzo di carne, e allora lui la strinse in un abbraccio infantile e disse che di questo non doveva aver paura, mai; e poi quando Milena pian piano smise di piangere Marco le raccontò di quando suo padre lo chiamava Zanna Bianca e gli diceva che lui era il suo piccolo lupo in un mondo di cani, e che fu proprio *Zanna Bianca* il primo libro che lesse, a sette anni, in segreto, parola per parola, riga per riga, con uno sforzo così grande che se lo ricordava ancora, per poter dire al suo babbo nel giorno del suo compleanno che aveva letto il suo primo libro ed era proprio quello che lui amava di più, il suo preferito; le raccontò di quanto pianse quando Zanna Bianca perde il combattimento contro il bulldog perché non riusciva a capire come fosse possibile che Zanna Bianca perdesse contro quel cagnaccio: non era più grosso, più forte, più veloce, più bello? Non era *migliore*?

Ora c'erano dei rumori intorno a lei, urla, clacson. Milena aprì gli occhi e vide un cielo perfetto. Era molto stanca, e aveva freddo. Chiuse gli occhi.

XXIV.
Desailly

Ilda era accanto al suo letto circonfusa di luce, gli toccava delicatamente la spalla destra per svegliarlo mentre diceva qualcosa di incomprensibile su Cinzia e aveva in mano un oggetto nero che gli porgeva. Alberto lo prese e strinse gli occhi nella luce della stanza per capire cosa fosse, allora lei premette un pulsante, gli avvicinò l'oggetto nero all'orecchio, fece due passi indietro, si girò su se stessa compiendo un movimento tipo il *giro sull'uomo* della pallacanestro e uscì spazientita dalla camera.

Alberto richiuse gli occhi, disse Pronto, e fu subito investito dalla carica adrenalinica della voce di Cinzia che in pochi secondi gli disse che si scusava tanto per averlo fatto svegliare perché evidentemente aveva avuto una nottata complicata ma ormai non poteva più aspettare perché aveva bisogno di un grosso favore che non gli avrebbe mai chiesto se non fosse stato assolutamente necessario, e si zittì senza dire che tipo di favore. Dopo cinque secondi di silenzio Alberto si schiarì la gola e, sempre a occhi chiusi e sempre sdraiato a letto, disse Che favore?, e Cinzia ripartì scusandosi di nuovo ma aveva un gran bisogno, un *vitale* bisogno che lui stesse qualche ora con Daikon finché lei non tornava, a partire da quasi subito fino a mezzanotte, forse un po' più tardi, e le dispiaceva di chiedere una cosa così ma veramente non poteva fare a meno di uscire e non poteva portarsi dietro il bambino. D'impulso Alberto le chiese che cosa andava a fare, lei rispose senza esitazioni che doveva fare una cosa importante e *non privata* e poi rimase di nuovo zitta ad aspettare la risposta di Alberto, che in quel momento di silenzio si accorse di avere un mal di testa così mordace da lanciargli fitte di dolore alle tempie a ogni minimo movimento della testa, e stava per dirle di no perché non ce l'avrebbe mai fatta in quelle condizioni a passare un pomeriggio e una serata con Daikon. Era già tanto se riusciva a svegliarsi. Inspirò, espirò e finalmente aprì gli occhi. Davanti a lui c'era un campo di battaglia: asciugamani appallottolati e sporchi di vomito, lenzuola strappate dal letto e anch'esse appallottolate, un abat-jour rovesciato sul pavimento con la lampadina rotta, i suoi vestiti così distanti tra loro che doveva averli lanciati *di proposito* ai quattro angoli della stanza. Pensò che la camera non era mai stata ridotta in quel modo, neanche nei primi giorni dopo l'incidente quando lui e Milena si erano divisi il letto e le infermiere e le cure per i loro malleoli rotti e l'avevano inzeppata di roba utile e inutile e ingombrante: due piccoli televisori con videoregistratore e cuffie per vedere ognuno i propri programmi, e poi invece avevano visto sempre le stesse cose; i due enormi orsi di peluche che aveva mandato Cinzia; i mazzi di fiori che avevano continuato ad arrivare man mano che sapevano dell'incidente i genitori, i colleghi di Alberto, gli amici, il CEO coreano-americano e buon ultimo il Barrocciai che per farsi perdonare del ritardo aveva mandato il mazzo di fiori più grosso e bello di tutti e nel bigliettino aveva scritto AI MIEI FIGLIOLINI PREDILETTI; il computer portatile Compaq sul quale proprio in quei giorni Alberto aveva sviluppato una strategia di mercato per un antidepressivo che gli aveva fatto raddoppiare il suo primo budget di vendita; la gigantesca e lucente macchina per la riabilitazione che il padre di Milena in piena sindrome abbandonica per esser stato contemporaneamente lasciato da moglie e figlia e amante aveva insistito per far montare in camera e non era servita a nulla perché solo dopo tutto il montaggio si era rivelata specifica *per il ginocchio*. Era stato un affastellio ganzo e struggente che ad Alberto aveva dato l'idea di qualcosa di operoso e in costruzione, una rinascita gioiosa e abbondante e anti-entropica da film di Frank Capra con tutti che nel momento del bisogno dimostrano di volerti bene e ti mandano le cose e vengono a farti visita con i cioccolatini e ti convincono di essere molto più amato di quel che credi. Cercò di deglutire senza riuscirci perché di saliva non ne aveva, e il ricordo di quella meravigliosa confusione gli morse il cuore e lo fece vergognare ancora più di quello *sfacelo* e di tutte le cose che aveva fatto la sera prima e già cominciavano ad affiorargli alla memoria e tormentarlo.

Alberto disse No – per la disperazione, per la distanza tra quei giorni esultanti e quelli infami che viveva oggi, perché Milena non c'era e ancora non aveva detto quando tornava, perché da quando era rientrato dalla Colombia non aveva detto di no a nulla fuorché all'offerta di pompino della bulgara dell'Anastasia – e mentre Cinzia si scusava credendo che lui non volesse/potesse stare con Daikon, Alberto si accorse che passare del tempo con Daikon sarebbe stato l'unico possibile antidoto a come iniziava a sentirsi, un modo candido per *riparare*, e allora strinse forte la cornetta, cercò di concentrarsi e chiese a Cinzia che ore erano. Quando lei gli rispose che erano già le tre lui disse che, OK, ora proprio non poteva, ma alle otto e mezzo sì. Ora doveva fare una cosa ma poi sarebbe stato libero per tutta la sera e certo che lo teneva lui Daikon, sarebbero andati a prendere un gelato e poi al cinema o dove voleva lui, non c'era problema, glielo teneva lui il bambino, e ripeté che sarebbe andato a prenderlo a casa di Cinzia alle otto e mezzo, subito dopo cena. Senza problemi. Lei esitò per qualche secondo e Alberto aggiunse che se preferiva che il bambino non uscisse, poteva anche rimanere a casa con Daikon. Senza uscire. Potevano stare a casa di lei oppure a casa di Alberto. Non c'erano problemi, davvero. Aveva la gola così secca che gli faceva male a parlare, ma in quel momento sarebbe stato disposto a pregarla per poter stare qualche ora con Daikon. Cinzia fece un'altra pausa piuttosto lunga, poi disse:

– OK, allora facciamo così, da ora alle otto e mezzo mi organizzo in un altro modo. Te vieni qui alle otto e mezzo e ti spiego tutto, vestiti sportivo ma scuro, con le scarpe da ginnastica. Si va tutti insieme, io, te e Daikon, forse è meglio Ciao.

Quando Alberto chiuse la comunicazione il suo umore aveva già cominciato a migliorare. Indosso solo una vecchia maglia del Milan con il numero 8 e la scritta DESAILLY, riuscì in qualche modo ad alzarsi in piedi, trascinarsi in bagno e fare una lunga doccia. Provò a chiamare Milena ma senza successo (*Il cliente potrebbe avere il terminale spento*), mangiò uova *scrambled* come sempre mal interpretate dai filippini (troppo asciutte, di un giallo troppo chiaro e trasudanti quell'acquerugiola tipica delle *scrambled* con troppo latte), inghiottì due Optalidon e tentò di spiegare ai filippini il casino in camera sua con un'intossicazione alimentare notturna che non l'aveva fatto dormire neanche un minuto fino all'alba ma se ne era andata velocemente e misteriosamente com'era venuta, e poiché il mal di testa andava scomparendo decise di potersi trasferire in salotto a leggere in vestaglia il quinto e definitivo libro di Ambra, *Le coorti del Caos*, e ci si appassionò così tanto da non staccarsene nemmeno per un momento. Lo lesse tutto d'un fiato nonostante fosse ormai la quarta volta, e quando alzò gli occhi dal libro, commosso e ammirato dalla sua maestosa conclusione – l'universo e l'intera realtà vengono distrutti da un titanico temporale fatto di caos – si accorse che erano già le otto e un quarto e lui era ancora in vestaglia ma *stava bene*. Si affrettò a mettersi un *field jacket* verde, pantaloni di felpa blu e scarpe blu da barca, uscì di casa canticchiando *Moonlight Shadow*, corse al Garage Europa dove gli chiesero se Milena aveva cambiato garage perché non l'avevano più vista, salì sulla Grand Cherokee senza nemmeno rispondere, riprovò a chiamare Milena ma lei aveva ancora il maledetto terminale spento, e si gettò irritato nel terribile traffico fiorentino dell'ora di cena.

Quando arrivò sotto casa di Cinzia erano già le otto e tre quarti, e lei e Daikon lo stavano aspettando in strada. A vederli così seri e quasi-mascherati – tutti e due vestiti di nero, lui con una felpa alla Billy Mahoney, i jeans neri larghi, delle enormi Nike alte e i capelli corti sulla testa e lunghi dietro fino a sfiorargli le spalle nel suo taglio preferito *da bambinaccio*, Cinzia tutta nera anche lei e con la testa rasata eppure mai come stasera intrisa di una dolcezza sineadoconnoresca che la allontanava anni-luce dall'idea stessa di *skinhead* – ad Alberto si strinse il cuore. Ma dove volevano andare, e a fare cosa, una donna e un bambino, di notte?

Entrando in macchina Daikon si sporse dal sedile posteriore per dargli un bacio e disse:

– Ora si va a fare l'incursione, Albertino, – e abbassò lo sguardo sul GameBoy. Cinzia era piuttosto seria, con un vecchissimo giubbotto nero da motociclista Belstaff, jeans neri e scarponcelli marrone scuro da montagna. Gli dette un rapido, distratto bacio sulla guancia, sbatté troppo forte lo sportello e gli fece segno di partire mentre Daikon si aggrappava al poggiatesta di Alberto e gli sussurrava in un orecchio:

– Alberto lo sai dove si va?

– No, Daikon, dove?

Alberto sentì Daikon ridacchiare, allora si voltò verso di lui e se lo ritrovò a pochi centimetri. I due nasi si toccarono, e il bambino piegò la testa per dirgli nell'orecchio:

– Nella palude delle donne nude!

Cinzia disse che non voleva sentire parolacce, Daikon e Alberto dissero contemporaneamente che non erano parolacce, Cinzia ordinò:

– Ora basta, Daikon, – e il bambino si lasciò cadere sul sedile di dietro. Alberto girò la chiave, il motore rombò e partirono.

– Dove vado?

– Esci da Firenze, verso sud. Vai verso Incisa, ma non fare l'autostrada. E ora stacchiamo i collegamenti, – disse Cinzia. Si voltò verso Daikon e fece per mettergli in testa una cuffietta collegata con un walkman, ma il bambino protestò:

– No, aspetta, prima di staccare i collegamenti volevo dire una cosa ad Alberto. Alberto!

– Sì?

– Alberto, ti volevo dire una cosa sugli alieni. Te ci credi agli alieni?

– No. Cioè forse, e te?

– Io sì, perché li ho scoperti, gli alieni.

– E come hai fatto a scoprirli?
– È facile. Gli animali sono alieni. Non tutti, però. Le scimmie no perché somigliano agli uomini, ma alcuni altri animali sono alieni, sono venuti dallo spazio profondo, capito?
– Ah…
– E lo sai quali animali sono i più alieni di tutti e quindi i capi degli animali?
– L'elefante?
– No.
– La balena?
– Nooo, tu pensi sempre che i capi siano quelli più grossi ma non è così. Si vede che non l'hai visto *Men in Black.* I capi degli animali alieni sono quegli animali che non somigliano a nessun altro animale terrestre...
– E cioè?
– L'aragosta, perché se la guardi lo capisci subito che non può essere terrestre...
– OK...
– Lo squalo-balena, che è uno squalo molto più grosso di tutti gli altri squali ma è fatto diverso da loro e poi mangia solo plancton mentre gli altri squali sono tutti carnivori e poi è simpatico a tutti mentre gli squali sono antipatici a tutti e quindi secondo me è anche *telpatico*...
– OK…
– E poi la giraffa, che anche lei non c'è bisogno di spiegare perché è un'aliena, basta guardarla quando beve. Ma i veri capi sono le aragoste, e i polpi. Ora puoi staccare i collegamenti, mamma. Ciao, Albertino, ci si rivede all'incursione….

Cinzia sistemò la cuffia in testa al bambino e si rimise a sedere accucciata e imbronciata sul sedile del passeggero. Passò qualche secondo di silenzio, poi Alberto disse:
– Senti Cinzia, ma io davvero mi mangio le parole? Perché in questi giorni me lo dicono tutti… e in ufficio non me lo ha mai detto nessuno…
– No, è che parli velocemente, e a volte… sì, a volte ti mangi un po' le parole.
– Ah. Molto?

– No, molto no, ma si vede che certe volte ti fa fatica parlare, questo sì.

Alberto si voltò a guardarla colpito, perché questa cosa che spesso gli faceva fatica parlare era uno dei suoi segreti che non aveva mai detto a nessuno ma gli pareva di manifestare ampiamente, eppure nessuno sembrava accorgersene.

– Ti ci vorrebbe la *telpatia* anche a te.

– Sì, sarebbe meglio, no? Non sono così evidenti le cose, certe volte? Che bisogno c'è di parlare, di... *spiegare*? No?

– Eh, sì.

– ...

– ...

– OK. Senti, Cinzia... io però... Ma sei sicura che Daikon non sente?

– Non ti preoccupare. Lo sa che quando gli dico di staccare i collegamenti è perché si parla di cose noiose da grandi che non gli interessano. E poi sente la musica.

– Ecco... prima di... Insomma... non so cosa vai a fare o se... se magari non devi fare nulla ma volevi solo parlare con me di... dell'altra sera... Ecco io... non c'è problema... possiamo parlare senza problemi... è stata una cosa che...

– Alberto.

Il tono deciso di Cinzia lo fece voltare a guardarla, ma lei sorrise e gli carezzò il dorso della mano.

– Sta' tranquillo. Quello che è successo l'altra sera non si ripeterà più, ed è un segreto. Il nostro segreto, OK?

Alberto annuì e si rese conto con un'ombra di disappunto maschile che era stata Cinzia a decidere tutto, sia che succedesse sia che non sarebbe successo mai più.

– OK.

– Eri preoccupato?

– No... sì... un po' sì... voglio dire... È stata una cosa che... no?... Insomma... non una cosa così, da nulla... insomma... una cosa ganza, direi, no?...

Cinzia lo fissò incerta, e quando Alberto si voltò verso di lei con quella che era la sua versione di un sorriso alla George Clooney, gli dette un lieve cazzotto sulla spalla.

– Scemo, – disse sorridendo, e Alberto si sentì infinitamente sollevato perché allora era tutto a posto, non avrebbe perso Milena, non avrebbe divorziato, la sua vita non sarebbe crollata perché aveva fatto l'amore una volta con Cinzia, che era davvero una donna fantastica e si sarebbe meritata molto di più della vita in solitudine che faceva. Sorrise e pensò che avrebbero dovuto essere sempre così le infedeltà: cose *sportive*, fatte con il massimo dell'impegno e del fair-play e subito cancellate, dimenticate senza sofferenza – no, non dimenticate, messe da parte per essere ricordate in futuro quando il tempo avrebbe reso ancor più dolce il ricordo, e più lieve...

– Alberto, scusa se ti sto coinvolgendo in questa cosa di stasera anche se poi in realtà non ti sto ancora coinvolgendo perché se non vuoi venire puoi rimanere in macchina con Daikon e così non sarai coinvolto e insomma farai il baby-sitter in macchina invece che a casa, ma è davvero molto importante che tu rimanga con Daikon mentre io faccio quello che devo fare.

– Ah. E cosa devi fare?

Cinzia era molto tesa, nervosa.

– L'hai spento il telefonino?

– Sì.

– OK. Non lo riaccendere, qualsiasi cosa succeda.

– Cinzia, sto aspettando una telefonata di Milena, non l'ho sentita in tutto il giorno.

– No... ti prego, spengilo. Ti lascerà un messaggio, ce l'hai la segreteria, no? Davvero. Ci possono localizzare.

– Come? Chi ci può localizzare?

– Per favore.

Alberto la guardò e lei sembrava tenerci enormemente a questa cosa, così spense il telefonino perché in fondo era vero, Milena poteva lasciargli un messaggio.

– OK.

– Grazie. Poi ti spiego. Allora, c'è un po' di strada da fare e, anzi, vai un po' più forte, e io poi... io comunque devo dirti una cosa importante, molto più importante di quello che sto per andare a fare, che poi alla fine non è nemmeno paragonabile alla cosa che ti sto per chiedere...

– Senti...

– No. Per favore, fai parlare me.

Si zittì per un minuto mentre guardava la strada davanti a sé e si mordeva le labbra.

– OK. Allora. Daikon... io... Insomma Daikon è mio figlio ma non lo è per la legge. Vi ho raccontato un sacco di cazzate, a te e Milena. Non stiamo aspettando nessuna decisione del tribunale, non c'è nessuna adozione in corso. In pratica per la legge il bambino non esiste nemmeno.

– Come?

– No, non esiste. Non ha certificato di nascita, non ha un nome, non ha nulla. Per la legge Daikon non esiste. Per segnarlo all'asilo è bastato un certificato di vaccinazione e un codice fiscale falso che ho inventato lì per lì... Pensa che hanno il codice fiscale anche i bambini, appena nascono... E insomma l'ho iscritto a quell'odioso asilo da ricchi dove gli dicono che ha la pelle troppo scura perché è una scuola privata e c'è meno sorveglianza, meno controlli... fanno un po' come gli pare... Ma Daikon non ha documenti....

– Ma...

– Milena lo sa.

– Scusa, scusa Cinzia, aspetta un attimo perché non capisco. Non hai mai fatto la domanda di adozione? Eppure ce l'hai anche raccontato che l'avevi fatta... Ci hai detto mille volte degli impiegati stronzi, dei mille moduli da riempire, dei tempi *biblici*...

– Non era vero nulla. Io non ho fatto nulla da quando l'ho trovato e l'ho portato a casa vostra, quella sera.

– Come?

– Sì.

– Ma... come?

– E portarlo via così... senza denunciare alla polizia che avevo trovato un bambino abbandonato... insomma è un reato. In pratica è come un sequestro di persona.

– Sì, ma tu non avevi scelta in quel momento, no?

– Mah, non lo so... Certo che avevo scelta, Alberto. Potevo portarlo alla polizia e dire che l'avevo trovato, ma se facevo così me l'avrebbero portato via, capisci? Quelli dell'adozione sono terribili. Indagano su di te, e devi essere un cittadino perfetto per poter adottare un figlio, e io non ero sposata, ero una punkabbestia coi capelli arancione e l'avevo trovato in circostanze così assurde che nessuno ci avrebbe creduto. Mi avrebbero arrestata e l'avrebbero messo in un orfanotrofio, il mio bambino, e non l'avrei mai più visto... e invece io lo volevo, e mi ha salvato la vita... e ora però non posso più andare avanti così, il prossimo anno devo iscriverlo a scuola ed è molto più complicato, bisogna presentare l'atto di nascita... e poi non posso continuare a vivere nel terrore che la polizia entri all'alba a casa mia per portarmi via il bambino.

– Chiedi di adottarlo ora.

– No, non posso. Te l'ho detto, ho compiuto un reato anni fa, e questo già mi squalificherebbe come mamma adottiva, e poi dovrei raccontare tutta la storia, chi ci crederebbe?... E poi forse il bambino non è zingaro, forse l'hanno rapito davvero gli zingari a qualcuno... anche se in quei giorni non è mai stata denunciata la scomparsa di nessun bambino in tutta Italia, ho controllato... e insomma Daikon è stato abbandonato e io gli ho salvato la vita, ecco com'è andata, e questo fa di me sua madre, ecco... e se ora io denuncio tutto lo mandano dritto filato in adozione, me lo porterebbero via, capisci... me lo porterebbero via e non lo vedrei più.

– ...

– Ma non posso più andare avanti così. Io mi sveglio all'alba da cinque anni e sobbalzo a ogni rumore al pensiero che arrivi qualcuno a portarmelo via.

– Cazzo, certo.

Cinzia si voltò a fissare Alberto, che guidava pianissimo e guardava le macchine sfilargli accanto piene di sconosciuti accigliati. Era una bellissima serata, il cielo era terso, l'aria profumata e dopo tanti giorni Alberto riprovava la piacevole sensazione di trovarsi davanti a un problema da risolvere.

– Alberto, ascoltami, c'è un solo modo per salvare tutto.
– Sì, e quale?
Cinzia si morse così forte le labbra che quello inferiore si ruppe e apparve una piccola ferita, del sangue.
– Te. Te potresti salvare tutto.
– Io?
– Sì, Alberto. Te. Potresti riconoscere il bambino. Dire che è figlio tuo. A quel punto Daikon prenderebbe il tuo nome e sarebbe legalmente tuo figlio e nessuno potrebbe darlo in adozione.
– Come?
– Sì. Senti, ho parlato con un avvocato. Sono anni che ci parlo. Funziona così, tu vai dal giudice e dici che sei certo che il bambino è tuo e chiedi di riconoscerlo legalmente. Non dovrebbero esserci problemi perché non chiedi di adottarlo, capito? Te vai lì e dici che Daikon *è tuo figlio*. L'unico ostacolo possibile è che al procedimento il pubblico ministero si opponga per qualche ragione e chieda un esame del DNA ma nel tuo caso non dovrebbe farlo perché anche se sei sposato con Milena e Milena non è la madre di Daikon voi siete una coppia giovane, senza altri figli, senza carichi penali o altri problemi e poi siete finanziariamente in grado di camparne cinquanta, di bambini...
– E la madre? Dove sarebbe la madre?
– La madre di Daikon devi dire che è un'albanese o una macedone o quello che vuoi ma comunque un'extracomunitaria con la quale hai concepito il bambino anni prima, poi lei è entrata clandestinamente in Italia, ti ha portato il bambino e se n'è andata e non sai dov'è. Forse è morta. Tu hai aspettato qualche mese e poi hai chiesto di riconoscere tuo figlio. Non c'è bisogno della madre se lo riconosci te. Non è necessaria, la madre. Basta che lo riconosci te e in assenza di madre il figlio è tuo. Che dici, eh? Ti ho sconvolto?
Mentre Cinzia parlava Alberto continuava a vedere immagini di Daikon che in una specie di *morphing* diventava Felice, il suo bambino perduto che aveva visto solo in un'ecografia eppure sapeva che da grande sarebbe stato esile, biondo,

sveglio e veloce come un gatto, e giocava con lui e Milena a tirarsi addosso la panna montata e spiaccicarsela in faccia come nelle comiche, rideva, cadeva dalla bicicletta, imparava a nuotare, il primo giorno di scuola, e poi vestito da tennis a prendere lezioni di rovescio a due mani da Milena su un campo in terra rossa, su una Vespa grigia a quattordici, in costume a fare i tuffi dal pattino, in mezzo allo Harvard Yard con un cappello buffo in testa a laurearsi in qualcosa di scientifico mentre lui e Milena e Cinzia un po' invecchiati lo guardavano dalla tribunetta dei genitori, infinitamente orgogliosi di averlo cresciuto così bene. Chiuse gli occhi, la macchina sbandò e Daikon fece:

– Oh.

Alberto decise che era meglio fermarsi. Cinzia lo guardava senza dire nulla e continuava a mordersi le labbra, e mentre si fermavano a un benzinaio Alberto pensò che tutte le cose che gli erano successe in questi giorni con lei facessero parte di un piano perfetto in attesa di scattare da tanto tempo, come quei bombardieri americani che per anni non avevano mai spento i motori perché poteva esserci bisogno di partire *immediatamente* per andare a bombardare il Cremlino. Certo, aveva organizzato tutto lei, anche la scopata dell'altra sera, e un suo rifiuto a riconoscere Daikon gli avrebbe fatto perdere Milena perché bastava che Cinzia gli raccontasse anche di un solo bacio e la sua vita sarebbe diventata l'inferno della separazione e del divorzio, degli avvocati e dei tribunali, delle lettere velenose e dell'odio puro. Un benzinaio nero gli venne incontro al finestrino chiedendogli:

– Quanto gasolio, Mario?

Alberto si voltò a guardarlo ma non gli disse nulla e si voltò di nuovo prima verso Cinzia e poi verso Daikon, che gli fece una boccaccia e poi si zittì perché Alberto non aveva riso e continuava a guardarlo fisso. Era davvero così? Era vittima di una *congiura*? Il benzinaio picchiettò con le nocche sul vetro alzato della Cherokee e Alberto si voltò di scatto, abbassò il finestrino e disse:

– Come? Che cosa vuoi?

E il benzinaio nero:
– C'è la fila, Mario, quanto gasolio?
Alberto disse:
– Macché gasolio… benzina verde, il pieno, – e quando si voltò di nuovo verso Cinzia che lo guardava serena, infinitamente sollevata per esser riuscita a liberarsi di quel cancro che doveva averla divorata dentro per anni, Alberto capì che per lei la cosa più importante era il futuro di Daikon, mille volte più importante di lui e di Milena e del loro matrimonio, mille volte più di se stessa, della sua coscienza e della sua pace interiore, del poter dire di essere una persona onesta che non aveva mai ricattato nessuno in vita sua, se poi questo era un ricatto…
– Allora, che ne dici? Ti pare una pazzia?
Era la *conservazione della specie* che agiva attraverso Cinzia e lui e Milena. Era *Darwin*. Prima i bambini, che cosa fantastica e fortissima e profondamente giusta. Il benzinaio si affacciò e disse:
– Ci vuole la chiave, Mario.
Alberto si voltò a guardarlo, tolse la chiave dall'accensione, gliela dette, poi si voltò di nuovo a guardare Cinzia e poi Daikon e poi ancora Cinzia.
– Senti, – le disse dopo qualche secondo, mentre il benzinaio armeggiava rumorosamente con la serratura del tappo del serbatoio, – tu non vuoi mica una risposta ora in questo momento, vero? Ci posso pensare un po', posso parlarne un po' con Milena, no? Perché è una cosa grossa, questa, lo capisci, e io non so bene cosa comporta, dovrò parlare con gli avvocati… o forse no, non lo so, e... insomma non vuoi mica una risposta ora, vero?
– No, – disse subito Cinzia, apparentemente imperturbata da quell'accenno agli avvocati che ora gli bruciava dentro ma ormai l'aveva detto, – no, certo. Pensaci pure. Parla pure con chi vuoi… Parlane con Milena, soprattutto… deve essere d'accordo anche lei...
– Ne avete già parlato tu e Milena, vero? Di questa cosa del riconoscimento…

Cinzia annuì e diventò di nuovo seria. Il labbro le sanguinava, ma mentre Alberto stava per dirglielo lei si leccò le labbra e il sangue scomparve.

– E Milena che ha detto?

– Che lo dovevo chiedere a te.

– Nient'altro?

– Che lei sarebbe entusiasta.

– Ah.

– Anche perché...

– Anche perché cosa?

– Anche perché lei non vuole più avere figli dopo quello che le è successo... dice che non reggerebbe a un'altra gravidanza... al terrore di poter rivivere... insomma, lo sai... e mi ha detto anche che tu non vorresti mai avere figli da nessun'altra...

– Ha detto così?

– Sì.

Milena che non è ancora tornata e tiene il telefonino spento e non c'è modo di sapere cosa sta facendo ora e quando tornerà e se le fanno ancora male le tette e se lo ama ancora perché questa cosa di andarsene per così tanti giorni non è una cosa normale e non può andare avanti e se c'è qualche problema lo deve dire perché per lui di problemi non ce ne sono, lui l'ama e l'amerà sempre, e anche se ha provato in tutti quei giorni a non dirselo e a fare finta di niente ora sente di non poter più resistere neanche un altro giorno, e se lei non torna la raggiungerà lui a Villa Cielo Alto, domattina stessa: avrebbero camminato e fatto l'idromassaggio e digiunato insieme e ragionato di questa cosa nuova di Daikon e avrebbero riaccomodato le loro vite perché ormai era chiaro che c'era bisogno di riaccomodarle, in qualche modo.

Il benzinaio nero tornò al finestrino e disse ridendo:

– Mario, te hai già il pieno.

Alberto si ricordò che era vero, certo, aveva fatto benzina ieri, allora aprì il portafoglio, prese cinquantamila lire e le dette al benzinaio nero che le incassò senza smettere di ridere.

Ripartirono, e al primo semaforo Alberto si voltò a scompigliare i capelli di Daikon, che lo guardò sorpreso e riabbassò subito gli occhi sul GameBoy.

– Mi fai sbagliare...

– Senti, Cinzia... di questa cosa ne parliamo dopo, va bene?

– Sì. Quando vuoi. Non c'è problema. Sta' tranquillo.

– OK.

– ...

– E ora dove si deve andare?

– A liberare dei visoni da un allevamento.

– Davvero?

– Sì.

– Ci vai da sola?

– No, ci sono... non sono sola.

– Veniamo anche io e Daikon, va bene?

– OK.

Arrivò il verde, e la Grand Cherokee scattò davanti a tutte le altre macchine con un rombo temporalesco. Era una cosa bella, e Alberto aprì il suo finestrino per sentire il vento. Se il clima deve cambiare, non è meglio se sarà sempre più caldo? Non sarebbe mille volte peggio se stesse per arrivare un'altra era glaciale? Con il caldo invece in qualche modo si farà, ci si vestirà di lino, si starà più tempo al mare, le estati dureranno sei mesi e l'autunno tre e poi tornerà un'altra volta la primavera. Sarà fantastico, pensò Alberto, *cambierà tutto*, e mentre la Grand accelerava ancora su quella strada vuota Cinzia chiuse gli occhi e pensò che le sembrava d'essere su un aereo che stava decollando per qualche lontano paese sconosciuto, Daikon accese il walkman che fino a quel momento aveva tenuto spento e disse un Padre Nostro con le mani giunte e gli occhi strizzati perché nessuno venisse mai all'alba a portarlo via dalla sua mamma, Alberto sentì forte dentro di sé che questo era un possibile nuovo inizio e gli occhi gli brillarono. Accelerò ancora. Il mondo diventava un luogo di infinite possibilità.

Ringraziamenti

Carlotta, Ettore e Angelica.

E poi Alberto Colzi, Giulio Mayer, Fabio Bernabei poeta di Nessun Fantastico Amico, Paola e Alvarado, Corrado, Cortez, Gianluca, Fredy, Sandro, il *taliban* Uganda Marchetti, Sergio Perroni, Sergio Carpini, Alvaro, Gianfranco lo Scassolini, Laura e Domenico, Marco Cocci, Luca Bellandi per Tony Truante, Andrea Garello, Luca e Arturo Neri.

Senza Elisabetta Sgarbi non ci sarebbe stato questo libro e io sarei stato un'altra persona, di certo meno felice. Grazie.

Indice

Bompiani ha raccolto l'invito della campagna
"Scrittori per le foreste" promossa da Greenpeace.
Questo libro è stampato su carta riciclata senza cloro
e non ha comportato il taglio di un solo albero.
Per maggiori informazioni: http://www.greenpeace.it/scrittori/

I GRANDI Tascabili Bompiani
Periodico quindicinale anno XIX numero 963
Registr. Tribunale di Milano n. 133 del 2/4/1976
Direttore responsabile: Elisabetta Sgarbi
Finito di stampare nel mese di luglio 2011 presso
il Nuovo Istituto Italiano d'Arti Grafiche - Bergamo
Printed in Italy

RCS Libri
ISBN 978-88-452-4069-0